suhrkamp taschenbuch 5201

Seit fünfzehn Jahren führt Olga eine glückliche Ehe in Turin, zwei Kinder sind aus ihr hervorgegangen, genau wie Wohlstand und Sicherheit. Zumindest denkt sie das. Bis ein einziger Satz alles zerstört. Der Mann, mit dem sie alt zu werden hoffte, ihr geliebter Mario, will nichts mehr von ihr wissen, er hat eine Andere, eine zwanzig Jahre Jüngere. Alleingelassen mit den Kindern und dem Hund, fällt Olga in einen dunklen Abgrund, dessen Existenz sie vorher nicht einmal hat erahnen können.

Elena Ferrante hat sich mit dem Erscheinen ihres Debütromans im Jahr 1992 für die Anonymität entschieden. Ihre vierbändige Neapolitanische Saga – bestehend aus *Meine geniale Freundin*, *Die Geschichte eines neuen Namens*, *Die Geschichte der getrennten Wege* und *Die Geschichte des verlorenen Kindes* – ist ein weltweiter Bestseller. Im Suhrkamp Verlag erschienen auch ihr jüngster Roman *Das lügenhafte Leben der Erwachsenen*, Ferrantes frühere Romane *Lästige Liebe* und *Frau im Dunkeln* sowie *Frantumaglia. Mein geschriebenes Leben* und der Kolumnenband *Zufällige Erfindungen*.

Anja Nattefort übersetzt aus dem Italienischen und Französischen, darunter Bücher von Alessandro Baricco, Bernard-Henri Lévy und Faïza Guène.

Elena Ferrante

Tage des Verlassenwerdens

Roman

Aus dem Italienischen von
Anja Nattefort

Suhrkamp

Die Originalausgabe erschien 2002 unter dem Titel
I giorni dell'abbandono
bei Edizioni e/o, Rom.

Erste Auflage 2022
suhrkamp taschenbuch 5201

Umschlagfoto: Pablo Barreto/Arcangel Images
Umschlaggestaltung: Rothfos & Gabler, Hamburg
Druck und Bindung: CPI books GmbH, Leck
Printed in Germany
ISBN 978-3-518-47201-9

www.suhrkamp.de

Tage des Verlassenwerdens

I

An einem Nachmittag im April verkündete mir mein Mann kurz nach dem Mittagessen, dass er mich verlassen wolle. Wir räumten gerade den Tisch ab, die Kinder zankten wie gewohnt im Zimmer nebenan, der Hund lag vor der Heizung und knurrte im Traum. Er sagte, er sei verwirrt, er fühle sich manchmal furchtbar müde und unzufrieden, vielleicht auch gemein. Er sprach ausführlich über unsere fünfzehn Ehejahre und die Kinder und gab zu, dass er weder ihnen noch mir das Geringste vorzuwerfen hatte. Er wirkte beherrscht wie immer, abgesehen von der übertriebenen Geste seiner rechten Hand, als er mit kindischer Miene erklärte, zarte Stimmen, eine Art Flüstern trieben ihn woandershin. Dann übernahm er die volle Verantwortung für alles, zog behutsam die Wohnungstür hinter sich zu und ließ mich versteinert neben der Spüle zurück.

Die ganze Nacht lag ich verzweifelt in dem breiten Ehebett und grübelte. Doch so gründlich ich die letzten Etappen unserer Beziehung auch überdachte, ich konnte keine richtigen Anzeichen einer Krise finden. Ich kannte ihn gut, ich wusste, dass er ein ruhiger Mensch war, der sein Zuhause und unsere Familienrituale brauchte. Wir konnten über alles reden, wir umarmten und küssten uns immer noch gern, und manchmal war er so witzig, dass ich Tränen lachte. Ich hielt es für ausgeschlossen, dass er wirklich gehen wollte. Als mir dann einfiel, dass er nicht einen der Gegenstände mitgenommen hatte, an denen er hing, und dass er sogar vergessen hatte, sich von den Kindern zu verabschieden, war ich sicher, dass es nichts Ernstes war. Er machte nur eine dieser schwierigen Phasen durch, wie im Roman, wenn eine Figur auf die ganz normale Unzufriedenheit völlig maßlos reagiert.

Im Übrigen war ihm das schon einmal passiert: Die Gelegenheit und die Umstände fielen mir wieder ein, während ich mich im Bett hin und her wälzte. Viele Jahre zuvor, wir waren gerade sechs Monate zusammen, sagte er mir unmittelbar nach einem Kuss, er wolle mich nicht mehr wiedersehen. Ich war in ihn verliebt, mir gefror das Blut in den Adern, ihn so reden zu hören. Er ging fort und ich stand fröstelnd an der steinernen Brüstung unter dem Castel Sant'Elmo und betrachtete die farblose Stadt, das Meer. Fünf Tage später rief er mich verlegen an und rechtfertigte sich, er sagte, plötzlich habe ihn so ein Gefühl der Leere gepackt. Diesen Ausdruck habe ich mir gemerkt, immer wieder wendete ich ihn in meinem Kopf hin und her.

Lange Zeit später gebrauchte er ihn erneut, es war noch keine fünf Jahre her. Damals hatten wir engeren Kontakt zu seiner Kollegin Gina, einer klugen, gebildeten Frau aus sehr wohlhabender Familie, die eine fünfzehnjährige Tochter hatte und seit kurzem Witwe war. Wir wohnten erst seit wenigen Monaten in Turin, sie hatte uns eine schöne Wohnung am Fluss vermittelt. Anfangs mochte ich die Stadt nicht, sie wirkte auf mich wie aus Metall; doch bald stellte ich fest, dass man vom Balkon aus wunderbar den Lauf der Jahreszeiten beobachten konnte: Im Herbst entlaubte der Wind den Parco del Valentino, die grünen Blätter färbten sich gelb oder rot und flogen durch den Nebeldunst, segelten über die graue Folie des Po; im Frühling erhob sich eine frische und funkelnde Brise vom Fluss und brachte Leben in die neuen Triebe, in die Zweige der Bäume.

Ich gewöhnte mich schnell ein, zumal Mutter und Tochter sich von Anfang an sehr bemühten, mir jede Last abzunehmen, sie zeigten mir die Umgebung und begleiteten mich zu den Händlern ihres Vertrauens. Doch ihre Hilfsbereitschaft war nicht ohne Hintergedanken. Meiner Ansicht nach gab es keinen Zweifel, dass Gina sich in Mario verliebt hatte, dieses ganze Getue, manchmal zog ich ihn unverhohlen damit auf und sagte: Deine Verlobte hat angerufen. Er winkte mit einer gewissen Genugtuung ab, wir lachten darüber, dennoch wurde das Verhältnis zu dieser Frau enger, und es verging kein Tag, an dem sie nicht anrief. Mal bat sie ihn, sie irgendwohin zu begleiten, dann schob sie ihre Tochter Carla vor, die Probleme mit den Chemiehausaufgaben hatte, und wieder ein anderes Mal suchte sie nach einem nicht mehr lieferbaren Buch.

Andererseits war Gina immer sehr großzügig, hatte stets eine Kleinigkeit für mich und die Kinder dabei, lieh mir ihren Minivan und gab uns für das Wochenende oft den Schlüssel ihres Hauses in der Nähe von Cherasco. Wir nahmen ihn dankbar an, es war schön dort, obwohl man immer damit rechnen musste, dass plötzlich Mutter und Tochter auftauchten und unser Familienleben durcheinanderbrachten. Außerdem war jede Gefälligkeit selbstverständlich mit einer anderen zu erwidern, inzwischen fühlten wir uns regelrecht gefangen in einer endlosen Kette von Höflichkeiten. Mario hatte allmählich die Rolle des Tutors für die Kleine übernommen, er war schon mit all ihren Lehrern im Gespräch, als vertrete er den verstorbenen Vater, und obwohl er mit seiner Arbeit überlastet war, fühlte er sich irgendwie verpflichtet, ihr Nachhilfestunden in Chemie zu geben. Was tun? Eine Zeit lang versuchte ich die Witwe auf Distanz zu halten, es missfiel mir immer mehr, wie sie sich bei meinem Mann unterhakte oder ihm lachend ins Ohr flüsterte. Eines Tages wurde mir dann alles klar. Durch die Küchentür beobachtete ich, wie die kleine Carla sich nach einer ihrer Nachhilfestunden im Flur von Mario verabschiedete, und statt ihm einen Kuss auf die Wange zu geben, küsste sie ihn auf den Mund. Ich begriff sofort, dass ich keine Angst vor der Mutter haben musste, sondern vor der Tochter. Vielleicht war es dem Mädchen nicht einmal bewusst, dass sie wer weiß wie lange schon an meinem Mann die Wirkung ihrer Rundungen und ihres aufgeregten Blicks erprobte. Und er betrachtete sie, wie man aus dem Schatten heraus eine weiße, von der Sonne beschienene Wand ansieht.

Wir haben darüber geredet, ganz in Ruhe. Ich verabscheute schneidende Stimmen und schroffe Gesten. In meiner Familie war es immer laut und ruppig zugegangen. Wenn der Verkehr auf der Via Salvator Rosa mich zu sehr quälte, damals in unserer Wohnung in Neapel, hatte ich mich manchmal stumm und mit auf die Ohren gepressten Händen in eine Ecke zurückgezogen. Vor allem als Jugendliche verspürte ich innerlich immer wieder diesen Tumult und das Gefühl, alles müsse plötzlich auseinanderreißen wegen einer zu spitzen Bemerkung, einer unbesonnenen Bewegung des Körpers. So lernte ich, möglichst wenig und wenn, sehr überlegt zu reden, es nie eilig zu haben, nicht einmal dem Bus hinterherzurennen und meine Reaktionszeiten möglichst auszudehnen, indem ich sie mit erstaunten Blicken und unsicherem Lächeln füllte. Später erlegte mir mein Beruf noch größere Disziplin auf. Ich hatte der Stadt für immer den Rücken gekehrt und arbeitete zwei Jahre lang im Beschwerdemanagement einer Fluggesellschaft in Rom. Nach unserer Heirat kündigte ich und folgte Mario durch die Welt, egal wohin seine Arbeit als Ingenieur ihn verschlug. Neue Orte, neues Leben. Um trotz der bedrohlichen Veränderungen nicht die Kontrolle zu verlieren, hatte ich es mir endgültig zur Gewohnheit gemacht, geduldig abzuwarten, bis jede Gefühlsregung implodierte und sich in eine ruhige, beherrschte Stimme verwandelte, um ja nicht aufzufallen.

Diese Selbstdisziplin erwies sich während unserer kleinen Ehekrise als entscheidend. Wir hatten drei schlaflose Nächte damit verbracht, uns friedlich und leise auszusprechen. Wir wollten verhindern, dass die Kinder uns hörten oder dass wir einander mit Worten unheilbare Wunden zufügten. Mario blieb vage wie ein Patient, der seine Symptome nicht klar zu benennen vermag, ich konnte ihn nicht dazu bringen, mir zu sagen, was er empfand, was er wollte und worauf ich mich gefasst machen musste. Schließlich kam er eines Nachmittags von der Arbeit nach Hause und wirkte bestürzt, vielleicht war es auch nur der Widerschein des Schreckens, den er in meinem Gesicht gesehen hatte. Jedenfalls öffnete er den Mund, um etwas zu sagen, beschloss aber im Bruchteil einer Sekunde, mir stattdessen etwas anderes zu sagen. Ich bemerkte es, ich konnte förmlich sehen, wie sich die Wörter in seinem Munde verwandelten, doch ich verdrängte meine Neugier, ich wollte gar nicht wissen, welche Bemerkung er sich verkniffen hatte. Ich nahm lediglich zur Kenntnis, dass wir die schwierigen Zeiten überstanden hatten wie einen kurzen Schwindelanfall. Ein Gefühl der Leere, beteuerte er ungewohnt pathetisch und wiederholte damit den Ausdruck, den er schon Jahre zuvor verwendet hatte. Dieses Gefühl sei ihm so zu Kopf gestiegen, dass er nicht mehr wie sonst dachte und empfand; doch damit sei nun Schluss, er verspüre nicht mehr die geringste Unruhe. Nach diesem Tag brach er den Kontakt zu Gina und ihrer Tochter ab, er beendete den Nachhilfeunterricht und war wieder ganz der Alte.

Dies waren die wenigen, belanglosen Zwischenfälle unserer Beziehung, in jener Nacht sezierte ich sie bis ins Detail. Ich ärgerte mich über meine Schlaflosigkeit und stand auf, um mir einen Kamillentee zu machen. So war Mario halt, sagte ich mir: jahrelang die Ruhe in Person, nicht die geringste Unsicherheit, und dann brachte ihn plötzlich eine Nichtigkeit vollkommen durcheinander. Auch jetzt hatte ihn irgendwas aus dem Tritt gebracht, doch das war kein Grund zur Sorge, ich musste ihm nur genügend Zeit lassen, sich wieder zu fangen. Ich stand lange am Fenster, das auf den dunklen Park hinausging, und versuchte meine Kopfschmerzen zu lindern, indem ich die Stirn an das kühle Glas legte. Ich kam erst wieder zu mir, als ich das Geräusch eines einparkenden Autos hörte. Ich sah hinunter, es war nicht mein Mann. Der Musiker aus dem vierten Stock, ein gewisser Carrano, kam mit gesenktem Kopf und einem großen Instrumentenkoffer auf dem Rücken die Straße herauf. Als er auf dem kleinen Platz unter den Bäumen verschwand, schaltete ich das Licht aus und ging ins Bett. Es war nur eine Frage von Tagen, bis sich alles wieder einrenken würde.

2

Eine Woche verging, und mein Mann blieb nicht nur bei seiner Entscheidung, er unterstrich sie auch noch durch eine Art erbarmungslosen Gleichmut.

Anfangs sah er jeden Tag bei uns vorbei, immer um dieselbe Zeit, gegen vier Uhr nachmittags. Er kümmerte sich um die Kinder, plauderte mit Gianni, spielte mit Ilaria, manchmal gingen alle drei mit Otto spazieren, unserem sanften Schäferhund, um ihn im Park hinter Stöcken und Tennisbällen herrennen zu lassen. Ich tat, als hätte ich in der Küche zu tun, doch in Wirklichkeit wartete ich ungeduldig darauf, dass Mario hereinschaute und mir erklärte, was er zu tun gedachte, ob er das Chaos in seinem Kopf nun entwirrt hatte oder nicht. Früher oder später kam er herein, wenn auch widerstrebend und mit immer deutlicherem Unbehagen, dem ich – diese Strategie hatte ich mir in meinen durchwachten Nächten zurechtgelegt – traute Heimeligkeit entgegensetzte, verständnisvolle Worte und übertriebene Sanftmut, sogar begleitet von dem einen oder anderen fröhlichen Scherz. Mario schüttelte den Kopf, er sagte, ich sei einfach zu gut. Ich war gerührt, umarmte ihn, versuchte ihn zu küssen. Er entzog sich. Er sei nur gekommen, betonte er, um mit mir zu reden; er wolle mir begreiflich machen, mit was für einem Menschen ich fünfzehn Jahre lang zusammengelebt hatte. Deshalb erzählte er mir schlimme Geschichten aus seiner Kindheit, Abscheulichkeiten aus den Teenagerjahren, quälende Störungen seiner frühen Jugend. Er wollte sich nur schlechtmachen, und was immer ich erwiderte, um seinen Selbsterniedrigungswahn zu dämpfen, er ließ es nicht gelten, er wollte um jeden Preis, dass ich ihn als den erkannte, der er zu sein glaubte: ein mittelmäßiger Taugenichts, unfähig zu echten Gefühlen und auch in beruflicher Hinsicht völlig haltlos.

Ich hörte ihm aufmerksam zu, widersprach ganz ruhig; weder stellte ich ihm Fragen noch bedrängte ich ihn mit irgendeinem Ultimatum, ich versuchte ihn nur davon zu überzeugen, dass er immer auf mich zählen konnte. Allerdings muss ich gestehen, dass hinter dieser Fassade bald eine beängstigende Welle von Panik und Wut in mir aufstieg. Eines Nachts kam mir wieder eine düstere Gestalt aus meiner neapolitanischen Kindheit in den Sinn, eine dicke, energische Frau, die mit uns in dem Haus hinter der Piazza Mazzini wohnte. Zum Einkaufen in den belebten Gassen hatte sie stets ihre drei Kinder im Schlepptau, die sie mit vergnügten Worten herumkommandierte. Anschließend war sie beladen mit Gemüse, Obst und Brot, und die drei Kinder klammerten sich an ihr Kleid und die vollen Taschen. Wenn sie mich auf der Treppe im Haus spielen sah, blieb sie stehen, stellte ihre Last auf einer Stufe ab und kramte in den Taschen nach einem Bonbon für mich, meine Spielgefährtinnen und die eigenen Kinder. Ihrem Aussehen und Benehmen nach zu urteilen gab die Frau sich mit ihren Mühen zufrieden, sie roch auch angenehm, wie neuer Stoff. Sie war mit einem Mann aus den Abruzzen verheiratet, der rote Haare und grüne Augen hatte. Er war Vertreter und daher oft mit dem Auto zwischen Neapel und L'Aquila unterwegs. Was ihn anging, erinnerte ich mich nur noch daran, dass er viel schwitzte und sein Gesicht ganz rot war, als hätte er eine Hauterkrankung. Manchmal spielte er mit seinen Kindern auf dem Balkon und bastelte bunte Fähnchen aus Pergamentpapier, bis seine Frau fröhlich rief: »Essen kommen!« Doch dann ging irgendwas zwischen den beiden zu Bruch. Nach allerhand Geschrei, das mich oft mitten in der Nacht aus dem Schlaf riss und die Steine des Hauses und der Gasse wie mit Sägezähnen zu spalten schien – langes Schimpfen und Jammern, das bis auf die Piazza drang, bis zu den Palmen mit ihren langen gebogenen Zweigen und vor Angst zitternden Blättern –, verließ der Mann seine Familie, weil er eine Frau aus Pescara liebte, und niemand sah ihn je wieder. Von diesem Tag an weinte unsere Nachbarin jede Nacht. In meinem Bett hörte ich ihr lautes Klagen, eine Art Röcheln, das wie ein Rammbock die Wände durchbrach und mir Angst einjagte. Meine Mutter redete mit ihren Gesellinnen darüber, sie schnitten, nähten und redeten, sie redeten, nähten und schnitten, während ich unter dem Tisch mit Nadeln und Kreide spielte, und ich wiederholte im Stillen, was ich zu hören bekam, Worte zwischen Trauer und Drohung, wenn du deinen Mann nicht zu halten weißt, verlierst du alles, Frauengespräche über zerstörte Gefühle, darüber, was passiert, wenn man voller Liebe ist, aber nicht mehr geliebt wird, nichts mehr hat. Die Frau verlor alles, auch ihren Namen (vielleicht hieß sie Emilia), sie wurde für alle *la poverella,* die Ärmste, und auch wir Kinder nannten sie nur noch so, wenn wir über sie redeten. Die *poverella* weinte, die *poverella* schrie, die *poverella* litt, zerfleischt von der Abwesenheit des rothaarigen, schwitzenden Mannes mit den bösen grünen Augen. Sie knetete ein durchnässtes Taschentuch in den Händen, erzählte jedem, ihr Mann habe sie verlassen, sie einfach aus seinem Gedächtnis und Bewusstsein gestrichen, sie zerdrückte das Taschentuch mit weiß hervortretenden Knöcheln und verfluchte den Mann, der ihr entflohen war wie ein gefräßiges Tier auf den Vomerohügel. Sie litt so unübersehbar, dass es mich bald anwiderte. Obwohl ich erst acht Jahre alt war, schämte ich mich für sie, sie ließ sich nicht mehr von den Kindern begleiten und sie roch auch nicht mehr so gut. Nun stieg sie steif, mit vertrocknetem Körper die Treppe hinunter. Der üppige Busen, die Hüften und das Gesäß waren ebenso verschwunden wie ihr breites, freundliches Gesicht und das strahlende Lächeln. Sie bestand nur noch aus Haut und Knochen, die Augen ertranken in violetten Kloaken, die Hände ähnelten einem feuchten Spinnennetz. Einmal sagte meine Mutter: »Die Ärmste, sie ist ausgetrocknet wie eine Sardelle auf Salz.« Seitdem beobachtete ich sie jeden Tag, wenn sie ohne Einkaufstasche, ohne Augen in den dunklen Höhlen aus der Haustür wankte. Ich wollte sehen, wie sie als silbrig schimmernder Fisch lebte, die Salzkörner, die auf ihren Armen und Beinen funkelten.

Es lag auch an dieser Erinnerung, dass ich Mario gegenüber weiter mit liebevoller Zurückhaltung auftrat. Doch irgendwann fiel mir zu den übertriebenen Geschichten über die Neurosen und Qualen seiner Kindheit und Jugend nichts mehr ein. Nach zehn Tagen, als auch seine Besuche bei den Kindern allmählich seltener wurden, wuchs in meinem Innern eine bittere Wut, zu der sich dann der Verdacht gesellte, dass er mich anlog. So wie ich ihm voller Berechnung meine Tugenden als verliebte Frau präsentierte, jederzeit bereit, ihm in seiner tiefen Krise beizustehen, so wollte er voller Berechnung eine Aversion in mir erzeugen, damit ich sagte: Hau ab, du bist widerlich, ich kann dich nicht mehr ertragen.

Aus dem Verdacht wurde bald Gewissheit. Er wollte mir helfen zu akzeptieren, dass wir uns trennen mussten; er wollte, dass ich ihm sagte: Du hast Recht, es ist vorbei. Aber nicht einmal darauf reagierte ich unbeherrscht. Ich verhielt mich weiter umsichtig, wie bei allen Schicksalsschlägen des Lebens. Die einzigen äußerlichen Anzeichen meiner Erregung waren ein Hang zur Unordnung und die Schlaffheit meiner Finger: Je größer die Angst, desto weniger waren sie in der Lage, die Dinge fest zu umgreifen.

Es dauerte fast zwei Wochen, bis ich ihm jene Frage stellte, die mir sofort auf der Zunge gelegen hatte. Erst als ich seine Lügen nicht länger ertragen konnte, fasste ich den Entschluss, ihn mit dem Rücken an die Wand zu stellen. Ich kochte eine Pastasauce mit Fleischklößchen, die er sehr mochte, dazu schnitt ich Kartoffeln, die ich mit Rosmarin im Ofen backen wollte. Das Kochen machte keinen Spaß, ich war nicht bei der Sache, ich schnitt mich mit dem Dosenöffner, ließ eine Flasche fallen, die Glasscherben flogen in alle Richtungen und der Wein spritzte auf die weißen Wände. Dann griff ich zu hektisch nach einem Lappen und warf auch noch die Zuckerdose herunter. Für den langen Bruchteil einer Sekunde ergoss sich in meinem Ohr das Rauschen des Zuckerregens, der erst auf die Marmorplatte, dann auf den weinverschmierten Fußboden niederging. Plötzlich überfiel mich eine solche Müdigkeit, dass ich alles stehen und liegen ließ und mich hinlegte, ich vergaß die Kinder und alles andere, dabei war es erst elf Uhr morgens. Als ich aufwachte, fiel mir nach und nach wieder meine neue Situation als verlassene Ehefrau ein und ich beschloss, dass es so nicht weiterging. Ich stand benommen auf, brachte die Küche in Ordnung, rannte zur Schule, um die Kinder abzuholen, und wartete, bis Mario uns um der beiden Kleinen willen besuchen würde.

Er kam am Abend, er schien guter Laune zu sein. Nach der Begrüßung verschwand er sofort im Zimmer von Gianni und Ilaria und blieb bei ihnen, bis sie eingeschlafen waren. Als er wieder erschien, wollte er sich gleich aus dem Staub machen, doch ich nötigte ihn, mit mir zu Abend zu essen, hielt ihm den Topf mit der Sauce unter die Nase, die ich zubereitet hatte, die Fleischklößchen und die Kartoffeln, und schaufelte ihm eine dicke Lage dunkelrote Sauce auf die dampfenden Makkaroni. In diesem Teller Nudeln sollte er all das erblicken, was er nicht mehr würde sehen, schmecken, streicheln, hören oder riechen können, wenn er ging, nie mehr. Doch ich hielt es nicht länger aus. Noch bevor ich einen Bissen probiert hatte, fragte ich ihn:

»Hast du dich in eine andere Frau verliebt?«

Er lächelte, dann verneinte er ohne Scheu und wunderte sich dreist über die deplatzierte Frage. Ich glaubte ihm nicht. Ich kannte ihn gut, so war er nur, wenn er log, normalerweise war ihm jede direkte Frage unangenehm. Ich setzte nach:

»Ich habe Recht, oder? Es gibt eine andere Frau. Wer ist es, kenne ich sie?«

Dann erhob ich zum ersten Mal seit Beginn dieser ganzen Geschichte die Stimme und schrie, es sei mein gutes Recht, das zu erfahren, und ich fügte hinzu:

»Du kannst mich nicht weiter hoffen lassen, wenn du eigentlich schon alles entschieden hast.«

Er senkte den Blick und mahnte mich mit einer nervösen Handbewegung, leiser zu sein. Er war nun sichtlich in Sorge, vielleicht wollte er nicht, dass die Kinder aufwachten. Doch mir schwirrten all die Vorwürfe durch den Kopf, die ich bislang unterdrückt hatte, viele Worte befanden sich bereits auf der Schwelle, hinter der sich nicht mehr unterscheiden lässt, welche man aussprechen sollte und welche nicht.

»Ich will nicht leise sein«, zischte ich. »Es soll ruhig jeder wissen, was du mir angetan hast.«

Er starrte in seinen Teller, dann sah er mir geradewegs ins Gesicht und sagte:

»Ja, es gibt eine andere Frau.«

Mit unangebrachtem Eifer spießte er reichlich Makkaroni auf seine Gabel und führte sie zum Mund, als wolle er sich selbst zum Schweigen bringen, um nicht mehr zu sagen als nötig. Doch das Entscheidende hatte er bereits gesagt, er hatte sich dazu durchgerungen, es zu sagen, und ich verspürte einen anhaltenden Schmerz in der Brust, der mich für alle anderen Gefühle unempfänglich machte. Das merkte ich erst daran, dass ich überhaupt keine Reaktion darauf zeigte, was anschließend mit ihm geschah.

Er hatte mit seiner üblichen methodischen Art zu kauen begonnen, bis plötzlich etwas zwischen den Zähnen knirschte. Er hörte auf zu kauen, ließ seine Gabel auf den Teller fallen und stöhnte auf. Dann spuckte er den gesamten Inhalt des Mundes in seine Hand, Nudeln, Sauce und Blut, da war tatsächlich Blut, rotes Blut.

Ich betrachtete seinen verschmierten Mund so teilnahmslos, wie man sich ein Dia anschaut. Er wischte sich mit aufgerissenen Augen die Hand an der Tischdecke ab und zog sich mit den Fingern einen Glassplitter aus dem Gaumen. Er sah ihn entsetzt an, streckte ihn mir entgegen und brüllte völlig aufgebracht, mit einem Hass, den ich ihm nie zugetraut hätte:

»Ach so? Das tust du mir also an, ja?«

Er sprang hoch, warf seinen Stuhl um, stellte ihn wieder auf, knallte ihn mehrmals auf den Boden, als hoffte er, ihn so für immer an den Fliesen zu befestigen. Er sagte, ich sei eine völlig irrationale Frau und unfähig, seine Motive nachzuvollziehen. Nie, nie hätte ich ihn richtig verstanden, und es sei allein seiner Geduld, vielleicht auch seiner Genügsamkeit zu verdanken, dass wir so lange zusammen gewesen seien. Doch nun sei es genug. Er schrie, ich mache ihm Angst, wie könne ich es nur bringen, ihm Glasscherben unter die Nudeln zu mischen, ich sei wohl verrückt geworden.

Dann ging er und warf die Tür ins Schloss, ohne sich um die schlafenden Kinder Gedanken zu machen.

3

Ich blieb einen Moment sitzen, wie gelähmt von der Vorstellung, dass es eine andere gab, er war in eine andere Frau verliebt, er hatte es zugegeben. Dann stand ich auf und begann den Tisch abzuräumen. Auf dem Tischtuch lag der Glassplitter inmitten einer blutigen Aureole, ich fischte mit den Fingern in der Sauce und fand noch zwei weitere Scherben von der Flasche, die mir am Morgen heruntergefallen war. Ich konnte mich nicht länger beherrschen und brach in Tränen aus. Als ich mich wieder beruhigt hatte, schüttete ich die Sauce in den Mülleimer, dann kam Otto winselnd an. Ich holte die Leine und ging mit ihm nach draußen.

Der kleine Platz war um diese Zeit menschenleer, das Laternenlicht verfing sich in den Blättern der Bäume, schwarze Schatten ließen Kinderängste in mir aufsteigen. Sonst ging Mario zwischen elf Uhr und Mitternacht mit dem Hund spazieren, und seit er fort war, musste ich auch diese Aufgabe übernehmen. Die Kinder, der Hund, der Einkauf, das Mittag- und Abendessen, die Finanzen. In allem erblickte ich die praktischen Folgen des Verlassenwerdens. Mein Mann hatte seine Gedanken und Sehnsüchte von mir abgezogen, um sie woandershin zu verlegen. Von nun an trug ich allein die Verantwortung für die Dinge, die wir vorher miteinander geteilt hatten.

Ich musste etwas tun, ich musste mich organisieren.

Nicht klein beigeben, sagte ich mir, nur nichts überstürzen.

Wenn er eine andere Frau liebt, kannst du machen, was du willst, es wird an ihm abperlen, ohne Spuren zu hinterlassen. Den Schmerz unterdrücken, sich die Reaktion, die schrille Geste, den schrillen Schrei verkneifen. Du musst dich damit abfinden, er hat umgedacht, den Standort gewechselt und sich rasch in jemand anderen zurückgezogen. Mach es nicht wie die *poverella*, lass dich nicht von deinen Tränen verzehren. Vermeide es, den verzweifelten Frauen aus einem bekannten Buch deiner Kindheit zu ähneln.

Ich sah den Einband des Romans noch ganz genau vor mir. Meine Französischlehrerin hatte ihn mir aufgedrängt, nachdem ich ihr allzu voreilig mit jugendlichem Elan mitgeteilt hatte, dass ich Schriftstellerin werden wolle, das war 1978, vor über zwanzig Jahren. »Lies das mal«, hatte sie zu mir gesagt, und ich las das Buch sehr aufmerksam. Als ich es ihr zurückgab, entschlüpfte mir die überhebliche Bemerkung: »Ganz schön blöd, diese Frauen.« Gebildete Frauen, in wohlhabenden Verhältnissen lebend, die in den Händen ihrer gleichgültigen Männer zerbrachen wie Spielzeug. Meiner Ansicht nach waren sie emotional verblödet, ich wollte anders sein, ich wollte Geschichten über starke Frauen schreiben, Frauen, die rhetorisch unschlagbar waren, kein Handbuch über die verlassene Ehefrau, der vor lauter Grübeln irgendwann die Liebe abhandenkam. Ich war jung und ambitioniert. Ich hatte nichts übrig für Buchseiten, die so undurchdringlich waren wie herabgelassene Rollläden. Ich mochte es, wenn Licht und Wind durch die Lamellen drangen. Ich wollte Geschichten schreiben mit viel Luft darin, mit durchsickernden Sonnenstrahlen, auf denen der Staub tanzte. Ich liebte Texte, die den Leser zwangen, sich jede Zeile genauer anzusehen, bis er die Schwindel erregende Tiefe, die Schwärze der Hölle dahinter spürte. Das sagte ich ihr in einem Atemzug, ganz anders als sonst, und meine Französischlehrerin lächelte ironisch und ein wenig missgünstig. Auch sie musste jemanden oder etwas verloren haben. Und jetzt, zwanzig Jahre später, passierte mir dasselbe. Ich verlor Mario, vielleicht hatte ich ihn bereits verloren. Ich lief nervös hinter dem ungeduldigen Otto her und spürte den klammen Hauch des Flusses, den kalten Asphalt unter meinen Schuhsohlen.

Ich kam nicht zur Ruhe. Wie war es möglich, dass Mario mich einfach ohne Vorwarnung sitzen ließ? Ich konnte nicht fassen, dass mein Leben ihn auf einmal nicht mehr interessierte, ich fühlte mich wie eine Pflanze, die man jahrelang gießt und dann plötzlich verdorren lässt. Es war mir unbegreiflich, dass er ganz allein für sich beschlossen hatte, mir keine Aufmerksamkeit mehr zu schulden. Erst zwei Jahre zuvor hatte ich ihm gesagt, dass ich wieder etwas Zeit für mich bräuchte und jeden Tag ein paar Stunden außer Haus arbeiten wolle. Ich hatte eine feste Stelle in einem kleinen Verlag gefunden, doch Mario brachte mich bald dazu, sie aufzugeben. Obwohl mir sehr viel daran lag, wieder eigenes Geld zu verdienen, und sei es noch so wenig, riet er mir davon ab: »Warum gerade jetzt, wo wir aus dem Gröbsten raus sind? Wir brauchen das Geld nicht, wenn du wieder schreiben willst, dann tu es doch einfach.« Ich hörte auf ihn, kündigte bereits nach wenigen Monaten und stellte sogar zum ersten Mal eine Haushaltshilfe ein. Doch ich war nicht in der Lage zu schreiben, ich vergeudete meine Zeit mit ebenso großspurigen wie konfusen Projekten. Gedemütigt sah ich der Frau zu, wie sie die Wohnung putzte, eine stolze Russin, die weder Kritik noch Mahnungen akzeptierte. Ich hatte also nicht die geringste Aufgabe, schreiben konnte ich nicht, eigene Freunde hatte ich so gut wie keine und die Ambitionen meiner Jugend zerrissen wie verschlissener Stoff. Ich kündigte der Haushaltshilfe, denn ich konnte nicht ertragen, dass sie sich an meiner Stelle abmühte, während es mir in dieser Zeit nicht gelang, mich meiner Schaffensfreude zu widmen. Ich kümmerte mich wieder um die Wohnung, die Kinder und Mario, als wollte ich mir selbst einschärfen, dass ich nichts anderes verdient hatte. Was ich wirklich verdient hatte, sah ich erst jetzt. Mein Mann hatte sich eine andere Frau gesucht, mir kamen die Tränen, doch ich weinte nicht. Stark wirken, es sein. Ich musste damit fertig werden. Nur wenn ich das durchstand, gab es eine Rettung für mich.

Ich ließ Otto endlich von der Leine und setzte mich, vor Kälte zitternd, auf eine Bank. Das Buch aus meiner Jugend kam mir wieder in den Sinn, ich erinnerte mich an die wenigen Sätze, die ich damals auswendig gelernt hatte: Ich bin sauber ich bin aufrichtig ich kann nicht heucheln. Nein, sagte ich mir, das waren die Vorzeichen der Entgleisung. Nie das Komma weglassen, da fing es schon an, das musste ich mir merken. Wer so spricht, hat die Grenze überschritten, der verherrlicht sich selbst und driftet geradewegs in die Wirrnis. Und weiter: Da kommt's ihnen den guten Frauen und wie stolz sie sind weil sie ihren Tänzer so schön hochgekriegt haben. Als Mädchen mochte ich obszöne Ausdrücke, sie vermittelten mir so ein männliches Gefühl von Freiheit. Mittlerweile wusste ich, dass die Obszönität Funken von Wahnsinn entfachen konnte, wenn sie aus so kontrolliertem Munde wie dem meinen kam. Ich schloss die Augen und bedeckte Gesicht und Lider mit den Händen. Marios Neue. Ich stellte sie mir als reife Frau vor, auf einem Klo, mit hochgeschobenem Rock, und er über ihr, wie er ihre schwitzenden Pobacken knetete und seine Finger in ihrem Arsch vergrub, der Fußboden voller Sperma. Nein, aufhören. Ich richtete mich ruckartig auf, pfiff nach Otto, wie Mario es mir beigebracht hatte. Schluss mit diesen Bildern und dieser Sprache. Schluss mit den gebrochenen Frauen. Während Otto hin und her lief und sich sorgfältig einen Platz zum Pinkeln suchte, spürte ich am ganzen Körper die Narben des sexuellen Verlassenwerdens und die Gefahr, in Selbsthass und Sehnsucht nach Mario zu versinken. Ich stand auf, ging den Weg zurück, pfiff noch einmal und wartete darauf, dass Otto zurückkam.

Ich weiß nicht, wie viel Zeit verging, ich vergaß den Hund, ich vergaß, wo ich war. Ohne es zu merken, glitt ich ab in gemeinsame Liebeserinnerungen mit Mario, beglückt, leicht erregt und verärgert. Der Klang meiner eigenen Stimme ließ mich wieder zu mir kommen, wie in einem Wiegenlied wiederholte ich: »Ich bin schön, ich bin schön.« Dann sah ich Carrano die Straße überqueren, den Musiker, der bei uns im Haus wohnte, er ging über den kleinen Platz auf den Hauseingang zu.

Etwa hundert Meter entfernt schlich seine schwarze Gestalt vorbei, lange Beine, gebeugte Schultern, mit dem Instrument bepackt, und ich hoffte, dass er mich nicht sehen würde. Er war einer dieser schüchternen Menschen, die sich anderen gegenüber unvorhersehbar verhalten. Wenn sie die Ruhe verlieren, dann ohne jede Kontrolle; wenn sie nett sind, werden sie gleich klebrig wie Honig.

Mario und er waren des Öfteren aneinandergeraten, mal weil unser Bad undicht war und er Wasserflecken an der Decke hatte, mal weil ihn Ottos Gebell störte. Auch mein Verhältnis zu ihm war nicht das beste, allerdings aus belangloseren Gründen. Die paar Male, die ich ihm über den Weg gelaufen war, hatte ich in seinem Blick ein Interesse an mir gesehen, das mich in Verlegenheit brachte. Nicht dass er anzüglich geworden wäre, dazu war er gar nicht fähig. Ich glaube, dass Frauen ihn verunsicherten, wahrscheinlich alle Frauen, worauf er mit den falschen Blicken, Gesten und Worten reagierte und ungewollt sein Verlangen offenbarte. Er wusste das und es war ihm sehr unangenehm, doch wenn es passierte, übertrug sich seine Scham auch auf mich, obwohl er das vielleicht gar nicht beabsichtigte. Deshalb versuchte ich, möglichst wenig mit ihm zu tun zu haben, es war mir schon unangenehm, ihm »Guten Morgen« oder »Guten Abend« zu sagen.

Ich beobachtete ihn, als er über den kleinen Platz ging. Er war groß, durch die Umrisse des Koffers noch größer als sonst, sein Haar war angegraut und trotz seiner dünnen Statur hatte er einen schwerfälligen Gang. Plötzlich geriet sein gemächliches Schreiten ins Stocken, der Körper bäumte sich auf, um nicht auszurutschen. Er blieb stehen, schaute unter die Sohle seines rechten Schuhs und fluchte. Dann bemerkte er mich und jammerte:

»Mein Schuh ist hin, sehen Sie das?«

Nichts wies darauf hin, dass ich dafür verantwortlich war, dennoch entschuldigte ich mich unverzüglich kleinlaut und begann wütend »Otto, Otto!« zu rufen, als müsste der Hund sich auf der Stelle bei unserem Nachbarn rechtfertigen und mich von jeder Schuld befreien.

Doch Ottos gelber Schatten jagte durch die Lichtkegel der Laternen und verschwand dann in der Dunkelheit.

Der Musiker streifte nervös seine Sohle im Gras am Straßenrand ab, dann untersuchte er sie peinlich genau.

»Sie brauchen sich nicht zu entschuldigen, gehen Sie lieber mit Ihrem Hund woanders Gassi. Es hat schon einige Beschwerden gegeben …«

»Tut mir leid, mein Mann passt normalerweise sehr auf …«

»Ihr Mann, verzeihen Sie meine Offenheit, hat wirklich keinerlei Manieren.«

»Jetzt sind Sie es aber, der keine Manieren hat«, erwiderte ich vehement, »außerdem sind wir nicht die einzigen Hundebesitzer hier.«

Er schüttelte den Kopf, deutete mit einer wegwerfenden Geste an, dass er nicht auf Streit aus war, und brummte:

»Sagen Sie Ihrem Mann, dass er es nicht auf die Spitze treiben soll. Es gibt gewisse Leute, die nicht zögern würden, hier vergiftetes Fleisch auszulegen.«

»Ich sage meinem Mann gar nichts«, rief ich wütend. Und um mich selbst daran zu erinnern, fügte ich unpassenderweise hinzu: »Ich habe keinen Mann mehr.«

Damit ließ ich ihn auf dem Weg stehen, rannte über die Wiese auf das dunkle Gebüsch zu und schrie aus vollem Leib nach Otto, als würde der Mann mich verfolgen und ich den Hund zum Schutz brauchen. Als ich mich völlig außer Atem umdrehte, sah ich, wie der Musiker ein letztes Mal seine Schuhsohle prüfte und dann mit müdem Gang in Richtung Haustür verschwand.

4

In den nächsten Tagen gab Mario kein Lebenszeichen von sich. Zwar hatte ich mir einen Verhaltenskodex auferlegt, der erstens verlangte, möglichst keine gemeinsamen Freunde anzurufen, aber ich konnte nicht widerstehen und telefonierte schließlich doch.

Ich erfuhr, dass keiner etwas Neues von meinem Mann wusste, angeblich hatten sie ihn seit Tagen nicht gesehen. Daraufhin verkündete ich empört, dass er mich wegen einer anderen Frau sitzen gelassen hatte. Ich war davon ausgegangen, sie zu überraschen, musste jedoch feststellen, dass sie überhaupt nicht erstaunt wirkten. Also tat ich ganz unbekümmert und erkundigte mich, ob sie wüssten, wer seine Geliebte sei, wie alt sie sei, was sie so mache, ob er schon bei ihr wohne, doch ich erhielt nur ausweichende Antworten. Einer seiner Kollegen von der Technischen Hochschule, ein gewisser Farraco, versuchte mich zu trösten:

»Das ist das Alter, Mario ist jetzt vierzig, da passiert so was eben.«

»Ach ja? Dann ist es dir also auch passiert, ja? Passiert das allen Männern in eurem Alter? Und warum bist du dann noch bei deiner Frau? Gib mir doch mal eben Lea, ich will ihr erzählen, dass es dir auch passiert ist!«

Ich wollte nicht so reagieren. Eine andere Verhaltensregel lautete, nicht gehässig zu werden. Aber ich konnte mich nicht beherrschen, ich spürte, wie mein Blut in Wallung geriet, mich taub machte und mir in den Augen brannte. Ihre Besonnenheit und mein Vorsatz, ruhig zu bleiben, gingen mir auf die Nerven. In meiner Kehle staute sich zitternder Atem und wollte in zornigen Worten vibrieren. Ich hatte das Bedürfnis zu streiten, und in der Tat legte ich mich erst mit unseren männlichen Bekannten an, dann mit ihren Frauen oder Freundinnen, und am Ende hatte ich mit allen, männlich oder weiblich, Krach, die mir helfen wollten zu akzeptieren, was in meinem Leben gerade passierte.

Vor allem Lea, Farracos Frau, war unermüdlich. Sie hatte immer den Drang, zu vermitteln und Auswege zu suchen, und war so weise, so verständnisvoll, dass es einer Beleidigung der kleinen Schar von Gutmenschen gleichkam, mit ihr aneinanderzugeraten. Doch ich konnte mich nicht bremsen, selbst ihr begegnete ich bald mit Misstrauen. Ich war davon überzeugt, dass sie nach jedem unserer Gespräche auf der Stelle zu meinem Mann und seiner Geliebten rannte, um ihnen haarklein zu erzählen, wie ich reagierte, wie ich mit den Kindern und dem Hund zurechtkam und wie lange ich noch brauchte, um die Situation anzunehmen. Daher brach ich den Kontakt zu ihr ab und hatte keine Freundin mehr, an die ich mich wenden konnte.

Ich begann mich zu verändern. Innerhalb eines Monats hörte ich auf, mich ordentlich zu schminken, ich wechselte von einer eleganten Ausdrucksweise, in der ein Bemühen um Rücksicht lag, zu einem durchgängig sarkastischen Ton, der von leicht ordinären Lachanfällen unterbrochen wurde. Obwohl ich mich dagegen wehrte, gab ich mit der Zeit auch den Obszönitäten nach.

Obszöne Ausdrücke gingen mir mühelos über die Lippen, ich hielt sie für nützlich, um den wenigen Bekannten, die mich weiter kühl zu trösten versuchten, zu verstehen zu geben, dass ich niemand war, der sich mit schönen Worten täuschen ließ. Sobald ich den Mund aufmachte, spürte ich das Verlangen, Mario und seine Schlampe zu verspotten, schlechtzumachen und durch den Dreck zu ziehen. Die Vorstellung, dass er alles über mich wusste, ich aber nur wenig oder nichts über ihn, war mir zuwider. Ich fühlte mich wie ein Blinder, der weiß, dass ihn genau diejenigen beobachten, die er selbst gern bis ins Detail ausspionieren würde. Wie konnte es sein, fragte ich mich mit wachsender Wut, dass mein Mann von hinterhältigen Menschen wie Lea alles über mich erfuhr, ich aber nicht einmal herausfinden konnte, mit was für einer Art Frau er nun ins Bett ging, für wen er mich sitzen gelassen hatte, was sie attraktiver machte als mich? Daran sind die Spione schuld, dachte ich, die falschen Freunde, die sich nur mit den Glücklichen und Unbeschwerten abgeben wollen, nie mit den Unglücklichen. Das war mir völlig klar. Diese Leute zogen neu zusammengekommene Paare vor, die stets gut gelaunt waren, immer bis in die Nacht unterwegs, und denen man es an ihren zufriedenen Gesichtern ansah, dass sie ununterbrochen fickten. Die sich küssten, bissen, leckten und lutschten, um den Geschmack seines Schwanzes, ihrer Möse zu kosten. Wenn ich an Mario und seine Neue dachte, kam mir inzwischen nur noch das eine in den Sinn: auf welche Art und wie oft sie fickten. Ich war Tag und Nacht so mit dieser Frage beschäftigt, dass ich mich darüber vernachlässigte, mich nicht mehr kämmte und wusch. Wie oft trieben sie es miteinander, fragte ich mich, und der Schmerz war unerträglich, wie und wo. Am Ende zogen sich auch die wenigen Freunde zurück, die mir bis zum Schluss hatten helfen wollen, es war schwer, mich zu ertragen. Ich war allein und erschrak über mein eigenes Elend.

5

Zur selben Zeit wuchs in mir ein permanenter Sinn für die Gefahr. Die Belastung durch die Kinder – die Verantwortung für sie, aber auch ihre tagtäglichen materiellen Ansprüche – wurde zu einer ständigen Sorge. Ich hatte Angst, mit ihnen überfordert zu sein, ich fürchtete sogar, ich könnte ihnen in einem Moment der Erschöpfung oder der Zerstreutheit Schaden zufügen. Nicht dass Mario mir früher großartig geholfen hätte, er versank immer in Arbeit. Doch seine Anwesenheit oder besser: seine Abwesenheit, die sich bei Bedarf jederzeit in Anwesenheit verwandeln konnte, hatte etwas Beruhigendes gehabt. Die Tatsache, nicht mehr zu wissen, wo er war, keine Telefonnummer von ihm zu haben, pausenlos sein Handy anzurufen, um festzustellen, dass er es ausgeschaltet hatte, die Tatsache, dass er unauffindbar war, so dass selbst Arbeitskollegen, die vielleicht seine Komplizen waren, mir antworteten, er sei wegen Krankheit beurlaubt oder er habe eine Auszeit genommen oder er sei beruflich im Ausland, all dies führte dazu, dass ich mich fühlte wie ein Boxer, dem die richtigen Schläge nicht mehr einfallen wollen und der mit weichen Knien und ohne Deckung im Ring umhertorkelt.

Die Vorstellung, ich könnte vergessen, Ilaria von der Schule abzuholen, versetzte mich in Panik; und wenn ich Gianni in die umliegenden Geschäfte losschickte, um das

Nötigste einzukaufen, hatte ich Angst, ihm würde etwas zustoßen oder, schlimmer noch, ich könnte derart in meinen Sorgen versinken, dass seine Existenz mir entfiel und ich gar nicht aufpasste, ob er auch zurückgekehrt wäre.

Ich war in einer labilen Verfassung und reagierte darauf mit übertriebener Selbstkontrolle. In meinem Kopf drehte sich alles um Mario, die Phantasien über ihn und diese Frau, die Analyse unserer Vergangenheit, den Wahn, verstehen zu wollen, wo meine Fehler lagen. Andererseits behielt ich meine Pflichten verzweifelt im Auge: darauf achten, die Nudeln zu salzen, darauf achten, sie nicht zweimal zu salzen, auf das Haltbarkeitsdatum der Sachen achten, darauf achten, den Herd nicht anzulassen.

Eines Nachts hörte ich Geräusche in der Wohnung, wie ein Blatt Papier, das in einem Luftzug schnell über den Fußboden streift. Der Hund winselte ängstlich. Otto war zwar ein Schäferhund, aber alles andere als mutig.

Ich stand auf, schaute unter das Bett, unter die Schränke. Durch den Staub hindurch, der sich dort gebildet hatte, sah ich einen schwarzen Schatten unter der Kommode hervorschnellen, aus meinem Zimmer flitzen und sich ins Kinderzimmer flüchten, begleitet vom Kläffen des Hundes.

Ich rannte hinterher, machte Licht, zerrte die verschlafenen Kinder aus ihrem Zimmer und schloss die Tür. Meine Angst machte ihnen Angst, also versuchte ich mich nach und nach zu beruhigen. Ich bat Gianni, den Besen zu holen, und gewissenhaft wie er war, brachte er die Kehrschaufel auch gleich mit. Ilaria aber begann sofort zu kreischen:

»Wo ist Papa, ruf Papa an!« Wütend skandierte ich:

»Euer Vater hat uns verlassen. Er wohnt jetzt woan-

ders, bei einer anderen Frau, uns braucht er nicht mehr.«
Obwohl mir vor allen Lebewesen graute, die an Reptilien erinnerten, öffnete ich vorsichtig die Kinderzimmertür, drängte Otto zurück, der sich ebenfalls hineinzwängen wollte, und schloss sie hinter mir.

Hier musste ich ansetzen, sagte ich mir. Schluss mit der Schwäche, ich war allein. Energisch und angewidert fuhr ich mit dem Besen unter die Betten von Gianni und Ilaria, dann unter den Schrank. Eine gelbgrüne Smaragdeidechse, wer weiß, wie sie zu uns in den fünften Stock gelangt war, flitzte über die Wand und suchte ein Loch, eine Öffnung, wo sie sich verstecken konnte. Ich drängte sie in eine Ecke und zerquetschte sie, indem ich mich mit dem ganzen Körper in den Besenstiel stemmte. Als ich angeekelt mit der großen Eidechse auf der Kehrschaufel herauskam, sagte ich:

»Alles in Ordnung, wir brauchen Papa nicht.«

Ilaria protestierte:

»Papa hätte sie nicht getötet, er hätte sie am Schwanz gepackt und auf die Wiese gebracht.«

Gianni schüttelte den Kopf, stellte sich zu mir, untersuchte die Eidechse und legte seine Arme um meine Taille:

»Nächstes Mal schlachte ich sie ab.«

An diesem groben Wort, abschlachten, wurde sein ganzes Unbehagen spürbar. Ich kannte meine Kinder in- und auswendig, sie verarbeiteten die Neuigkeit, die ich ihnen soeben mitgeteilt hatte, ohne es sich anmerken zu lassen: Ihr Vater war abgehauen, eine Fremde war ihm lieber als sie und ich.

Sie fragten nicht nach, sie verlangten keine Erklärung.

Beide gingen wieder ins Bett und fürchteten sich davor, dass noch etliche weitere Tiere aus dem Park bis in unsere Wohnung hinaufgeklettert sein könnten. Sie fanden nur schwer in den Schlaf zurück, und am nächsten Morgen waren sie verändert, als hätten sie entdeckt, dass es auf der ganzen Welt keinen sicheren Ort mehr gab. Genau dasselbe dachte ich übrigens auch.

6

Nach der Sache mit der Eidechse wurden die ohnehin schlaflosen Nächte zur reinsten Qual. Wo kam ich her, wo ging ich hin? Mit achtzehn Jahren hielt ich mich für eine außergewöhnliche junge Frau, der alles offenstand. Mit zweiundzwanzig heiratete ich Mario, wir verließen Italien und lebten erst in Kanada, dann in Spanien und Griechenland. Mit achtundzwanzig bekam ich Gianni, und während der Schwangerschaft schrieb ich eine längere Erzählung, die in Neapel spielte und die ich im Jahr darauf ohne Schwierigkeiten veröffentlichen konnte. Als ich einunddreißig war, kam Ilaria auf die Welt. Und jetzt, mit achtunddreißig, war nichts von mir übrig und ich nicht einmal mehr fähig, so zu handeln, wie ich es für richtig hielt. Ohne Arbeit, ohne Mann, verkrampft und abgestumpft.

Wenn die Kinder in der Schule waren, legte ich mich aufs Sofa, stand wieder auf, setzte mich hin, sah fern. Aber keine Sendung konnte mich von mir selbst ablenken. Nachts geisterte ich durch die Wohnung und landete bald bei den Kanälen, in denen Frauen, vor allem Frauen, auf ihren Betten herumhüpften wie Bachstelzen auf Ästen. Sie zogen dreckige Grimassen zwischen eingeblendeten Telefonnummern und Bildunterschriften, die höchste Genüsse prophezeiten. Oder sie räkelten sich und säuselten. Ich sah ihnen zu und überlegte, ob Marios kleine Hure vielleicht auch so war, der Traum oder Albtraum eines jeden Pornographen, womöglich hatte er genau davon in den fünfzehn Jahren unserer Beziehung insgeheim geträumt und ich hatte es nicht kapiert. Erst wurde ich wütend auf mich, dann auf ihn, und dann begann ich zu heulen, als lieferten die Damen des Nachtprogramms, die pausenlos ihre riesigen Titten kneteten, sich die Brustwarzen leckten und in ihrer geheuchelten Lust wanden, ein zum Weinen trauriges Schauspiel.

Zur Beruhigung gewöhnte ich mir an, bis zum Morgengrauen zu schreiben. Anfangs versuchte ich an dem Buch weiterzuarbeiten, an dem ich seit Jahren bastelte, dann ließ ich es angewidert bleiben. Nacht für Nacht schrieb ich Mario Briefe, obwohl ich nicht einmal wusste, wohin ich sie ihm schicken sollte. Ich hoffte, ich könnte sie ihm früher oder später selbst geben, mir gefiel der Gedanke, dass er sie lesen würde. Ich schrieb in der stillen Wohnung, nichts als das Atmen der Kinder nebenan und Otto, der ängstlich winselnd durch die Räume trottete. In diesen Briefen, die sehr lang waren, bemühte ich mich um einen vernünftigen, alltäglichen Ton. Ich ließ ihn wissen, dass ich unsere Beziehung sehr gründlich zu analysieren versuchte und seine Hilfe bräuchte, um zu verstehen, was ich falsch gemacht hatte. In einer Partnerschaft tauchten viele Unstimmigkeiten auf, räumte ich ein, die wolle ich nun aufarbeiten, sie beseitigen und eine Lösung finden. Es sei nur wichtig, und mehr würde ich ja gar nicht von ihm verlangen, dass er mir zuhörte, dass er mir mitteilte, ob er mich bei meiner Selbstanalyse unterstützen wolle. Ich könne es nicht ertragen, dass er sich nicht mehr meldete, er dürfe mir die notwendige Auseinandersetzung nicht verweigern, wenigstens das sei er mir schuldig, wie konnte er es schaffen, mich unser gemeinsames Leben, Jahr für Jahr, in meiner Verzweiflung ganz allein unter dem Mikroskop untersuchen zu lassen. Es ginge nicht darum, log ich in meinem Brief, ob er zu mir und den Kindern zurückkäme. Mir war etwas anderes wichtig, ich wollte verstehen. Warum hatte er fünfzehn Jahre voller Gefühle, Empfindungen und Liebe einfach so weggeworfen? Zeit, viel Zeit, mein ganzes Leben hatte er mir gestohlen, um sich nun einfach aus einer Laune heraus davon zu befreien. Was für eine ungerechte, egoistische Entscheidung. Die Vergangenheit zu verjagen wie ein lästiges Insekt, das sich einem auf die Hand gesetzt hat. Nicht nur seine Vergangenheit, auch meine, die mit diesem Scheitern verknüpft war. Ich bat ihn, ich flehte ihn an, er solle mir helfen herauszufinden, ob diese Zeit wenigstens ausgefüllt gewesen sei, wann das Ganze sich aufzulösen begonnen habe und ob unser Leben nichts war als vergeudete Stunden, Monate und Jahre oder ob irgendein geheimer Sinn es zu einer fruchtbaren Erfahrung mache. Das zu wissen sei notwendig und dringlich, schloss ich. Nur wenn ich das wüsste, könne ich es schaffen, auch ohne ihn weiterzuleben. Aber so, dem Chaos des Zufalls ausgeliefert, ging ich zu Grunde, fiel ich auseinander, ich sei ausgetrocknet wie eine leere Muschel an einem sonnigen Strand.

Wenn meine geschwollenen Finger den Stift nicht mehr halten wollten und meine Augen ganz blind waren vom Weinen, trat ich ans Fenster. Ich lauschte dem Wind, der in Wellen über die Bäume im Park streifte, und der stummen, finsteren Nacht, nur hier und da leuchteten die Kronen der Laternen auf, vom Blattwerk gedämmt. In diesen langen Nächten war ich die Hüterin des Schmerzes, gemeinsam mit einer Schar toter Worte hielt ich Wache.

7

Doch tagsüber war ich aufgedreht und immer zerstreuter. Ich nahm mir etwas vor und rannte kreuz und quer durch Stadt, um Dinge zu erledigen, die alles andere als dringend waren, doch ich legte eine Energie an den Tag, als sei es ein absoluter Notfall. Ich wollte sicher wirken, dabei besaß ich kaum noch die Kontrolle über meinen Körper, hinter meinem Aktionismus führte ich das Leben einer Schlafwandlerin.

Turin kam mir vor wie eine große Festung mit eisernen Mauern, Wänden von eisigem Grau, die auch die Frühlingssonne nicht wärmen konnte. An schönen Tagen breitete sich in den Straßen ein unangenehmes kaltes Licht aus, das mir Schweißausbrüche bescherte. Wenn ich zu Fuß unterwegs war, prallte ich oft mit Dingen oder Passanten zusammen, meistens setzte ich mich dann irgendwo hin, bis ich mich wieder beruhigt hatte. Auch im Auto passierten mir Missgeschicke, ich vergaß, dass ich am Steuer saß. Schon nach kurzer Zeit sah ich nicht mehr die Straße vor mir, sondern lebhafte Erinnerungen an die Vergangenheit oder die üblichen Phantasien, dann konnte es leicht geschehen, dass ich einen Kotflügel zerbeulte oder im letzten Moment noch bremste, aber wütend, als zerstöre die Wirklichkeit durch ihr unerwünschtes Eindringen eine heraufbeschworene Welt, die in diesem Augenblick die einzige war, die für mich zählte.

In diesen Situationen verwandelte ich mich in eine Furie, ich keifte Beleidigungen und attackierte den Besitzer des Autos, das ich angefahren hatte, und wenn es ein Mann war, warf ich ihm vor, er habe sicher gerade ganz was anderes im Kopf gehabt, irgendwelche Sauereien, Sex mit kleinen Mädchen oder so.

Richtig erschrocken habe ich mich nur das eine Mal, als ich Ilaria geistesabwesend erlaubt hatte, vorne zu sitzen. Ich fuhr den Corso Massimo d'Azeglio entlang, auf der Höhe des Instituts für Elektrotechnik. Obwohl die Sonne schien, nieselte es ein wenig, wer weiß, wo ich in Gedanken war, vielleicht hatte ich mich gerade zu der Kleinen umgedreht, um zu überprüfen, ob sie den Gurt angelegt hatte, vielleicht auch nicht. Jedenfalls bemerkte ich die rote Ampel und den hageren Schatten eines Mannes, der über den Zebrastreifen ging, erst im letzten Moment. Der Mann starrte vor sich hin, er sah aus wie unser Nachbar Carrano. Vielleicht war er es auch, nur ohne Instrument, mit gesenktem Kopf, grauem Haar. Ich trat auf die Bremse, das Auto kam mit einem langen, heulenden Quietschen wenige Zentimeter vor dem Mann zum Stehen, Ilaria schlug mit der Stirn gegen die Windschutzscheibe, ein Kranz heller Risse breitete sich auf dem Glas aus, sie wurde sofort leichenblass.

Geschrei, Geheul, zu meiner Rechten hörte ich das Rasseln der Straßenbahn, der graugelbe Block passierte den Bürgersteig, das Eisengeländer und überholte mich. Ich saß stumm hinterm Lenkrad, während Ilaria wütend mit den Fäusten auf mich einschlug und kreischte:

»Du hast mir wehgetan, du bist blöd, du hast mir so wehgetan!«

Irgendjemand sagte mir was Unverständliches, vielleicht mein Nachbar, wenn er es denn war. Ich kam wieder zu mir und gab eine aggressive Antwort. Dann nahm ich Ilaria in den Arm, vergewisserte mich, dass sie nicht blutete, fluchte über das nicht enden wollende Gehupe, wies die lästig hilfsbereiten Fußgänger ab, ein Nebel von Schatten und Geräuschen. Dann stieg ich aus, nahm Ilaria auf den Arm und suchte Wasser. Ich überquerte die Schienen und ging unsinnigerweise auf ein graues Pissoir zu, es trug den verblichenen Schriftzug »casa del fascio«. Was tat ich bloß, ich besann mich eines Besseren und kehrte um. Ich setzte mich mit der schreienden Ilaria im Arm auf die Bank an der Haltestelle und wehrte mich mit heftigen Gesten gegen die Schatten und Stimmen, die über mich hereinstürzten. Als die Kleine sich beruhigt hatte, beschloss ich, ins Krankenhaus zu fahren. Ich weiß noch, dass ein einziger Gedanke mir deutlich und unablässig durch den Kopf ging: Irgendwer wird Mario erzählen, dass seine Tochter einen Unfall hatte, und dann wird er sich melden.

Doch wie sich herausstellte, war Ilaria in bester Verfassung. Sie trug nur lange Zeit mit einem gewissen Stolz eine blaue Beule auf der Stirn, kein Anlass zur Sorge, schon gar nicht für ihren Vater, sofern er überhaupt davon wusste. Die einzige unangenehme Erinnerung an jenen Tag blieb dieser Gedanke, der Beweis meiner erbärmlichen Verzweiflung, der unbewusste Versuch, die Kleine zu benutzen, damit Mario nach Hause kam und ich ihm sagen konnte: Siehst du, was passiert, wenn du nicht da bist? Begreifst du jetzt, wohin du mich Tag für Tag treibst?

Ich schämte mich dafür. Aber ich konnte einfach nicht anders, das Einzige, was mich beschäftigte, war die Frage, wie ich ihn wieder zurückbekam. Bald hatte ich die wahnwitzige Idee, ihn zu treffen, ihm zu sagen, dass ich nicht mehr konnte, ihm zu zeigen, wie reduziert ich ohne ihn war. Ich war sicher, dass er auf Grund irgendeiner Gefühlsblindheit nicht mehr wahrnahm, in welcher Verfassung die Kinder und ich tatsächlich waren, und dass er meinte, wir würden ganz normal weiterleben. Vielleicht dachte er sogar, wir seien ein bisschen erleichtert, schließlich musste ich mich nun nicht mehr um ihn kümmern und die Kinder mussten seine Autorität nicht mehr fürchten, Gianni musste sich keine Vorwürfe mehr anhören, wenn er Ilaria haute, und Ilaria, wenn sie ihren Bruder ärgerte, und so waren wir alle glücklich, wir an dem einen Ort und er woanders. Man musste ihm die Augen öffnen, sagte ich mir. Ich lebte in der Hoffnung, wenn er uns hätte sehen können, wenn er erfahren hätte, in welchem Zustand die Wohnung war, wenn er nur einen Tag lang unser Leben begleitet hätte, so wie es nun war – chaotisch, hektisch, angespannt wie ein Stück Eisendraht, der ins Fleisch schneidet –, wenn er meine Briefe gelesen und verstanden hätte, was für eine Mühe es mich kostete, herauszufinden, was in unserer Beziehung falsch gelaufen war, dann wäre er sofort zu seiner Familie zurückgekehrt.

Wenn ihm unsere Situation bekannt gewesen wäre, hätte er uns doch niemals verlassen. Selbst der Frühling, der inzwischen fortgeschritten war und den er, wo auch immer er war, vielleicht als herrliche Jahreszeit empfand, war für uns nur ein Abgrund aus Unbehagen und Erschöpfung. Tag und Nacht schien der Park sich unserem Haus entgegenzurecken, als wollte er es mit seinen Ästen und Blättern verschlingen. Das Gebäude war eingehüllt von Blütenpollen, die Otto völlig aufpeitschten. Ilarias

Augen waren geschwollen, Gianni hatte Ausschlag hinter den Ohren. Und ich selber nickte vor Mattheit und Stumpfsinn immer häufiger um zehn Uhr morgens ein und wachte gerade noch rechtzeitig auf, um die Kinder von der Schule abzuholen. Aus lauter Angst, einmal nicht pünktlich aus diesen Schlafanfällen zu erwachen, gewöhnte ich sie bald daran, allein nach Hause zu kommen.

Doch mittlerweile fand ich Gefallen an dem Schlafen tagsüber, das ich zuvor für ein alarmierendes Krankheitssymptom gehalten hatte, und ich freute mich darauf. Manchmal wurde ich von dem fernen Klingeln an der Tür geweckt. Das waren die Kinder, die schon wer weiß wie lange dort standen und warteten. Als ich einmal erst sehr spät aufmachte, sagte Gianni:

»Ich dachte schon, du wärst tot.«

8

An einem dieser schläfrigen Vormittage fuhr ich plötzlich wie von einer Nadel gestochen aus dem Schlaf hoch. Ich dachte, die Kinder seien schon zurück, und sah auf die Uhr, doch es war noch früh. Dann begriff ich, dass das Klingeln meines Handys mich aufgeschreckt hatte. Ich meldete mich in der wütenden Art, die ich mir inzwischen angewöhnt hatte. Doch es war Mario und ich änderte gleich meinen Tonfall. Er sagte, er rufe auf dem Handy an, weil mit unserem Telefon irgendwas nicht stimme, er habe es häufig probiert, aber immer nur ein Zischen gehört, ferne Gespräche von Fremden. Ich war gerührt von seiner Stimme, von seinem freundlichen Ton, seiner Anwesenheit irgendwo in der Welt. Das Erste, was ich ihm sagte, war:

»Glaub mir, ich habe die Glasscherben nicht absichtlich unter die Nudeln gemischt. Das war ein unglücklicher Zufall, mir war eine Flasche kaputtgegangen.«

»Aber ich bitte dich!«, erwiderte er. »Ich habe völlig überreagiert.«

Er erzählte, dass er aus beruflichen Gründen kurzfristig nach Dänemark gefahren sei, eine schöne, aber anstrengende Reise. Er fragte, ob er am Abend vorbeikommen könne, um die Kinder zu sehen und ein paar Bücher abzuholen, die er brauchte, vor allem seine Notizen.

»Natürlich«, antwortete ich, »du bist doch hier zu Hause.«

Kaum hatte ich aufgelegt, war der Vorsatz, ihm den Besorgnis erregenden Zustand zu zeigen, in dem sich der Haushalt, die Kinder und ich befanden, schlagartig verschwunden. Ich räumte auf und putzte die ganze Wohnung. Ich duschte, föhnte mir die Haare, dann wusch ich sie ein zweites Mal, weil ich mit dem Ergebnis nicht zufrieden war. Ich schminkte mich sorgfältig, zog ein leichtes, fast sommerliches Kleid an, das er mir geschenkt hatte und das er mochte. Ich widmete mich meinen Nägeln, vor allem den Fußnägeln, für die ich mich wegen ihrer plumpen Form schämte. Ich achtete auf jede Kleinigkeit. Ich holte sogar meinen Kalender hervor, rechnete nach und stellte enttäuscht fest, dass meine Tage anstanden. Ich hätte gehofft, sie würden etwas später einsetzen. Als die Kinder aus der Schule kamen, waren sie sprachlos.

»Es ist alles so sauber, sogar du. Wie schön du bist!« Das war der einzige Ausdruck ihrer Freude. Sie hatten sich schon daran gewöhnt, im Chaos zu hausen, und die wieder eingekehrte Ordnung beunruhigte sie. Ich musste lange kämpfen, bis auch sie bereit waren, zu duschen und sich fein zu machen wie für ein Fest.

»Heute Abend kommt euer Vater, wir müssen alle dafür sorgen, dass er nicht wieder geht.«

Ilaria verkündete, als sei es eine Drohung:

»Dann erzähle ich ihm das mit der Eidechse.«

»Erzähl ihm, was du willst.«

Gianni sagte sehr bewegt:

»Ich sage ihm, dass ich meine Hausaufgaben falsch mache und schlecht in der Schule bin, seit er weg ist.«

»Ja«, ermunterte ich sie, »das könnt ihr ihm ruhig alles sagen. Sagt ihm, dass ihr ihn braucht und dass er sich zwischen euch und seiner neuen Frau entscheiden muss.«

Am Abend fing ich wieder von vorne an, mich zu waschen und zu schminken, ich war nervös und schimpfte aus dem Bad mit den Kindern, weil sie mit ihren Sachen neues Chaos anrichteten. Ich fühlte mich immer unwohler, ich dachte: Na toll, jetzt habe ich auch noch Pickel an Kinn und Schläfen, ich kann wohl nicht einmal im Leben ein bisschen Glück haben.

Dann kam ich auf die Idee, die Ohrringe anzulegen, die früher Marios Großmutter gehört hatten, er liebte diesen Schmuck, auch seine Mutter hatte ihn ihr Leben lang getragen. Er war wertvoll, in den fünfzehn Jahren hatte ich ihn nur ein einziges Mal anlegen dürfen, zur Hochzeit seines Bruders, und selbst da hatte er großes Theater gemacht. Er hing sehr daran, nicht weil er fürchtete, er könne verloren gehen oder gestohlen werden oder weil er ihn als sein Eigentum betrachtet hätte. Ich hatte eher den Eindruck, er wollte sich nicht irgendwelche Erinnerungen oder Phantasien aus der Kindheit und Jugend ruinieren, indem er ihn an mir sah.

Ich würde ihm ein für alle Mal zeigen, dass ich die einzig mögliche Verkörperung dieser Phantasien war. Ich betrachtete mich im Spiegel. Obwohl ich etwas abgemagert aussah und trotz der dunklen Ringe unter den Augen und der gelblichen Gesichtsfarbe, die kein Make-up verdecken konnte, fand ich mich schön, oder besser gesagt, ich wollte mich um jeden Preis schön finden. Ich brauchte Selbstvertrauen. Meine Haut war noch straff. Die achtunddreißig Jahre sah man mir nicht an. Wenn ich es schaffte, vor mir selbst das Gefühl zu vertuschen, dass man mir das Leben abgesaugt hatte wie Blut, Spucke und Schleim in einem chirurgischen Eingriff, vielleicht war ich dann auch in der Lage, Mario zu täuschen.

Einen Moment später war ich wieder deprimiert. Ich spürte meine schweren Augenlider, mir tat der Rücken weh, am liebsten wäre ich in Tränen ausgebrochen. Ich kontrollierte meinen Slip, er war blutbefleckt. Ich stieß eine hässliche Obszönität im Dialekt aus, mit einer solchen Wut in der Stimme, dass ich Angst hatte, die Kinder könnten es gehört haben. Ich wusch mich noch einmal und zog mich frisch an. Dann klingelte es endlich.

Ich ärgerte mich sofort darüber, dass der Herr den Fremden spielte und nicht den Schlüssel zu seiner eigenen Wohnung benutzte, als wollte er unterstreichen, dass er nur zu Besuch war. Otto stürzte als Erster in den Flur, sprang wild herum, schnupperte eifrig und bellte vor Freude, als er ihn erkannte. Dann kam Gianni, der die Tür aufmachte und wie in Habachtstellung erstarrte. Ilaria versteckte sich hinter ihrem Bruder, lächelte aber mit glänzenden Augen. Ich blieb hinten im Flur an der Küchentür stehen.

Mario kam mit vielen Paketen herein. Ich hatte ihn seit genau vierunddreißig Tagen nicht gesehen. Er schien mir jünger, gepflegter als sonst, sogar ausgeruhter, und mein Magen zog sich so schmerzhaft zusammen, dass ich mich der Ohnmacht nahe glaubte. Nichts an seinem Körper, an seinem Gesicht wies darauf hin, dass wir ihm fehlten. Während ich – das wusste ich, sobald sein besorgter Blick mich streifte – alle Merkmale des Leidens aufwies, konnte er sein Wohlbefinden, womöglich sein Glück kaum verbergen.

»Kinder, jetzt lasst euren Vater mal in Ruhe«, sagte ich mit gekünstelt fröhlicher Stimme, als Ilaria und Gianni ihre Geschenke ausgepackt hatten, ihm um den Hals fielen, ihm Küsschen gaben und um seine Aufmerksamkeit buhlten. Doch sie hörten nicht auf mich. Ich blieb mürrisch in einer Ecke stehen, während Ilaria affektiert das Kleid anprobierte, das ihr Vater ihr mitgebracht hatte, und Gianni ein ferngesteuertes Auto durch den Flur rasen ließ, das Otto kläffend verfolgte. Die Zeit schien zu brodeln, als würde sie in klebrigen Wellen aus einem Topf auf die Herdflamme schwappen. Ich blieb gefasst, als die Kleine die Sache mit der Eidechse und andere Fehltritte von mir in düstersten Farben schilderte, als Mario ihr mit einem Kuss auf die Stirn versicherte, dass es nicht weiter schlimm sei, als Gianni seinen Ärger mit der Schule übertrieb und ihm eine Hausaufgabe vorlas, die seine Lehrerin schlecht benotet hatte, und sein Vater ihn lobte und beruhigte. Was für eine jämmerliche Szene. Irgendwann hielt ich es nicht mehr aus, schob die Kinder ziemlich unwirsch in ihr Zimmer, schloss die Tür und drohte ihnen mit einer Strafe, falls sie wieder herauskämen, und nach einem erheblichen, aber leider erfolglosen Versuch, meiner Stimme wieder einen liebenswürdigen Klang zu verleihen, rief ich:

»Schön. Und, hast du dich in Dänemark gut amüsiert? War deine Geliebte auch mit?«

Er schüttelte den Kopf, schürzte die Lippen und antwortete leise:

»Wenn du so anfängst, suche ich meine Sachen zusammen und bin gleich wieder weg.«

»Ich habe dich nur gefragt, wie die Reise war. Man wird ja wohl noch fragen dürfen.«

»Nicht in diesem Ton.«

»Ach nein? Wie ist mein Ton denn? Und was für einer soll es denn sein?«

»Ein anständiger Ton.«

»Warst du etwa anständig zu mir?«

»Ich habe mich verliebt.«

»Das war ich auch die ganze Zeit. In dich. Aber du hast mich gedemütigt und du demütigst mich weiter.«

Er senkte den Blick und sah aus, als täte es ihm aufrichtig leid, vor lauter Rührung verfiel ich wieder in einen zärtlichen Tonfall, ich konnte nicht anders. Ich sagte, ich verstünde seine Lage, ich könne nachempfinden, wie durcheinander er sei. Aber, stammelte ich mit langen Pausen des Schmerzes, sosehr ich mich auch anstrengte zurechtzukommen, zu verstehen, geduldig zu warten, bis das Unwetter sich verzog, manchmal gelang es mir, aber manchmal eben nicht. Als Beweis meines guten Willens holte ich das Bündel von Briefen, die ich ihm geschrieben hatte, aus der Küchentischschublade und legte es hastig vor ihn.

»Wie du siehst, habe ich viel gearbeitet«, erklärte ich, »da drin findest du meine Argumente und die Mühe, die ich mir gebe, die deinen zu verstehen. Lies.«

»Jetzt?«

»Wann sonst?«

Mit beschämter Miene faltete er das erste Blatt auseinander, überflog ein paar Zeilen und sah mich an.

»Das lese ich zu Hause.«

»In wessen Zuhause?«

»Hör auf, Olga. Gib mir bitte etwas Zeit, für mich ist das auch schwierig.«

»Bestimmt nicht so schwierig wie für mich.«

»Das stimmt nicht. Es ist, als würde ich in einen Abgrund stürzen. Ich habe Angst vor jeder Stunde, vor jeder Minute ...«

Ich weiß nicht mehr, was genau er sagte. Wenn ich ehrlich bin, erwähnte er wohl nur, dass der Körper des Menschen, mit dem man zusammenlebt und das Bett teilt, sich in eine Art Zeitmesser verwandele, er nannte es »Stoppuhr«, er benutzte genau dieses Wort, »eine Stoppuhr des Lebens, das davonrast und eine Spur von Angst hinterlässt«. Doch ich hatte den Eindruck, als wolle er eigentlich etwas anderes sagen, sicher hörte ich da mehr heraus, als er in Wirklichkeit sagte. Ich fauchte und wurde absichtlich vulgär, was seinen anfänglichen Protest schließlich verstummen ließ:

»Willst du damit sagen, dass ich dir Angst gemacht habe? Dass du dich alt gefühlt hast, wenn wir miteinander geschlafen haben? Hast du an meinem Hintern deinen Tod kommen sehen, daran, wie glatt er früher war und wie er jetzt ist? Meinst du das?«

»Die Kinder sind nebenan ...«

»Nebenan, hier, dort ... Und wo bin ich? Wo steckst du mich hin? Das möchte ich gerne mal wissen! Wenn ich dir Angst mache, weißt du, wie viel Angst du mir dann erst machst? Los, lies die Briefe! Ich kann es einfach nicht begreifen! Ich kapiere nicht, was mit uns passiert ist!«

Er warf einen angewiderten Blick auf die Briefe.

»Wenn du dich da so reinsteigerst, wirst du es nie kapieren.«

»Ach ja? Und wie soll ich sonst damit umgehen?«

»Du solltest dich ein bisschen ablenken.«

Ich spürte eine abrupte Wendung in mir und fragte mich, ob er wenigstens noch eifersüchtig war, ob er noch

Wert darauf legte, meinen Körper zu besitzen, ob er das Eindringen eines anderen ertragen würde.

»Natürlich lenke ich mich ab«, sagte ich betont oberflächlich, »denk ja nicht, dass ich hier sitze und warte. Ich schreibe, ich versuche zu verstehen, ich quäle mich. Aber das tue ich nur für mich und die Kinder, bestimmt nicht dir zuliebe. Das wäre ja noch schöner. Schau dich doch um hier. Siehst du nicht, wie gut es uns geht? Und hast du mich noch nicht angesehen?«

Ich drückte den Rücken durch und ließ die Ohrringe baumeln, indem ich ihm voll Ironie erst die eine Gesichtshälfte präsentierte und dann die andere.

»Du siehst gut aus«, sagte er ohne Überzeugung.

»Von wegen gut. Mir geht es blendend. Frag mal unseren Nachbarn Carrano, wie gut es mir geht.«

»Den Fiedler?«

»Den Musiker.«

»Triffst du dich mit ihm?«, fragte er lustlos. Ich lachte, es war eine Art Glucksen.

»Ja, so kann man es auch nennen. So wie du deine Geliebte.«

»Warum gerade er? Ich mag den Kerl nicht.«

»Ich muss ja mit ihm vögeln, nicht du.«

Er schlug die Hände vors Gesicht, rieb es ausgiebig, dann murmelte er:

»Machst du das auch vor den Kindern?«

Ich grinste.

»Ficken?«

»So reden.«

Ich verlor die Kontrolle und schrie:

»Wie reden? Ich scheiß drauf, dir Honig ums Maul zu schmieren. Du hast mir wehgetan, und ich soll weiter das brave, gut erzogene Frauchen spielen? Du Arschloch! Wie soll ich das denn nennen, was du mir angetan hast, was du mir immer noch antust? Wie soll ich das nennen, was du mit der treibst? Na, sag schon! Leckst du der die Möse? Nimmst du sie von hinten? Machst du mit ihr all das, was du mit mir nie gemacht hast? Na, sag schon! Sehen tu ich euch dabei sowieso! Mit eigenen Augen sehe ich alles, was ihr treibt, ich sehe es hundertmal, tausendmal, Tag und Nacht, mit offenen und mit geschlossenen Augen! Aber um den gnädigen Herrn und seine Kinder nicht zu beunruhigen, soll ich mich anständig ausdrücken und vornehm tun! Komm, verschwinde! Verpiss dich, du Scheißkerl!«

Er stand direkt auf, stürmte in sein Arbeitszimmer, stopfte Bücher und Hefte in eine Tasche, blieb einen Moment wie betäubt vor seinem Computer stehen, nahm dann einen Kasten mit Disketten und anderes Zeug aus den Schubladen.

Ich hielt den Atem an und rannte ihm hinterher. Eine Flut von Vorwürfen kam mir in den Sinn. Ich wollte ihn anbrüllen: Finger weg, an diesen Dingen hast du gearbeitet, während ich nebenan war und mich um dich kümmerte, für dich einkaufte und kochte, das ist Zeit, die eigentlich mir zusteht, rühr ja nichts an. Doch plötzlich war ich erschrocken über die Folgen jedes einzelnen Wortes, das ich gesagt hatte, der Worte, die ich noch hätte sagen können, ich fürchtete, ich könnte ihn angewidert haben und er würde tatsächlich gehen.

»Entschuldige, Mario, komm, lass uns reden... Mario! Ich bin nur ein bisschen nervös...«

Er stieß mich beiseite, ging zur Tür, öffnete sie und sagte:

»Ich muss gehen. Aber ich komme wieder, keine Angst. Wegen der Kinder.«

Er machte Anstalten zu gehen, blieb stehen, sagte:

»Leg diesen Schmuck nicht wieder an. Er steht dir nicht.«

Dann verschwand er, ohne die Tür hinter sich zu schließen.

Ich schmiss sie voller Wucht ins Schloss, die Tür war so alt und klapprig, dass sie scheppernd wieder aufsprang. Ich trat so lange dagegen, bis sie endlich zublieb. Dann rannte ich auf den Balkon, der Hund folgte mir ängstlich knurrend. Ich wartete, bis Mario unten auf der Straße erschien, dann schrie ich verzweifelt:

»Sag mir, wo du wohnst, gib mir wenigstens eine Telefonnummer! Was soll ich denn machen, wenn ich dich erreichen muss oder wenn etwas mit den Kindern ist?«

Er sah nicht hoch. Außer mir vor Wut brüllte ich:

»Ich will wissen, wie diese Hure heißt, du musst es mir sagen ... Ich will wissen, ob sie schön ist, wie alt sie ist ...«

Mario stieg in seinen Wagen, startete den Motor. Das Auto verschwand hinter der Begrünung in der Mitte des kleinen Platzes, tauchte noch einmal auf und verschwand endgültig.

»Mama«, rief Gianni nach mir.

9

Ich drehte mich um. Die Kinder hatten die Tür ihres Zimmers geöffnet, trauten sich aber nicht, über die Schwelle zu treten. Mein Anblick war wohl nicht sehr beruhigend. Sie standen da und beobachteten mich verängstigt.

Sie hatten so einen Blick wie manche Figuren in den Spukgeschichten, als könnten sie mehr sehen, als in Wirklichkeit zu sehen war. Vielleicht stand neben mir, regungslos wie eine Friedhofsfigur, die verlassene Frau aus meinen Kindheitserinnerungen, die *poverella*. Sie war aus Neapel nach Turin gekommen, um mich an einem Rockzipfel festzuhalten, bevor ich aus dem fünften Stock herunterfiel. Sie wusste, dass ich meinen Mann am liebsten mit Tränen von kaltem Schweiß und Blut beweinen und ihm zurufen wollte: Bleib. Sie, die *poverella,* hatte es getan, ich erinnerte mich. Eines Abends hatte sie versucht, sich zu vergiften. Meine Mutter sagte zu ihren beiden Gesellinnen, die eine war brünett, die andere blond: »Die *poverella* hat wohl gedacht, ihr Mann würde alles bereuen, sofort an ihr Krankenbett gerannt kommen und sie um Verzeihung bitten.« Stattdessen blieb er, wo er war, bei der Frau, die er nun liebte. Und meine Mutter lachte verbittert über diese und ähnlich bittere Geschichten, die sie gehört hatte. Ungeliebte Frauen verlieren den Glanz in den Augen, ungeliebte Frauen sterben bei lebendigem Leibe. Stundenlang redete sie so, und dabei nähte und schnitt sie die Kleidungsstücke gleich am Körper der Kunden zu, die sich ihre Garderobe Ende der sechziger Jahre noch von ihr maßschneidern ließen. Erzählen, lästern, nähen, und ich hörte zu. Mein Wunsch, Geschichten zu schreiben, entstand, als ich dort unter dem Tisch spielte. Der treulose Mann, der nach Pescara verschwunden war, kehrte nicht einmal zurück, als seine Frau selbst verschuldet zwischen Leben und Tod schwebte, der Notarzt musste kommen und sie ins Krankenhaus bringen. Diese Sätze haben sich für immer in mein Gedächtnis eingebrannt. Zwischen Leben und Tod schweben, wie ein Seiltänzer. Ich weiß nicht warum, aber als ich die Worte meiner Mutter hörte, sah ich die *poverella* aus Liebe zu ihrem Mann auf der Schneide eines Schwertes liegen, die Klinge hatte schon ihr Kleid und ihre Haut aufgeschnitten. Als sie aus dem Krankenhaus kam, fand ich sie bemitleidenswerter denn je, unter dem Kleid hatte sie eine dunkelrote Narbe. Die Nachbarn machten einen Bogen um sie, denn sie wussten nicht, wie sie mit ihr reden, was sie ihr sagen sollten.

Ich kam wieder zu mir, voller Hass, ich wollte mich mit meinem ganzen Gewicht auf Mario stürzen, ihn verfolgen. Am nächsten Tag beschloss ich, die alten Freunde anzurufen und den Kontakt neu zu beleben. Doch das Telefon funktionierte nicht, wenigstens in dieser Beziehung hatte Mario nicht gelogen. Wenn ich den Hörer abnahm, ertönte nur ein unangenehmes Zischen und fernes Stimmengewirr.

Ich griff zum Handy. Ich telefonierte der Reihe nach mit all meinen Bekannten und gab ihnen in gespielt sanftem Tonfall zu verstehen, dass ich mich beruhigt hatte und nun besser mit der neuen Situation umgehen konnte. Wenn sie einigermaßen gesprächig waren, wechselte ich unauffällig das Thema, fragte sie nach Mario und seiner Neuen, als wüsste ich bereits alles und wollte nur ein bisschen plaudern. Die meisten ahnten, dass ich sie aushorchen wollte, und antworteten einsilbig. Aber manche konnten nicht widerstehen und enthüllten mir zögernd ein paar Details: Die Geliebte meines Mannes fuhr einen VW metallic; sie trug ständig vulgäre rote Stiefel; sie war eher unscheinbar, eine Blondine undefinierbaren Alters. Lea Farraco war die Redseligste von allen. Eigentlich tratschte sie nicht, sie begnügte sich damit, mir zu sagen, was sie wusste. Sie hatte die beiden noch nie zusammen gesehen. Über die Frau konnte sie also nichts sagen. Doch sie wusste, dass sie zusammenlebten. Die Adresse hatte sie auch nicht, aber angeblich wohnten sie in der Nähe des Largo Brescia, ja genau, am Largo Brescia. Sie hatten sich in eine einsame, nicht gerade sympathische Gegend zurückgezogen, denn Mario wollte niemanden sehen und auch nicht gesehen werden, etwa von den Uni-Freunden.

Ich wollte sie noch weiter ausquetschen, doch das Handy, das ich wer weiß wie lange nicht aufgeladen hatte, ging plötzlich aus. Ich suchte die ganze Wohnung nach dem Ladekabel ab, fand es aber nicht. Am Tag zuvor hatte ich wegen Marios Besuch jeden Winkel aufgeräumt, wahrscheinlich hatte ich es bei der Gelegenheit an einen sicheren Ort gepackt, an den ich mich nun, sosehr ich auch alles durchwühlte, nicht mehr erinnerte. Ich bekam einen meiner Wutanfälle, Otto begann unerträglich zu kläffen, und um es nicht dem Hund an den Kopf zu schmeißen, schmiss ich das Handy gegen die Wand.

Das Gerät fiel mit einem kurzen Schlag zu Boden und zerbrach in zwei Teile, und der Hund stürzte sich mit Gebell auf sie, als wären sie etwas Lebendiges. Als ich mich wieder beruhigt hatte, ging ich an den Festnetzanschluss und nahm den Hörer ab, und da war wieder nur dieses anhaltende Zischen und die fernen Stimmen. Doch anstatt aufzulegen, folgten meine Finger den gewohnten Bewegungen und wählten fast instinktiv Leas Nummer. Das Zischen hörte plötzlich auf und die Leitung war frei, die Mysterien des Telefons.

Dieser zweite Anruf erwies sich als überflüssig. Inzwischen war eine Weile vergangen, und als meine Freundin antwortete, war sie plötzlich sehr wortkarg. Vielleicht hatte ihr Mann ihr Vorwürfe gemacht oder sie hatte es selbst bereut, dazu beizutragen, die offensichtlich komplizierte Situation noch komplizierter zu machen. Es war ihr unangenehm, sie gab mir zu verstehen, mehr könne sie mir auch nicht sagen. Sie habe Mario schon länger nicht gesehen und wirklich keine Ahnung, ob seine Neue jung oder alt war oder ob sie arbeitete. Und was die Adresse der beiden anging, so sei Largo Brescia auch nur die ganz grobe Richtung, ebenso gut konnten sie auf dem Corso Palermo, in der Via Teramo oder der Via Lodi wohnen, schwer zu sagen, in der Ecke hießen ja alle Straßen nach irgendwelchen Städten. Im Übrigen könne sie sich auch kaum vorstellen, dass Mario in diesem Viertel gelandet sei. Sie gab mir den Rat, damit abzuschließen, die Zeit würde schon alles richten.

Was mich nicht davon abhielt, noch am selben Abend, sobald die Kinder schliefen, ins Auto zu steigen und bis ein, zwei Uhr nachts den Largo Brescia, den Corso Brescia und den Corso Palermo abzuklappern. Ich fuhr langsam. In dieser Gegend war die Stadt wie aufgeplatzt, zerfetzt von der klaffenden Wunde der glänzenden Straßenbahnschienen. Der schwarze Himmel drückte auf die niedrigen Häuser und das kranke Licht der Laternen wie ein unerbittlich niedergehender Schlagkolben, den allein ein hoher, eleganter Kran zurückhielt. Auf den Balkonen blähten sich weiße oder blaue Laken und schlugen vom Wind gepeitscht gegen die grauen Satellitenschüsseln. Ich parkte den Wagen und lief verbittert und verbissen durch die Straßen. Ich hoffte, Mario und seine Geliebte zu treffen. Ich wünschte es mir. Ich dachte, ich könnte sie vielleicht überraschen, wenn sie aus ihrem VW stiegen, auf dem Heimweg von einem Kinobesuch oder vom Restaurant, fröhlich, wie wir beide es auch einmal waren, zumindest bevor die Kinder da waren. Aber nichts: nur leere Autos, geschlossene Läden, in irgendeiner Ecke hockte ein Betrunkener. Frisch renovierte Häuser neben hinfälligen Mauern, aus denen fremde Klänge drangen. Auf dem Ziegeldach eines niedrigen Baus las ich in gelber Schrift: »Silvano ist frei.« Freiheit für ihn, Freiheit für uns, Freiheit für alle. Schluss mit dem einengenden Ballast, den elenden Fesseln des Lebens. In der Via Alessandria lehnte ich mich erschöpft an die blau getünchte Wand eines Hauses, in den Stein waren Buchstaben eingemeißelt: »Altenheim Prinz von Neapel«. Da war ich nun also, in meinem Kopf dröhnten südliche Akzente, ferne Städte nahmen mich in die Zange, eingeklemmt zwischen dem blauen Meer und den weißen Alpen. Vor dreißig Jahren lehnte sich die *poverella* von der Piazza Mazzini wie ich gegen eine Mauer, gegen eine Wand, wenn die Verzweiflung ihr den Atem raubte. Es gelang mir nicht, wie ihr im Übrigen auch nicht, mich mit Auflehnung oder Rachegedanken zu trösten. Wenn Mario und seine Neue sich in einem dieser Häuser verkrochen hatten – vielleicht in dem wuchtigen Gebäude, das auf einen geräumigen Hof führte, mit der Aufschrift

»Aluminium« über dem Eingang, die Fassaden voller Balkone und kein einziger ohne Laken daran –, hätten sie ihre glückliche Zweisamkeit bestimmt versteckt, hinter einem dieser Wachstücher gegen allzu aufdringliche Blicke der Nachbarn, ich konnte nichts tun in meinem Elend, in meiner Wut, überhaupt gar nichts, um diesen Schutzschirm zu durchbrechen, mich ihnen zu zeigen und sie mit meinem Unglück unglücklich zu machen.

Ich irrte lange durch die finsterroten Straßen, mit der unsinnigen Gewissheit (eine dieser unbegründeten Gewissheiten, die wir Vorahnungen nennen, ein fantastisches Ventil für unsere Sehnsüchte), dass sie dort irgendwo waren, hinter einem Tor, um eine Ecke, hinter einem Fenster, vielleicht sahen sie mich und verschanzten sich wie Kriminelle, die sich an ihrer Untat berauschen.

Doch ich hatte keinen Erfolg, gegen zwei Uhr machte ich mich enttäuscht auf den Heimweg. Ich stellte den Wagen auf dem Viale ab, lief zu dem kleinen Platz hinauf und sah die Silhouette von Carrano auf das Haus zugehen. Aus seinen gebeugten Schultern wuchs der Instrumentenkoffer empor wie ein Stachel.

Beinahe wäre ich dem Impuls gefolgt, ihn zu rufen, ich konnte das Alleinsein nicht mehr ertragen, ich musste mit jemandem reden, streiten, brüllen. Ich legte einen Schritt zu, um ihn einzuholen, doch da war er schon im Hauseingang verschwunden. Selbst wenn ich gerannt wäre (was ich nicht wagte, aus Angst, der Asphalt, der Park, jeder einzelne Baumstamm und die schwarze Oberfläche des Flusses würden zerreißen), hätte ich ihn nicht mehr erreicht, bevor er in den Aufzug stieg. Dennoch war ich drauf und dran, es zu versuchen, als ich unter der Laterne mit den zwei Korollen etwas auf der Erde liegen sah.

Ich bückte mich, es war ein in Plastik eingeschweißter Führerschein. Ich sah in das Gesicht des Musikers, nur viel jünger: Aldo Carrano. Er war in einem kleinen Ort im Süden geboren. Sein Geburtsdatum ließ darauf schließen, dass er fast dreiundfünfzig war, im August hatte er Geburtstag. Jetzt hatte ich einen plausiblen Vorwand, um bei ihm zu klingeln.

Ich steckte das Dokument ein, betrat den Fahrstuhl und drückte auf die Taste mit der Vier.

Der Aufzug schien mir langsamer als sonst, das Brummen in der absoluten Stille ringsum ließ mein Herz schneller schlagen. Doch als er im vierten Stock hielt, bekam ich Panik und drückte, ohne eine Sekunde zu zögern, auf die Taste mit der Fünf.

Nach Hause, sofort nach Hause. Was, wenn die Kinder aufgewacht waren und nach mir suchten? Den Führerschein konnte ich Carrano auch noch am nächsten Tag geben. Warum sollte ich um zwei Uhr nachts an der Tür eines Fremden klingeln?

Ein Durcheinander aus Groll, Rachsucht und dem Bedürfnis, meinen gekränkten Körper auf die Probe zu stellen, raubte mir den letzten Rest gesunden Menschenverstand.

Ja, schnell nach Hause.

10

Am nächsten Tag gerieten Carrano und sein Führerschein widerstrebend in Vergessenheit. Als die Kinder sich auf den Schulweg gemacht hatten, bemerkte ich, dass die Ameisen in die Wohnung eingefallen waren. Das geschah jedes Jahr um diese Zeit, wenn es im Sommer warm wurde. Sie kamen in dichten Truppen durch die Fenster, über den Balkon, sie krochen aus dem Parkett, huschten weg, um sich zu verstecken, sie marschierten in Richtung Küche, zum Zucker, zum Brot, zur Marmelade. Otto schnupperte an ihnen, kläffte und verteilte sie in seinem Fell unfreiwillig in der ganzen Wohnung.

Ich holte schnell einen Lappen und wischte jedes Zimmer gründlich aus. In den Ecken, die mir besonders gefährdet schienen, verstreute ich geriebene Zitronenschale. Dann wartete ich gespannt. Als sie wieder auftauchten, stellte ich genau fest, wie sie in die Wohnung kamen, wo die Ein- und Ausgänge ihrer vielen Verstecke lagen, und stopfte die mit Talkum zu. Da weder Talkum noch Zitrone etwas bewirkten, beschloss ich, zu einem Insektizid zu greifen, obwohl ich mir Sorgen um Ottos Gesundheit machte, der alles und jeden ableckte, egal, ob es gesund oder schädlich war.

Im Abstellraum fand ich eine Sprühdose. Ich las die Bedienungsanleitung gründlich durch, sperrte Otto ins Kinderzimmer und versprühte die giftige Flüssigkeit in der ganzen Wohnung. Mir war nicht wohl dabei, denn ich hatte den Eindruck, die Dose sei fast so etwas wie eine Verlängerung meines Organismus, ein Zerstäuber der Bitterkeiten, die ich empfand. Dann wartete ich ab und versuchte das Gebell von Otto zu ignorieren, der an der Tür kratzte. Ich trat auf den Balkon, weil ich den giftigen Gestank in der Wohnung nicht einatmen wollte.

Der Balkon erstreckte sich über die Leere wie ein Sprungbrett über ein Schwimmbecken. Die schwüle Hitze senkte sich auf die unbewegten Bäume im Park, drückte auf die blaue Fläche des Po, die grauen und himmelblauen Ruderboote und die Bögen des Ponte Principessa Isabella. Unten sah ich Carrano, der gebückt den Viale entlanglief und offensichtlich seinen Führerschein suchte. Ich rief ihm zu:

»Signore! Signor Carrano!«

Aber ich hatte schon immer eine leise Stimme, ich kann nicht schreien, die Wörter fallen nach wenigen Metern zu Boden wie von einem Kind geworfene Kiesel. Ich wollte ihm sagen, dass ich seinen Führerschein hatte, doch er drehte sich nicht einmal um. Also beobachtete ich ihn schweigend aus dem fünften Stock, er war schmal, aber breitschultrig und hatte dichtes graues Haar. Die Feindseligkeit, die in mir aufstieg, war umso heftiger, da sie völlig unbegründet war. Ein Junggeselle, wer weiß, was für Geheimnisse er hatte, vielleicht eine männliche Obsession mit Sex, irgend so eine altersbedingte Schwanzbegeisterung. Bestimmt sah auch er nicht über sein immer spärlicheres Abspritzen hinaus und war nur glücklich, wenn er kontrollieren konnte, ob er ihn noch hochbekam, wie ein verdorrtes Gewächs seine welken Blätter, sofern es wieder gegossen wird. Grob zu den Körpern der Frauen, die ihm in die Hände gerieten, hastig, ungewaschen, bestimmt verfolgte er nur das eine Ziel, wie auf dem Schießplatz Punkte zu sammeln, seinen Schwanz in einer roten Möse zu versenken wie in einem fixen Gedanken mit konzentrischen Kreisen ringsum. Umso besser, wenn das Haarbüschel jung und glänzend war, ah, die Vorzüge eines festen Arsches. So dachte er, solche Gedanken dichtete ich ihm an, heftige Wut durchfuhr mich. Ich kam erst wieder zu mir, als ich nach unten schaute und merkte, dass die dunkle Klinge von Carranos schmaler Gestalt den Viale nicht mehr zerteilte.

Ich ging hinein, der Gestank des Insektizids hatte nachgelassen. Ich kehrte die schwarzen Überreste der toten Ameisen zusammen und wischte die Böden ein zweites Mal, mit zusammengekniffenem Mund, anschließend befreite ich Otto, der verzweifelt jaulte. Doch dann stellte ich angewidert fest, dass nun das Kinderzimmer befallen war. Beharrlich krabbelten die schwarzen Truppen aus den Ritzen des altersschwachen Parketts und ergriffen panisch die Flucht.

Ich machte mich wieder an die Arbeit, ich hatte gar keine andere Wahl, allerdings war ich lustlos, entmutigt von dem Gefühl der Vergeblichkeit. Dieses Gewimmel schien der Aufruf zu einem intensiven, aktiven Leben, das sich über jedes Hindernis hinwegsetzt, mehr noch, das bei jedem Widerstand seinen sturen, grausamen Willen hervorkehrt, den eigenen Weg zu gehen. Umso mehr machte es mir zu schaffen.

Nachdem ich auch in diesem Zimmer Insektengift versprüht hatte, nahm ich Otto an die Leine und ließ mich von dem hechelnden Tier Stock für Stock die Treppe hinunterzerren.

11

Der Hund trottete den Viale entlang und ärgerte sich, dass ich ihn mit dem engen Halsband zwang, langsam zu laufen. Ich kam an den grünen Überresten des U-Bootes vorbei, das Gianni so mochte, und ging durch die mit Obszönitäten bekritzelte Unterführung zu dem kleinen Pinienhain hoch. Um diese Zeit hielten sich die Mütter – dichte Trauben geschwätziger Frauen – im Schatten der Bäume auf, eingeschlossen von ihren Kinderwagen wie rastende Siedler in einem Western, oder sie überwachten ihre Kleinkinder, die in der Nähe laut krakeelend Ball spielten. Die meisten mochten keine unangeleinten Hunde. Sie projizierten ihre eigenen Ängste auf die Tiere und befürchteten, sie könnten ihre Kleinen beißen oder die Spielplätze verschmutzen.

Der Hund litt, er wollte frei herumlaufen und spielen, doch ich wusste nicht, wie ich das anstellen sollte. Meine Nerven lagen ohnehin blank, ich wollte jeden Konflikt möglichst vermeiden. Lieber hielt ich Otto fest an der Leine, als mich zu streiten.

Ich ging ein Stück in den Pinienhain hinein, in der Hoffnung, dort auf niemanden zu treffen. Der Hund schnüffelte aufgeregt umher. Ich mochte ihn, doch ich hatte mich immer wenig um ihn gekümmert. Und er hing an mir, obwohl ich keine großen Erwartungen in ihm weckte. Mario war immer derjenige gewesen, der sich um ihn kümmerte, mit ihm spielte, draußen mit ihm herumrannte. Jetzt, da mein Mann weg war, passte sich das gute Tier seiner Abwesenheit an, und wenn ich die alten Gewohnheiten nicht respektierte, quittierte er es mit einem Anflug von Melancholie und wütendem Bellen. Zum Beispiel hätte Mario ihn bestimmt längst von der Leine gelassen, gleich hinter der Unterführung, und die Damen auf den Bänken in ein Gespräch verwickelt, um sie zu besänftigen und ihnen zu versichern, dass unser Schäferhund von Natur aus gutmütig und kinderlieb war. Ich aber wollte noch im Wald ganz sichergehen, niemanden zu provozieren, erst dann machte ich ihn los. Er war außer sich vor Freude und rannte wild durch die Gegend.

Ich hob einen langen, biegsamen Ast auf und warf ihn probeweise, erst gleichgültig, dann energischer. Ich mochte das zischende Geräusch, mit diesem Spiel hatte ich mir schon als Kind oft die Zeit vertrieben. Einmal hatte ich im Hof einen dünnen Ast gefunden und die Luft zum Singen gebracht, indem ich sie damit teilte. Das war der Tag, an dem ich hörte, dass unsere Nachbarin, die es nicht geschafft hatte, sich zu vergiften, sich irgendwo bei Capo Miseno das Leben genommen hatte. Das Gerücht ging von Fenster zu Fenster, von Stockwerk zu Stockwerk. Meine Mutter rief mich sofort hinein, sie war gereizt, sie war oft ohne Grund böse auf mich. Manchmal gab sie mir das Gefühl, dass sie mich nicht mochte, als erkenne sie in meinem Gesicht etwas von sich selbst wieder, das ihr missfiel, irgendeinen geheimen Fluch. An jenem Tag verbot sie mir, zurück in den Hof zu gehen oder im Treppenhaus herumzulungern. Ich hockte mich in eine Ecke unserer Wohnung und stellte mir den Körper der *poverella* vor, leblos und vollgesogen mit Wasser, eine silbrige Sardelle, die man in Salz einlegen konnte. Wenn ich in späteren Zeiten die Luft peitschte, um ihr Heulen zu hören, fiel sie mir wieder ein, die Frau in der Salzlake. Ich hörte die Stimme der Ertrinkenden, die eine ganze Nacht im Wasser trieb, bis Capo Miseno. Allein der Gedanke an sie ließ mich nun die Waldluft immer heftiger peitschen, wie damals als Kind; um die Geister zu beschwören, vielleicht um sie zu verjagen, und je mehr Kraft ich aufwandte, desto lauter wurde das Pfeifen. Ich musste über mich selbst lachen, eine achtunddreißigjährige Frau mit großen Problemen, die plötzlich ein Spiel aus ihrer Kindheit ausgräbt. Jaja, sagte ich mir, auch wir Erwachsene tun und träumen eine Menge sinnloses Zeug, sei es aus Spaß oder Erschöpfung. Ich lachte, schwang den langen, dünnen Ast und musste immer weiter lachen. Ich hörte erst auf, als ich jemanden schreien hörte. Den langgezogenen Schrei einer jungen Frau, eines Mädchens, das plötzlich hinten auf dem Weg aufgetaucht war. Sie war groß, nicht dick, doch unter ihrer weißen Haut von kräftiger Statur, mit markantem Gesicht und pechschwarzen Haaren. Sie kreischte und umklammerte krampfhaft den Griff eines Kinderwagens, aus dem das beipflichtende Wimmern eines Säuglings drang. Otto, der wiederum vom Schreien und Wimmern erschreckt war, bellte sie drohend an. Ich lief in ihre Richtung und brüllte ebenfalls auf den Hund ein: Platz, Platz.

Doch er kläffte weiter und die Frau schrie:

»Wissen Sie nicht, dass Sie Ihren Hund anleinen müssen? Und dass Sie ihm einen Maulkorb anlegen müssen?«

Dumme Schlampe. Sie war es, die eine Leine brauchte. Ich konnte mich nicht beherrschen und schrie sie an:

»Sag mal, spinnst du? Wenn du so rumschreist, kriegt

das Baby Angst und schreit, und dann kriegt der Hund Angst und bellt! Aktion und Reaktion, verdammt, Aktion und Reaktion! Leg dir lieber selber einen Maulkorb an!«

Sie reagierte genauso aggressiv. Sie schimpfte auf mich, auf Otto, der immer noch bellte. Sie brachte ihren Mann ins Spiel und drohte, der wisse schon, wie man der Schweinerei mit den frei laufenden Hunden im Park ein für alle Mal ein Ende setze, die Grünanlagen seien für die Kinder da, schrie sie, nicht für Tiere. Dann nahm sie ihr wimmerndes Kind aus dem Wagen, drückte es sich an den Busen und murmelte beruhigende Worte, ich weiß nicht, ob sie sich selbst oder das Kind beruhigen wollte. Dann zischte sie mit aufgerissenen Augen, Otto anstarrend:

»Sehen Sie sich das an! Hören Sie sich das an! Wenn mir die Milch wegbleibt, wird er das büßen!«

Vielleicht war es das Wort Milch, keine Ahnung, jedenfalls spürte ich eine Art Ruck in meiner Brust, ein jähes Erwachen meines Gehörs und meiner Augen. Plötzlich sah ich Otto, wie er war, mit gefletschten Zähnen, angelegten Ohren, aufgestelltem Nackenfell, wildem Blick, sein ganzer Körper sprungbereit, dazu das bedrohliche Bellen. Ein wirklich Furcht erregender Anblick, er war außer sich, ein völlig anderer Hund, unberechenbar und böse. Dummer, böser Märchenwolf. Ich durfte ihm nicht durchgehen lassen, dass er nicht leise Platz machte, wie ich es ihm befohlen hatte, sondern die Situation mit seinem Gebell noch verschlimmerte. Ich brüllte ihn an:

»Schluss, Otto, aus jetzt!«

Als er immer noch keine Ruhe gab, hob ich drohend den Ast, doch nicht einmal das brachte ihn zur Ruhe. Ich wurde so wütend, dass ich ihn heftig schlug. Ich hörte das Zischen in der Luft und sah Ottos erstaunten Blick, als ihn der Ast am Ohr traf. Dummer Hund, dummer Hund, den Mario den Kindern als Welpen geschenkt hatte, der bei uns aufgewachsen war, der ein anhängliches Tier geworden war, dieses Geschenk hatte mein Mann in Wahrheit sich selbst gemacht, seit seiner Kindheit träumte er von so einem Hund, von wegen Gianni und Ilaria zuliebe, ein verwöhnter Hund, das Vieh hatte immer leichtes Spiel gehabt. Ich schrie auf ihn ein, Bestie, blödes Vieh, ich hörte meine Worte klar und deutlich, und ich schlug und schlug und schlug, er duckte sich und jaulte, presste den Körper immer dichter an den Boden, mit angelegten Ohren, reglos und traurig über den unbegreiflichen Hagel von Schlägen.

»Was machen Sie denn?«, murmelte die Frau.

Da ich ihr keine Antwort gab und weiter auf Otto einprügelte, hastete sie mit einer Hand am Kinderwagen davon, allerdings hatte sie nun nicht mehr Angst vor dem Hund, sondern vor mir.

12

Als ich ihre Reaktion bemerkte, hörte ich auf. Ich sah der Frau hinterher, die inzwischen fast rannte und kleine Staubwolken aufwirbelte, dann hörte ich Otto, der mit der Schnauze unter den Vorderpfoten unglücklich winselte.

Ich warf die Peitsche fort, hockte mich neben ihn und streichelte ihn. Was hatte ich bloß mit ihm gemacht. Für das Empfinden dieses armen, verwirrten Tieres hatte ich die Fassung verloren, mich völlig aufgelöst. Ich hatte ihm den brutalen Stoß des Unerwarteten versetzt. Ich hatte ihn völlig durcheinandergebracht. Ja, mein armer Otto, flüsterte ich ihm wer weiß wie lange zu, ist ja gut.

Wir kehrten heim. Ich schloss die Tür auf, ging rein. Doch ich spürte, dass die Wohnung nicht leer war, da war jemand.

Otto flitzte lebhaft und freudig wie früher durch den Flur. Er rannte ins Kinderzimmer, da saßen sie auf ihren Betten, die Schulranzen standen auf dem Boden, und sie schauten mich verwirrt an. Ich sah auf die Uhr, ich hatte sie tatsächlich vergessen.

»Was ist das für ein Gestank?«, fragte Gianni und wehrte sich gegen Ottos stürmische Begrüßung.

»Insektenspray. Wir haben Ameisen in der Wohnung.«

Ilaria quengelte:

»Wann gibt es endlich Essen?«

Ich schüttelte den Kopf. Mir kam eine wirre Frage, während ich den Kindern erklärte, dass ich es wegen der Ameisen nicht geschafft hatte, einzukaufen und zu kochen, und nun nicht wüsste, was ich ihnen zu essen machen sollte.

Dann zuckte ich zusammen. Die Frage lautete:

»Wie seid ihr reingekommen?«

Ja, wie waren sie eigentlich in die Wohnung gekommen? Schlüssel hatten sie nicht, ich hatte ihnen keinen gegeben, weil ich befürchtete, dass sie mit dem Schloss nicht zurechtkamen. Und trotzdem waren sie beide in ihrem Zimmer, wie eine Erscheinung. Ich drückte sie viel zu fest an mich, um mich zu vergewissern, dass sie es wirklich in Fleisch und Blut waren und ich nicht mit irgendwelchen Luftgestalten sprach.

Gianni antwortete:

»Die Tür war nur angelehnt.«

Ich ging zur Wohnungstür und inspizierte sie. Ich entdeckte keine Anzeichen eines Einbruchs, aber andererseits war das Schloss so alt, dass man die Tür ohne weiteres öffnen konnte.

»War auch keiner in der Wohnung?«, fragte ich die Kinder sehr besorgt und dachte im selben Moment: Was ist, wenn die Einbrecher von den Kindern überrascht wurden und sich nun irgendwo verstecken?

Ich presste die beiden an mich und schlich langsam durch die Wohnung, nur die Tatsache, dass Otto immer noch um uns herumhüpfte, ohne anzuschlagen, beruhigte mich. Ich schaute überall nach, keiner da. Alles war ordentlich und sauber, es gab nicht mal mehr eine Spur des Ameisentreibens.

Ilaria fing wieder an:

»Was gibt es denn jetzt zu essen?«

Ich machte ein Omelett. Gianni und Ilaria verschlangen es, ich kaute nur abwesend auf einer Scheibe Brot mit Käse herum. Ebenso abwesend hörte ich dem Geplauder der Kinder zu, sie erzählten, was sie in der Schule erlebt hatten, was der eine Freund gesagt hatte und wer gemein zu ihnen gewesen war.

Unterdessen dachte ich: Einbrecher wühlen überall herum, kippen jede Schublade aus, und wenn sie nichts finden, rächen sie sich, indem sie auf die Bettlaken scheißen und alles vollpinkeln. Nichts von alldem in unserer Wohnung. Und überhaupt war das keine Regel. In Gedanken schweifte ich zu einer Episode ab, die zwanzig Jahre zurücklag, als ich noch im Haus meiner Eltern wohnte. Sie widersprach allem, was man über das Verhalten von Einbrechern erzählte. Als wir eines Tages nach Hause kamen, war die Tür aufgebrochen, doch drinnen war alles in bester Ordnung. Nicht mal die Spur eines anstößigen Racheaktes. Erst ein paar Stunden später bemerkten wir, dass die einzige Kostbarkeit fehlte, die wir besaßen: eine goldene Uhr, die mein Vater meiner Mutter Jahre zuvor geschenkt hatte. Ich ließ die Kinder allein in der Küche, um nachzusehen, ob das Geld noch dort war, wo ich es für gewöhnlich aufbewahrte. War es. Was ich allerdings nicht fand, war der Schmuck von Marios Großmutter. Er war nicht an seinem Platz in der Kommodenschublade und er war auch sonst nirgends in der Wohnung.

13

In der Nacht und an den folgenden Tagen dachte ich nach. Ich hatte an zwei Fronten zu kämpfen: Einerseits musste ich die realen Tatsachen in den Griff kriegen, indem ich der Flut von imaginären Bildern und Gedanken Einhalt gebot; und gleichzeitig musste ich versuchen, mir Mut zu machen, indem ich mir vorstellte, ich sei ein Salamander, der durch Feuer laufen kann, ohne Schmerz zu empfinden.

Nicht aufgeben, spornte ich mich an. Du musst kämpfen. Was mir besonders große Sorgen machte, war meine wachsende Unfähigkeit, bei einem Gedanken zu verweilen, mich auf einen notwendigen Ablauf zu konzentrieren. Plötzliche, unüberschaubare Veränderungen ängstigen mich. Mit Mario, schrieb ich, um mich zu ermutigen, ist nicht die Welt verschwunden, sondern nur er selbst. Und du lebst nicht wie die Frauen vor dreißig Jahren. Du lebst heute, klammer dich an das Heute, weiche nicht zurück, geh dir nicht verloren, halt dich fest. Lass dich vor allem nicht zu wirren, hämischen oder zornigen Monologen hinreißen. Streiche die Ausrufungszeichen. Er ist fort, du bleibst. Du wirst nicht mehr in den Genuss seines strahlenden Blickes, seiner Worte kommen, na und? Verteidige dich, sorge dafür, dass du unversehrt bleibst, lass dich nicht zerschlagen wie eine Nippesfigur, du bist kein Spielzeug, keine Frau ist ein Spielzeug. *La femme rompue*, ha, von wegen *rompue*, scheiß auf die gebrochene Frau. Es ist meine Pflicht zu beweisen, dachte ich, dass man es heil überstehen kann. Es mir zu beweisen, niemand anderem. Wenn ich es mit Eidechsen zu tun habe, kämpfe ich gegen Eidechsen. Wenn ich es mit Ameisen zu tun habe, kämpfe ich gegen Ameisen. Wenn ich es mit Einbrechern zu tun habe, kämpfe ich gegen Einbrecher. Wenn ich es mit mir zu tun habe, kämpfe ich gegen mich selbst.

Währenddessen fragte ich mich: Wer ist in die Wohnung eingedrungen, wer hat die Ohrringe mitgenommen und sonst nichts? Meine Antwort: Er. Er hat sich den Familienschmuck geholt. Er will mir zu verstehen geben, dass ich nicht mehr von seinem Blute bin, er hat mich zu einer Fremden gemacht, mich endgültig verstoßen.

Doch weil diese Vorstellung unerträglich war, verdrängte ich sie und sagte mir: Vorsicht. Halte dich an Einbrecher. Vielleicht Drogenabhängige. Die dringend den nächsten Schuss brauchten. Möglich, wahrscheinlich. Aus Angst, es mit der Phantasie zu übertreiben, legte ich den Füller hin, ging zur Wohnungstür, öffnete und schloss sie wieder, ohne sie zuzuwerfen. Dann griff ich nach dem Knauf, zog kräftig zu, und, ja, die Tür sprang auf, das Schloss hielt nicht mehr, die Sperrfeder war ausgeleiert, der Riegel rastete kaum noch ein, vielleicht einen Millimeter. Sie sah geschlossen aus, doch man konnte sie ganz leicht aufdrücken. Die Wohnung, mein Leben und das meiner Kinder, alles stand weit offen, Tag und Nacht alles und jedem ausgesetzt.

Ich kam bald zu dem Schluss, dass ich das Schloss auswechseln lassen musste. Wenn die Einbrecher einmal in der Wohnung gewesen waren, konnten sie jederzeit wiederkommen. Und wenn Mario in der Wohnung gewesen war, und zwar heimlich, was unterschied ihn dann von einem Einbrecher? Das war ja noch schlimmer. Heimlich in die eigene Wohnung einzudringen. Die bekannten Stellen zu durchwühlen, vielleicht meine Ausbrüche, meine Briefe zu lesen. Mein Herz bebte vor Wut. Nein, er durfte nie wieder einen Fuß über diese Schwelle setzen, niemals, selbst die Kinder würden das so sehen wie ich, man redet nicht mit einem Vater, der sich klammheimlich in die Wohnung schleicht, ohne eine Spur zu hinterlassen, kein »Hallo«, kein »Auf Wiedersehen«, nicht mal einen Gruß.

Und so, abwechselnd getrieben von Zorn und von Besorgnis, gelangte ich immer mehr zu der Überzeugung, dass die Tür ein neues Schloss brauchte. Die Fachhändler, mit denen ich sprach, warnten mich: Ein Schloss mit Blechen, Spanneisen, Beschlägen, Sperrstiften und Riegeln mochte eine Wohnungstür noch so solide verschließen, wenn man es darauf anlegte, konnte man jede Tür knacken. Sie rieten mir, meiner Beruhigung willen, die Tür verpanzern zu lassen.

Ich überlegte lange hin und her, ich konnte das Geld nicht leichtfertig ausgeben. Mit Marios Desertion war absehbar, dass meine Zukunft sich auch finanziell verschlechtern würde. Letztlich entschloss ich mich doch, es zu tun, und begann die Preise und Möglichkeiten, Vor- und Nachteile der jeweiligen Produkte zu vergleichen. Nachdem ich wochenlang wie besessen recherchiert und verhandelt hatte, traf ich eine Entscheidung, und so kamen eines Vormittags zwei Handwerker ins Haus, der eine um die dreißig, der andere um die fünfzig, beide nach Zigaretten stinkend.

Die Kinder waren in der Schule. Otto lag teilnahmslos in einer Ecke, und ich fühlte mich mit den beiden Fremden sofort unwohl. Ich ärgerte mich, jede Abweichung von meinem normalen Verhalten ärgerte mich. Früher war ich jedem, der an unserer Tür klingelte, mit gleichförmiger Freundlichkeit begegnet: Angestellten der Gas- oder Stromgesellschaft, dem Hausverwalter, dem Installateur, dem Polsterer, sogar den Hausierern und den Immobilienmaklern auf der Suche nach Wohnungen, die zum Verkauf stünden. Ich betrachtete mich als vertrauensvolle Frau, manchmal plauderte ich sogar ein wenig, ich zeigte gern ein gewisses Interesse an anderen. Ich war so selbstbewusst, dass ich sie hereinbat, ihnen bisweilen etwas zu trinken anbot. Andererseits muss mein Auftreten so höflich und doch distanziert gewesen sein, dass es keinem meiner Besucher je in den Sinn gekommen wäre, unverschämt zu werden oder mit einer erotischen Zweideutigkeit zu testen, wie ich reagierte, ob ich darauf einging. Bei diesen beiden war es anders, von Anfang an tauschten sie Anspielungen aus, witzelten und sangen anzügliche Lieder, während sie offensichtlich lustlos herumwerkelten. Mir kamen Zweifel, ob es an meinem Körper, an meinen Gesten und Blicken etwas gab, das ich nicht mehr im Griff hatte. Ich wurde unruhig. Was sah man mir äußerlich an? Dass ich seit fast drei Monaten mit keinem Mann mehr geschlafen hatte? Dass ich keinen Schwanz mehr lutschte, dass keiner mehr meine Möse leckte? Dass ich nicht mehr fickte? War das der Grund, weshalb die beiden mir die ganze Zeit was von Schlüsseln, Löchern und Schlössern erzählten und sich darüber amüsierten? Ich hätte mich selber verpanzern, mich undurchdringlich machen sollen. Ich wurde immer nervöser. Sie hämmerten mit voller Wucht an der Tür herum, rauchten, ohne mich um Erlaubnis zu fragen, verbreiteten in der ganzen Wohnung ihren unangenehmen Schweißgeruch, und ich wusste nicht, was ich tun sollte.

Erst verzog ich mich mit Otto in die Küche, schloss die Tür hinter mir, setzte mich an den Tisch und versuchte, Zeitung zu lesen. Doch der Lärm, den sie veranstalteten, lenkte mich zu sehr ab. Also legte ich die Zeitung beiseite und fing an zu kochen. Dann fragte ich mich wieder, warum ich mich so verhielt, warum ich mich in meiner eigenen Wohnung verkroch, was sollte das, verdammt. Nach einer Weile ging ich zurück in den Flur, wo die beiden zwischen Treppenabsatz und Wohnung damit beschäftigt waren, die Metallplatten an den alten Türblättern zu befestigen.

Ich brachte ihnen Bier und wurde mit kaum verhohlener Begeisterung empfangen. Besonders der Ältere begann wieder mit seinen derben Anzüglichkeiten, vielleicht wollte er geistreich sein, und das war die einzige Art von Geist, die ihm zu Gebote stand. Fast unbewusst – meine Kehle pustete einfach Luft über meine Stimmbänder – konterte ich lachend mit noch vulgäreren Anspielungen, und als ich merkte, wie überrascht die beiden reagierten, wartete ich ihre Antwort gar nicht erst ab und setzte noch eine derart schlüpfrige Bemerkung obendrauf, dass sie sich verwirrt ansahen, das Bier halb leer stehen ließen und sich überstürzt an die Arbeit machten.

Kurz darauf hörte man nur noch das Hämmern. Plötzlich überkam mich wieder das Unbehagen, diesmal war es unerträglich. Ich empfand grenzenlose Scham darüber, regelrecht auf weitere Anzüglichkeiten zu warten, die nicht kamen. In den langen peinlichen Minuten, die folgten, baten sie mich höchstens, ihnen irgendein Gerät oder Werkzeug zu reichen, doch selbst, ohne im Geringsten zu scherzen und übertrieben höflich. Ich sammelte Flaschen und Gläser ein und floh wieder in die Küche. Was ging hier eigentlich vor? War ich dabei, mich sklavisch selbst zu erniedrigen, hatte ich kapituliert, versuchte ich gar nicht mehr, ein eigenes Maß zu finden?

Irgendwann riefen die beiden nach mir. Sie waren fertig. Sie erklärten mir die Vorrichtung und händigten mir die Schlüssel aus. Der Ältere sagte, wenn ich Schwierigkeiten habe, könne ich ihn jederzeit anrufen, und streckte mir mit dicken, schmutzigen Fingern seine Visitenkarte entgegen. Ich hatte den Eindruck, dass er mich wieder zudringlich ansah, ging aber nicht darauf ein. Ich schenkte ihm erst wieder Beachtung, als er die Schlüssel in die Schlösser steckte, die wie zwei glänzende Sonnen auf den dunklen Türpaneelen prangten, und noch einmal betonte, wie es funktionierte.

»Der hier gehört längs rein«, sagte er, »der andere quer.«

Ich sah ihn verdutzt an, er fügte hinzu:

»Vorsicht, sonst kann der Mechanismus kaputtgehen.«

Mit neu erwachter Frechheit philosophierte er:

»Jedes Schloss braucht Gewöhnung. Es muss erst mit der Hand seines Herrn warm werden.«

Er testete erst den einen Schlüssel, dann den anderen, ich hatte den Eindruck, er musste selbst ein bisschen nachhelfen. Ich wollte es auch versuchen. Ich schloss und öffnete beide Schlösser ohne Probleme. Der Jüngere sagte in übertrieben schmachtendem Ton:

»Die Signora hat wirklich ein zartes Händchen.«

Ich gab ihnen ihr Geld und sie verschwanden. Ich schloss die Tür hinter mir, lehnte mich dagegen und spürte lange die starken Vibrationen der Türblätter, dann hörten sie auf und alles wurde wieder ruhig.

14

Anfangs hatte ich keine Probleme mit den Schlüsseln. Sie glitten in die Schlösser und ließen sich leicht herumdrehen, ich gewöhnte mir an, immer hinter mir abzuschließen, wenn ich nach Hause kam, am Tag wie in der Nacht, ich wollte keine Überraschungen mehr erleben. Doch die Tür war bald die geringste meiner Sorgen, ich musste an so vieles denken, dass ich zur Erinnerung überall Zettel hinklebte: dies nicht vergessen, das nicht vergessen. Ich war zerstreut und kam durcheinander: Ich steckte den Schlüssel für das obere Schloss in das untere und umgekehrt. Ich probierte es mit Gewalt und regte mich auf. Ich kam mit vollen Einkaufstaschen oben an, holte die Schlüssel heraus und nahm immer und immer wieder den falschen. Dann versuchte ich es noch einmal ganz konzentriert. Ich hielt inne und holte tief Luft.

Du musst dich sammeln, sagte ich mir. Ich suchte sehr konzentriert den richtigen Schlüssel für das richtige Schloss und wartete innerlich beide Male, bis das Klicken mir zeigte, dass ich es geschafft hatte, dass die Operation gelungen war.

Ich merkte, dass die Dinge einen schlechten Lauf nahmen, und es erschreckte mich immer mehr. Die ständige Sorge, etwas falsch zu machen oder in Gefahr zu sein, war so aufreibend, dass manchmal schon der Gedanke an eine dringend zu erledigende Sache mir das Gefühl gab, ich hätte sie tatsächlich erledigt. Zum Beispiel der Gasherd, eine meiner ältesten Ängste. Ich war sicher, die Flamme unter einem Topf ausgestellt zu haben – dran denken, das Gas auszustellen, nicht vergessen! –, aber nein, ich hatte gekocht, den Tisch gedeckt, ihn abgeräumt, die Teller in die Geschirrspülmaschine geräumt, und die blaue Flamme brannte unbemerkt weiter, leuchtete die ganze Nacht wie eine Feuerkrone über dem Stahlherd, ein Zeichen meiner Zerstreutheit, ich entdeckte es erst, als ich am nächsten Morgen in die Küche kam, um Frühstück zu machen.

Ah, mein Kopf. Der Gedanke an Mario nahm überhand, er tilgte alles, was nichts mit dem Bild des Jungen, des Mannes zu tun hatte, der mit den Jahren vor meinen Augen, in meinen Armen, unter meinen warmen Küssen gealtert war. All meine Gedanken richteten sich nur auf ihn, warum er mich nicht mehr liebte, dass er mir die Liebe erwidern musste, er konnte mich doch nicht einfach so verlassen. Ich zählte mir all die Dinge auf, die er mir verdankte. Ich hatte ihm geholfen, sich auf das Examen an der Universität vorzubereiten, ich hatte ihn zu den mündlichen Prüfungen begleitet, als er sich nicht hintraute, im lärmenden Verkehr auf dem Weg nach Fuorigrotta hatte ich ihm Mut zugesprochen, sein Herz raste zum Zerbersten, ich hörte es schlagen, dann das Gedränge der Studenten aus der Stadt und von außerhalb, er war kreidebleich, als ich ihn durch die Gänge der Universität schob. Ich hatte mir die Nächte um die Ohren geschlagen, um ihn den abstrusen Stoff seines Fachs abzufragen. Ich hatte mir diese Zeit genommen, um seine zu mehren und ihn dadurch zu stärken. Ich hatte meine Ziele zurückgestellt, um ihn bei seinen zu unterstützen. Wenn er Kummer hatte, stellte ich all meine Sorgen hintenan, um ihn zu trösten. Ich löste mich in seinen Minuten, seinen Stunden auf, damit er sich konzentrierte. Ich kümmerte mich um den Haushalt, das Essen, die Kinder, um alle Unannehmlichkeiten des Alltags, während er beharrlich den Aufstieg aus unserer unprivilegierten Herkunft vorantrieb. Und jetzt, jetzt ließ er mich sitzen und nahm all diese Zeit mit, all die Energie, all die Mühe, die ich ihm geschenkt hatte, von einem Tag auf den anderen, und genoss die Früchte mit einer anderen, mit einer Fremden, die keinen Finger gerührt hatte, um ihn zu gebären, ihn aufzuziehen und zu dem zu machen, was er war. Mir schien das so ungerecht, sein Verhalten war derart verletzend, dass ich es kaum fassen konnte und zuweilen glaubte, er sei geistig umnachtet, wehrlos und ausgeliefert und könne sich nicht mehr an uns erinnern, ich hatte den Eindruck, ihn mehr zu lieben denn je, mehr aus Sorge denn aus Leidenschaft, und war der Überzeugung, dass er mich dringend bräuchte.

Doch ich wusste nicht, wo ich nach ihm suchen sollte. Lea Farraco leugnete inzwischen, jemals den Largo Brescia erwähnt zu haben, als es um Marios neue Adresse ging, sie sagte, ich habe da etwas falsch verstanden, das könne gar nicht sein, Mario würde niemals in diese Gegend ziehen. Ich ärgerte mich und fühlte mich verschaukelt. Ich zerstritt mich wieder mit ihr, hier und da schnappte ich Gerüchte auf, die über meinen Mann kursierten: Er sei im Ausland, vielleicht auf Reisen mit seiner Nutte. Es war mir unbegreiflich, es schien mir einfach nicht möglich, dass er die Kinder und mich so mühelos vergaß, monatelang verschwand, sich einen Dreck um Giannis und Ilarias Ferien kümmerte und sein eigenes Wohlergehen so über das ihre stellte. Was war er für ein Mann? Mit was für einem Menschen hatte ich fünfzehn Jahre lang zusammengelebt?

Mittlerweile war es Sommer, die Schulen hatten geschlossen und ich wusste nicht, was ich mit den Kindern anfangen sollte. Ich schleppte sie in der Hitze durch die Stadt, sie quengelten, waren bockig und schoben mir die Schuld für alles zu, für die Hitze, dass sie in der Stadt bleiben mussten, kein Meer, keine Berge. Ilaria jammerte ununterbrochen, mit übertriebener Leidensmiene:

»Mir ist langweilig.«

»Es reicht!«, schrie ich oft, zu Hause, unterwegs, »ich sagte: Es reicht!«, und hob den Arm, um ihr eine Ohrfeige zu verpassen, ich hatte es wirklich vor, konnte mich nur mit Mühe zurückhalten.

Doch sie gaben keine Ruhe. Ilaria wollte alle hundertzehn Sorten Eis durchprobieren, die ein Eisverkäufer unter den Arkaden in der Via Cernaia anbot, ich zerrte an ihr, aber sie stemmte die Füße in den Boden und zog mich zum Eingang. Gianni ließ mich plötzlich los und rannte, trotz des Hupens der Autos und meiner ängstlichen Schreie, allein über die Straße, er wollte zum x-ten Mal das Denkmal von Pietro Micca sehen, dessen Geschichte Mario ihm en détail erzählt hatte. Ich wusste die Kinder nicht zu bändigen in der Stadt, die immer leerer wurde, in der Hügel, Fluss und Pflaster glühend heiße Dampfschwaden oder unerträgliche Schwüle ausdünsteten.

Genau dort gerieten wir einmal in Streit, in den Parkanlagen gegenüber vom Artilleriemuseum, unter der grün angelaufenen Statue von Pietro Micca mit dem großen Schwert und der Lunte. Ich hatte nicht viel Ahnung von den toten Helden, den Geschichten von Feuer und Blut.

»Du kannst nicht erzählen«, sagte der Kleine, »du vergisst immer alles.«

Ich entgegnete:

»Dann geh doch zu deinem Vater damit.«

Und dann begann ich herumzuschreien, sie sollten doch gleich ganz zu ihm gehen, wenn sie der Meinung waren, ich sei zu nichts gut, da wartete eine schöne, schlaue neue Mutter auf sie, bestimmt eine Turinerin, die wusste mit Sicherheit alles über Pietro Micca und diese Stadt der Könige und Prinzessinnen, dieses aufgeblasene Volk, eiskalte Menschen, Roboter aus Metall. Ich schrie immer weiter, völlig unkontrolliert. Gianni und Ilaria mochten die Stadt sehr, der Kleine kannte alle Straßen und deren Legenden, sein Vater ließ ihn oft unter dem Monument am Ende der Via Meucci spielen, dort stand ein Bronzedenkmal, das ihnen beiden sehr gefiel, was für ein Blödsinn, Königen und Generälen auf der Straße zu gedenken, Gianni träumte schon davon, Ferdinand von Savoyen in der Schlacht von Novara zu sein, der mit dem Säbel in der Hand, bereit für den Kampf, von seinem sterbenden Pferd springt. Ja, ich wollte meinen Kindern wehtun, vor allem dem Kleinen wollte ich wehtun, der schon einen Piemonteser Akzent hatte, auch Mario konnte man für einen Turiner halten, seinen neapolitanischen Tonfall hatte er kunstvoll verdrängt. Es war mir zuwider, dass Gianni sich für einen groben Raufbold hielt, dass er dumm, eingebildet und aggressiv wurde und es toll fand, in irgendeinem barbarischen Kampf sein eigenes oder fremdes Blut zu vergießen, ich konnte einfach nicht mehr.

Ich ließ sie allein im Park stehen, neben dem Brunnen, und ging mit großen Schritten den Corso Galileo Ferraris hinunter auf die schwebende Figur von Vittorio Emmanuele II. zu, einem Schatten vor dem heißen, dunstigen Stück Himmel hinten über den parallelen Häuserzeilen. Vielleicht wollte ich sie wirklich für immer verlassen, sie vergessen, um mir später, wenn Mario sich endlich wieder melden würde, an die Stirn zu schlagen und zu rufen: Deine Kinder? Keine Ahnung. Die sind mir wohl abhandengekommen, das letzte Mal habe ich sie vor vier Wochen gesehen, in den Grünanlagen an der Zitadelle.

Nach einer Weile verlangsamte ich, kehrte um. Was war bloß los mit mir? Ich verlor den Kontakt zu diesen unschuldigen Wesen, sie entfernten sich wie Flüchtlinge auf einem schwankenden Stück Treibholz in der Strömung. Ich wollte sie zurückholen, sie umarmen, mich an sie klammern, sie gehörten zu mir. Ich rief:

»Gianni! Ilaria!«

Ich konnte sie nicht finden, am Brunnen waren sie nicht mehr.

Ich hielt Ausschau, meine Kehle war ganz trocken vor Angst. Ich rannte durch den Park, als müsste ich die Beete und Bäume mit meinen schnellen, fahrigen Bewegungen zusammenhalten, damit sie nicht in tausend Stücke zerfielen. Vor der großen Kanone der türkischen Artillerie aus dem 15. Jahrhundert blieb ich stehen, ein massives Bronzerohr gleich hinter dem Blumenbeet. Ich rief wieder die Namen der Kinder. Sie antworteten aus dem Innern des Kanonenrohrs. Sie hatten sich darin ausgestreckt, auf einem Stück Pappe, das irgendeinem Immigranten als Nachtlager diente. Ich war wieder bis aufs Blut gereizt, packte sie an den Füßen und zog sie mit Gewalt heraus.

»Gianni ist schuld«, petzte Ilaria, »er hat gesagt, wir sollen uns hier verstecken.«

Ich griff Gianni am Arm, schüttelte ihn heftig und drohte ihm wutentbrannt:

»Weißt du, dass du dir hier drin alle möglichen Krankheiten holen kannst? Weißt du, dass du davon sterben kannst? Schau mich an, du Idiot: Wenn du das noch mal machst, bringe ich dich um!«

Der Kleine starrte mich ungläubig an. Mit derselben Skepsis betrachtete ich mich selbst. Ich sah eine Frau neben einem Beet, wenige Schritte von einer alten Zerstörungsvorrichtung, die heute Menschen aus einer fernen, hoffnungslosen Welt Unterschlupf für die Nacht bot. Im ersten Moment erkannte ich sie nicht. Ich war nur erschrocken, denn sie hatte sich mein Herz genommen, das nun in ihrer Brust schlug.

15

Auch die Rechnungen bereiteten mir in dieser Zeit Schwierigkeiten. Ich wurde benachrichtigt, dass man mir wegen Zahlungsrückstand zu diesem oder jenem Termin Wasser oder Strom oder Gas abstellen würde. Ich versteifte mich dann darauf, dass ich bezahlt hatte, suchte stundenlang nach den Quittungen und verlor eine Menge Zeit damit, zu protestieren, zu streiten, zu schreiben, um anschließend kleinlaut nachzugeben, weil ich tatsächlich nicht bezahlt hatte.

Mit dem Telefon war es dasselbe. Nicht nur, dass die Störung, auf die Mario mich aufmerksam gemacht hatte, weiterhin andauerte, auf einmal konnte ich gar nicht mehr telefonieren: Eine Stimme teilte mir mit, dass ich zu dieser Art der Nutzung nicht berechtigt sei oder so etwas Ähnliches.

Da ich mein Handy zerstört hatte, bat ich die Telefongesellschaft von einem öffentlichen Apparat aus, die Störung zu beseitigen. Man versicherte mir, so schnell wie möglich etwas zu unternehmen. Doch die Tage vergingen und das Telefon blieb weiter stumm. Ich rief nochmals an, wurde fuchsteufelswild, meine Stimme bebte vor Zorn. Ich schilderte mein Problem in einem so aggressiven Ton, dass der Angestellte lange schwieg, dann in seinem Computer nachsah und mir schließlich mitteilte, meine Leitung sei wegen Zahlungsrückstand abgestellt worden.

Ich wurde wütend, schwor beim Leben meiner Kinder, dass ich bezahlt hatte, beschimpfte sie allesamt, vom kleinen Angestellten bis zum Vorstand, sprach von levantinischer Schlamperei (so meine Worte), beschwerte mich über den chronisch schlechten Service, den ganzen Filz in Italien und schrie: Ihr kotzt mich alle an! Dann schmiss ich den Hörer auf die Gabel, kontrollierte meine Kontoauszüge und musste feststellen, dass es stimmte: Ich hatte vergessen zu bezahlen.

Ich zahlte gleich am nächsten Tag, doch es wurde nicht besser. Mit dem Anschluss kehrte auch die ständige Störung in der Leitung zurück, wie ein Unwetter, das in ein Mikrofon blies, das Freizeichen war kaum zu hören. Ich rannte wieder zum Telefon im Café nebenan, der Mitarbeiter der Telefongesellschaft meinte, ich bräuchte vielleicht einen neuen Apparat. Vielleicht. Ich sah auf die Uhr, es war kurz vor Büroschluss. Ich konnte mich kaum beherrschen, stürmte wütend hinaus.

Ich fuhr durch die leere Stadt, die Augusthitze war erdrückend. Ich parkte den Wagen, rammte dabei mehrmals die Kotflügel anderer Autos, lief zu Fuß in die Via Meucci, warf der pompösen Fassade aus meliertem Marmor, hinter der die Telefongesellschaft saß, einen bösen Blick zu und stürzte zwei Stufen auf einmal nehmend auf den Eingang zu. Im Treppenhaus traf ich auf einen netten Herrn, der wenig geneigt war zu streiten. Ich sagte, ich müsse sofort zum Kundendienst, ich wolle mich über den Monate andauernden schlechten Service beklagen.

»Wir haben hier schon seit über zehn Jahren keine Kundenbüros mehr«, antwortete er.

»Und wenn ich eine Beschwerde einreichen will?«

»Die müssen Sie telefonisch loswerden.«

»Und wenn ich jemandem ins Gesicht spucken möchte?«

Er riet mir in aller Seelenruhe, es bei der Niederlassung in der Via Confienza zu versuchen, hundert Meter entfernt. Ich rannte keuchend in die Via Confienza, als ginge es um Leben oder Tod, das letzte Mal war ich so gerannt, als ich so alt war wie Gianni. Auch hier konnte ich mich nicht abreagieren. Ich stand vor einer verschlossenen Glastür. Ich rüttelte kräftig daran, obwohl die Tür den Schriftzug »alarmgesichert« trug. Alarmgesichert, toll, was für ein lächerliches Wort, von mir aus soll die Alarmanlage doch explodieren und die ganze Stadt, die ganze Welt alarmieren. Aus einem kleinen Fenster zu meiner Linken steckte ein Mann seinen Kopf; er schien nicht zum Plaudern aufgelegt, er fertigte mich mit ein paar knappen Worten ab: Hier gebe es keine Büros, schon gar keine Kundenbüros; es beschränke sich alles auf aseptische Stimmen, Computerbildschirme, E-Mails, Kontobewegungen; wenn man sich abreagieren wolle, sagte er mit Eiseskälte, sei man bei ihm leider falsch, hier gebe es niemanden, mit dem man sich anlegen könnte.

Der Ärger schlug mir auf den Magen, ich trat wieder auf die Straße, ich hatte das Gefühl, jeden Moment würde mir der Atem stocken und ich zu Boden sinken. Auf der Suche nach Halt klammerte sich mein Blick an die Buchstaben einer Gedenktafel am Gebäude gegenüber. Worte als Rettung vor dem Sturz. *In diesem Hause betrat als flüchtiger Traum ein Dichter die Welt, der mit dem Namen Guido Gozzano aus der Trostlosigkeit des Nichts* – warum bitte ist das Nichts trostlos, was soll an dem Nichts trostlos sein? – *zu Gott hinaufstieg.* Worte mit dem Anspruch der Kunst, zu Ehren der Kunst des Wortes. Ich entfernte mich mit gesenktem Kopf, ich hatte

Angst, Selbstgespräche zu führen, ein Typ starrte mich an, und ich ging schneller. Ich erinnerte mich nicht mehr, wo ich das Auto geparkt hatte, und es war mir egal, ob ich mich daran erinnerte.

Ich irrte umher, lief am Teatro Alfieri vorbei, landete in der Via Pietro Micca. Ich sah mich orientierungslos um, hier stand das Auto bestimmt nicht. Doch vor einem der Schaufenster, es war das eines Juweliers, erblickte ich Mario mit seiner Neuen.

Ich weiß nicht, ob ich sie sofort erkannte. Ich spürte nur einen Fausthieb voll auf den Brustkorb. Vielleicht fiel mir als Erstes auf, dass sie sehr jung war, so jung, dass Mario daneben aussah wie ein alter Mann. Kann auch sein, dass ich erst das aus der Mode gekommene blaue Kleid aus dünnem Stoff bemerkte, eines von denen, die man in Secondhand-Läden für Designermode kaufen konnte, stilistisch ein Kontrast zu ihrer Jugend, aber es fiel weich über die zarten Kurven ihres Körpers, die lange Rundung des Halses, der Brüste, der Hüften, der Fesseln. Oder mich packte ihr dichtes blondes Haar, das sie im Nacken mit einem Kamm gebändigt hatte, ein hypnotisierender Farbklecks.

Ich weiß es nicht genau.

Mit Sicherheit musste ich mit dem Radiergummi über die weiche Physiognomie der Zwanzigjährigen gehen, bevor ich das herbe, schroffe, noch kindliche Gesicht von Carla wiedererkannte, des Mädchens, das Jahre zuvor der Grund unserer Ehekrise gewesen war. Doch erst nachdem ich sie erkannt hatte, sah ich ihre Ohrringe, und es traf mich wie der Blitz: Es waren die Ohrringe von Marios Großmutter, meine Ohrringe.

Sie baumelten an ihren Ohrläppchen, betonten ihren

Hals auf elegante Art, machten ihr Lächeln noch breiter, während mein Mann vor dem Schaufenster mit der Geste des stolzen Besitzers ihre Taille umschlang und sie ihren nackten Arm um seine Schultern legte.

Die Zeit dehnte sich. Ich überquerte die Straße mit langen, energischen Schritten, mir war überhaupt nicht danach zumute, zu weinen oder zu schreien oder Erklärungen zu verlangen, ich empfand nur eine dunkle Zerstörungswut.

Nun wusste ich, dass er mich fast fünf Jahre lang betrogen hatte.

Fast fünf Jahre lang hatte er sich heimlich an diesem Körper erfreut, seine Leidenschaft kultiviert und in Liebe verwandelt, hatte geduldig mit mir geschlafen und sich der Erinnerung an sie hingegeben, hatte darauf gewartet, dass sie volljährig wird, und noch länger, bevor er mir sagte, dass er sie endgültig will und mich verlässt. Ein grausamer, niederträchtiger Mensch. Dass er es nicht einmal fertiggebracht hatte, mir zu sagen, was wirklich passiert war. Er hatte Familienlügen auf Ehelügen auf Sexlügen gehäuft, um seine Feigheit ausleben zu können, sie unter Kontrolle zu bekommen und allmählich genug Kraft zu sammeln, um mich zu verlassen.

Ich trat hinter die beiden. Ich stieß ihn wie ein Rammbock mit meinem ganzen Gewicht gegen das Schaufenster, er schlug mit dem Gesicht auf. Kann sein, dass Carla schrie, ich sah nur ihren offenen Mund, ein schwarzes Loch, umrandet von dem weißen, wohlgeformten Kreis ihrer Zähne. Ich griff nach Mario, der sich gerade mit entsetztem Blick umdrehte, seine Nase blutete, er sah mich erschrocken und verblüfft an. Das Komma setzen, den Punkt setzen. Die Umstellung von der ruhigen Glückseligkeit eines sentimentalen Spaziergangs zu diesem Chaos, zum Einsturz der Welt, ist nicht leicht. Armer Mann, armer Mann. Ich packte ihn am Hemd und zerrte mit solcher Wucht, dass es an der rechten Schulter riss und ich ein Stück davon in der Hand hielt. Er stand mit nacktem Oberkörper da, anscheinend trug er keine Unterhemden mehr, hatte keine Angst mehr, sich zu erkälten, sich eine Lungenentzündung zu holen, bei mir war er immer krank gewesen vor Hypochondrie. Offenbar war sein körperliches Wohlbefinden wiederhergestellt, er war gebräunt und hatte abgenommen, nur wirkte er gerade ein bisschen lächerlich, ein Arm steckte noch in dem intakten, sorgfältig gebügelten Ärmel, ein Teil der Schulterpartie hing noch dran, zudem der Kragen, wenn auch schief; doch der übrige Oberkörper war nackt, aus dem Hosenbund hingen Stofffetzen, Blut tropfte ihm aus der Nase in das grau melierte Brusthaar.

Wieder und wieder schlug ich auf ihn ein, bis er zu Boden stürzte. Ich trat ihn, ein, zwei, drei Mal, ich weiß nicht, warum er sich nicht wehrte, er machte nur unkoordinierte Bewegungen, statt seine Rippen zu schützen, schlug er die Hände vors Gesicht, vielleicht war es auch die Scham, schwer zu sagen.

Als ich genug hatte, drehte ich mich zu Carla um, die immer noch mit aufgerissenem Mund dastand. Sie wich zurück, ich hinterher. Ich wollte sie packen, doch sie entwischte mir. Ich hatte nicht die Absicht, sie zu schlagen, sie war eine Fremde, ihr gegenüber war ich fast ruhig. Ich war nur auf Mario wütend, weil er ihr die Ohrringe gegeben hatte, deshalb fuchtelte ich hektisch in der Luft herum und wollte sie ihr wegnehmen. Ich wollte sie ihr von den Ohrläppchen reißen, ihr Fleisch zerfetzen, ihr das Erbe der Vorfahren meines Mannes ausschlagen. Was hatte diese dreckige Hure damit zu tun, was hatte sie mit dieser Abstammungslinie zu tun? Sie schmückte sich skrupellos mit meinen Sachen, die irgendwann meiner Tochter gehören sollten. Sie machte die Beine breit und seinen Schwanz ein bisschen feucht und dachte, sie könnte ihn auf diese Art taufen, ich taufe dich mit dem heiligen Wasser der Möse, ich stecke deinen Schwanz in mein feuchtes Fleisch und taufe ihn, mache ihn zu dem meinen und erwecke ihn zu neuem Leben. Dreckige Schlampe. Und jetzt glaubte sie wohl, sie könnte meinen Platz einnehmen, vollkommen in meine Rolle schlüpfen, die verfickte Nutte. Gib mir die Ohrringe, du sollst mir die Ohrringe geben. Ich wollte sie ihr samt Ohrläppchen abreißen, ich wollte ihr schönes Gesicht samt Augen Nase Lippen Kopfhaut blonder Mähne hinter mir herschleifen, als hätte sich ein Angelhaken durch ihr Hautgewand gebohrt, in die Beutel ihrer Brüste, in den Bauch, der Gedärm in sich barg und aus dem Arsch kleckerte, aus der tiefen, goldgekrönten Spalte. Von ihr nur das übrig lassen, was sie wirklich war, ein mit Blut bespritzter hässlicher Schädel, ein Skelett, dem man gerade die Haut abgezogen hatte. Denn was sind das Gesicht und die Haut auf unserem Fleisch anderes als eine Hülle, eine Verkleidung, eine Tarnung des unerträglichen Grauens unserer Lebendigkeit. Und er war darauf hereingefallen, er hatte sich täuschen lassen. Für dieses Gesicht, für dieses weiche Gewand hatte er sich in meine Wohnung geschlichen. Aus Liebe zu dieser Karnevalsmaske hatte er mir meine Ohrringe gestohlen. Ich wollte sie ihm ganz entreißen, ja, sie samt den Ohrringen wegzerren. Dabei schrie ich Mario zu:

»Guck her, ich zeige dir, wie sie wirklich aussieht!«

Doch er schritt ein. Kein Passant ging dazwischen, ich glaube, nur ein paar Neugierige blieben stehen, um amüsiert zuzusehen. Daran erinnere ich mich, weil ich ihnen, den Schaulustigen, eine Art Untertitelung lieferte, ich wollte, dass sie verstanden, was ich tat, woher meine Wut kam. Und ich hatte das Gefühl, sie hörten mir zu und waren gespannt, ob ich meine Drohungen wahr machte. Für eine Frau ist es leicht, auf der Straße, mitten in der Menschenmenge, einen Mord zu begehen, leichter als für einen Mann. Die Aggressionen einer Frau wirken wie ein Spiel, eine Parodie, wie der etwas ungelenke, nicht ganz ernst zu nehmende Versuch, sich einen männlichen Vorsatz zu eigen zu machen. Nur weil Mario mich an den Schultern packte, riss ich Carla nicht die Ohrringe von den Ohrläppchen.

Er packte mich und schleuderte mich weg wie einen Gegenstand. Mit einem solchen Hass hatte er mich noch nie behandelt. Er drohte mir, sein Gesicht war blutverschmiert und ganz verzerrt. Doch sein Bild kam mir jetzt vor, als wäre es ein Fernsehbild, das man in einem Schaufenster betrachtet. Ich fand es weniger gefährlich als bedauernswert. Von dort, wer weiß aus welcher Entfernung, vielleicht war es genau die Distanz, die das Falsche vom Echten trennt, streckte er mir aus dem Rand des Ärmels, der ihm von seinem Hemd geblieben war, einen bösartigen Zeigefinger entgegen. Ich hörte nicht, was er sagte, doch ich musste lachen, weil er sich so gebieterisch aufspielte. Das Lachen brachte mich um meine Angriffslust, höhlte mich aus. Ich ließ ihn mit seiner Frau gehen, samt den Ohrringen, die an ihren Ohren baumelten. Was konnte ich schon tun, ich hatte alles, alles von mir verloren, alles, unwiederbringlich.

16

Als die Kinder aus der Schule zurück waren, sagte ich ihnen, ich hätte keine Lust zu kochen und auch nichts vorbereitet, sie sollten selber sehen, wie sie klarkämen. Vielleicht lag es an meinem Äußeren oder an meiner matten Stimme, jedenfalls verzogen sie sich ohne Murren in die Küche. Als sie wieder auftauchten, stellten sie sich schweigend, fast verlegen in eine Ecke des Wohnzimmers. Ilaria trat zu mir, legte ihre Hände auf meine Schläfen und fragte:

»Hast du Kopfschmerzen?«

Ich verneinte, sagte, ich wolle jetzt nicht genervt werden. Sie verzogen sich in ihr Zimmer, um Hausaufgaben zu machen, gekränkt und verbittert, dass ich ihre Zuneigung zurückgewiesen hatte. Irgendwann merkte ich, dass es dunkel war, und erinnerte mich an sie, ich ging nachsehen, was sie taten. Sie schliefen beide auf demselben Bett, noch angekleidet, Seite an Seite. Ich ließ sie so liegen und schloss die Tür.

Reagieren. Ich begann aufzuräumen. Als ich fertig war, begann ich wieder von vorne, eine Razzia gegen alles, was nicht nach Ordnung aussah. Klarheit, Entschiedenheit, am Leben festhalten. Im Badezimmerschrank herrschte das übliche Chaos von Medikamenten. Ich setzte mich auf den Boden und trennte die abgelaufenen von denen, die man noch verwenden konnte. Als alle unbrauchbaren im Mülleimer verschwunden waren und das Schränkchen in perfekter Ordnung war, nahm ich zwei Schachteln Schlafmittel heraus und ging damit ins Wohnzimmer. Ich legte sie auf den Tisch und goss Kognak in ein Glas, randvoll. Mit dem Glas in der einen und einem kleinen Berg Tavor in der anderen Hand trat ich ans Fenster, durch das die feuchte, schwüle Brise vom Fluss und von den Bäumen hereindrang.

Alles war so beliebig. Ich hatte mich als Mädchen in Mario verliebt, aber ich hätte mich auch in jeden anderen verlieben können, in irgendeinen Körper, dem ich dann wer weiß welche Bedeutung zugemessen hätte. Ein langes Stück gemeinsamen Lebens, du denkst, das sei der einzige Mann, mit dem du glücklich sein kannst, und schreibst ihm entscheidende Tugenden zu, dabei ist er nur eine Pfeife, die falsche Töne von sich gibt, du weißt nicht, wer er wirklich ist, nicht mal er selbst weiß es. Wir sind Gelegenheiten. Wir verschwenden und verlieren unser Leben, nur weil irgendein Typ irgendwann mal nett zu uns war und uns unter anderen Frauen ausgewählt hat, weil er das Bedürfnis hatte, uns seinen Schwanz reinzustecken. Wir verwechseln eine Höflichkeit mit der banalen Lust zu ficken. Wir lieben seine Geilheit, wir sind davon so geblendet, dass wir meinen, es mache ihm nur mit uns Spaß zu vögeln, ausschließlich mit uns. Oh ja, er ist so etwas Besonderes und hat uns als etwas ganz Besonderes erkannt. Wir geben dieser Lust zu vögeln einen Namen, wir personalisieren sie, wir nennen sie Liebe. Zum Teufel damit, was für ein Fehler, was für ein grundloses Motiv. Wie er früher mit mir fickte, fickt er jetzt mit einer anderen, was bilde ich mir eigentlich ein? Die Zeit vergeht, die eine geht, die andere kommt. Ich setzte gerade an, ein paar Tabletten zu schlucken, ich wollte auf dem dunkelsten Abgrund meiner selbst einschlafen.

Doch in diesem Moment löste sich Carranos violettfarbener Schatten mit dem Koffer auf dem Rücken aus der Masse der Bäume auf dem kleinen Platz. Mit unsicherem Schritt, aber gemächlich ging der Musiker über den ausgestorbenen Platz ohne Autos – die Hitze hatte die Stadt endgültig geleert – und verschwand im Haus. Einen Moment später hörte ich das Räderwerk des Aufzugs knacken, dann setzte er sich brummend in Bewegung. Plötzlich fiel mir ein, dass ich immer noch seinen Führerschein hatte. Otto knurrte im Schlaf.

Ich lief in die Küche. Entsorgte Tabletten und Kognak im Spülbecken und begann Carranos Dokument zu suchen. Ich fand es auf dem Telefontisch, halb unter dem Apparat. Ich wendete es hin und her, betrachtete das Foto. Darauf hatte er noch ganz schwarzes Haar, und die tiefen Falten, die sein Gesicht zwischen Nase und den Mundwinkeln zeichneten, waren noch nicht zu erkennen. Ich las sein Geburtsdatum, überlegte, welchen Tag wir hatten, und stellte fest, dass gerade sein dreiundfünfzigster Geburtstag begann.

Ich war unschlüssig. Ich hatte große Lust, bei ihm zu klingeln und mit der Ausrede des Führerscheins zu dieser späten Stunde seine Wohnung zu betreten. Andererseits hatte ich Angst, Angst vor dem Fremden, der Nacht, der Stille des ganzen Gebäudes, den taufeuchten, stickigen Düften, die aus dem Park kamen, dem Geschrei der Nachtvögel.

Ich beschloss, ihn anzurufen, ich wollte meinen Plan nicht preisgeben, sondern im Gegenteil dazu aufgefordert werden, ihn auszuführen. Ich suchte im Telefonbuch nach seiner Nummer und fand sie. In Gedanken malte ich mir ein freundliches Gespräch aus: Gerade heute Morgen habe ich auf dem Viale dei Marinai Ihren Führerschein gefunden; ich komme schnell runter und bringe ihn vorbei, wenn es Ihnen nicht zu spät ist; dann muss ich Ihnen noch gestehen, dass mein Blick auf Ihr Geburtsdatum gefallen ist; ich würde Ihnen gern gratulieren, ich wünsche Ihnen von ganzem Herzen alles Gute, Signor Carrano, es ist gerade Mitternacht durch, ich wette, ich bin die Erste, die Ihnen gratuliert.

Lächerlich. Ich hatte es nie gekonnt, Männern gegenüber charmant zu sein. Nett, herzlich, doch ohne den Beigeschmack und das Getue der sexuellen Verfügbarkeit. In meiner Jugend habe ich mich damit gequält. Aber jetzt bin ich fast vierzig, sagte ich mir, irgendwas werde ich wohl dazugelernt haben. Ich nahm den Hörer, mein Herz raste, ich legte wütend auf. Da war wieder dieses stürmische Pfeifen gewesen, keine Verbindung. Ich hob noch einmal ab, wählte die Nummer. Das Geräusch ging nicht weg.

Die Augenlider wurden mir schwer, nichts zu machen, die Hitze der einsamen Nacht würde mir das Herz zermalmen. Dann sah ich meinen Mann. Es war nun keine Fremde mehr, die er in seinen Armen hielt. Ich kannte ihr schönes Gesicht, den Schmuck an ihren Ohrläppchen, den Namen Carla, den jugendlich schamlosen Körper. In diesem Moment waren sie beide nackt, sie fickten, ganz ohne Eile, sie wollten es die ganze Nacht machen, wie sie es ohne mein Wissen in den vergangenen Jahren bestimmt auch gemacht hatten, jeder Zuckung meines Leidens entsprach eine Zuckung ihrer Lust.

Ich beschloss, dass ich genug gelitten hatte. Auf die Lippen ihres nächtlichen Glücks musste ich die meiner

Vergeltung heften. Ich gehörte nicht zu den Frauen, die verlassen wurden und an der Einsamkeit zerbrachen, die sich in den Wahnsinn, in den Tod treiben ließen. Ein paar Splitter waren abgesprungen, ansonsten ging es mir gut. Ich war unversehrt und ich würde es bleiben. Wer mir etwas Böses tut, dem zahle ich es heim. Ich bin die Acht der Schwerter, die stechende Wespe, die schwarze Schlange. Ich bin das unverletzbare Tier, das durch Feuer geht und sich nicht verbrennt.

17

Ich suchte eine Flasche Wein aus, steckte die Wohnungsschlüssel ein und ging ungekämmt ein Stockwerk tiefer. Zweimal drückte ich entschlossen auf die Klingel, zwei lange Stromstöße an Carranos Tür. Dann kehrte wieder Ruhe ein und in meiner Kehle pochte die Angst. Ich hörte träge Schritte, dann wurde es wieder still, Carrano beäugte mich durch den Spion. Der Schlüssel drehte sich im Schloss, er gehörte zu den Männern, die sich nachts fürchten, er schloss sich ein wie eine alleinstehende Frau. Ich spielte mit dem Gedanken, wieder hinaufzurennen, bevor die Tür sich öffnete.

Er stand im Bademantel vor mir, mit dünnen, nackten Knöcheln, an den Füßen Pantoffeln mit dem Emblem eines Hotels, wahrscheinlich hatte er sie zusammen mit der Seife auf irgendeiner Orchestertournee mitgehen lassen.

»Alles Gute«, sagte ich hastig, ohne Lächeln, »alles Gute zum Geburtstag.«

Mit der einen Hand streckte ich ihm die Flasche Wein entgegen, mit der anderen den Führerschein.

»Den habe ich heute Morgen auf der Straße gefunden.«

Er sah mich verwirrt an.

»Nicht den Wein«, erklärte ich, »den Führerschein.«

Er schien erst jetzt zu verstehen und sagte verblüfft:

»Danke, damit hatte ich schon gar nicht mehr gerechnet. Möchten Sie hereinkommen?«

»Es ist vielleicht schon ein bisschen spät«, murmelte ich von neuer Panik ergriffen.

Er antwortete mit einem verlegenen Lächeln:

»Ja, es ist spät, aber ... Bitte, ich würde mich freuen ... und vielen Dank ... Es ist ein bisschen unordentlich bei mir ... aber kommen Sie ruhig.«

Sein Ton gefiel mir. Es war der Ton eines schüchternen Mannes, der sich weltmännisch geben will, aber selbst nicht überzeugt ist davon. Ich trat ein und schloss die Tür hinter mir.

Komischerweise fühlte ich mich von diesem Moment an wohl. In einer Ecke des Wohnzimmers sah ich den großen Instrumentenkoffer stehen, und seine Präsenz war mir so vertraut wie die einer Magd vor fünfzig Jahren, diese dicken Dörflerinnen, die in die Stadt kamen, um die Kinder der Wohlhabenden aufzuziehen. Natürlich war es unaufgeräumt (eine Zeitung auf dem Boden, alte Kippen von irgendeinem vorigen Besucher im Aschenbecher, ein Glas mit Milchrand auf dem Tisch), doch es war die sympathische Unordnung eines Junggesellen, außerdem lag ein Seifenduft in der Luft, man roch noch den sauberen Dampf der Dusche.

»Entschuldigen Sie meinen Aufzug, ich habe gerade ...«

»Aber ich bitte Sie.«

»Ich hole Gläser, ich habe auch noch Oliven und etwas zu knabbern ...«

»Ich wollte eigentlich nur kurz auf Ihr Wohl anstoßen.«

Und auf das meine. Und auf den Kummer, den Kummer in der Liebe und im Bett, den ich Mario und Carla bald wünschte. Mario und Carla, ich musste mich daran gewöhnen, es auszusprechen, die dauerhaft miteinander verknüpften Namen eines neuen Paares. Früher hieß es Mario und Olga, heute Mario und Carla. Eine üble Geschlechtskrankheit wünschte ich ihm an den Hals, demütigende Schwindsucht, Eiter am ganzen Körper, den üblen Geruch der Untreue.

Carrano kam mit den Gläsern zurück. Er entkorkte die Flasche, wartete einen Moment, schenkte uns Wein ein und sagte dabei mit ruhiger Stimme: Ich hätte ganz reizende Kinder, er habe mich oft durchs Fenster mit ihnen gesehen, ich hätte da ein gutes Händchen. Er erwähnte weder den Hund noch meinen Mann, ich spürte, dass er weder den einen noch den anderen ausstehen konnte, doch unter diesen Umständen hielt er es aus Höflichkeit für deplatziert, mir das zu sagen.

Nach dem ersten Glas sagte ich es ihm. Otto war ein guter Hund, dennoch hätte ich ihn mir, offen gesagt, niemals angeschafft, ein Schäferhund leidet in einer Wohnung. Mein Mann wollte ihn unbedingt, er hatte sich immer um den Hund gekümmert, wie im Übrigen um vieles andere auch. Doch letzten Endes hatte er sich als Feigling entpuppt, der unfähig war, Verpflichtungen nachzukommen. Wir wissen nichts über andere Menschen, nicht einmal über die, mit denen wir alles teilen.

»Über meinen Mann weiß ich genauso viel wie über Sie, da gibt es nicht den geringsten Unterschied«, rief ich aus. Die Seele ist nichts als unbeständiger Wind, Signor Carrano, man lässt die Stimmbänder vibrieren, um einem anderen vorzuspielen, man sei irgendwer, irgendwas. Mario war abgehauen, sagte ich ihm, mit einer Zwanzigjährigen. Er hatte mich fünf Jahre lang mit ihr betrogen, heimlich, ein Doppelleben hatte er geführt, ein Mann mit zwei Gesichtern, zwei ungleichen Sprechweisen. Und nun war er verschwunden und hatte mich mit dem ganzen Ärger allein gelassen: mit seinen Kindern, für die ich sorgen musste, mit dem Haushalt, der weiterlaufen musste, und auch mit dem Hund, dem dummen Otto. Ich war überfordert. Schon allein mit den vielen Pflichten. Er selbst bedeutete mir gar nichts mehr. Doch all die Aufgaben, die wir früher miteinander geteilt hatten, musste ich nun allein übernehmen, ebenso die Verantwortung dafür, unsere Beziehung nicht am Leben erhalten zu haben – am Leben, lebendig: ein Klischee; warum sollte ausgerechnet ich mich bemühen, sie am Leben zu halten; ich hatte die Klischees satt –, und auch die Verantwortung, verstehen zu müssen, was wir falsch gemacht hatten. Denn die mühsame Aufarbeitung musste ich für Mario mit leisten, er hatte kein Interesse daran, tief zu graben, er wollte sich nicht hinterfragen und daraus etwas lernen. Diese Blondine hatte ihn völlig geblendet, doch ich hatte es auf mich genommen, die fünfzehn Jahre unseres Zusammenlebens Punkt für Punkt zu analysieren, ich war dabei, nachts arbeitete ich daran. Ich wollte bereit sein, ganz von vorne zu beginnen, für den Fall, dass er anfangen würde nachzudenken. Falls das je der Fall sein sollte.

Carrano saß neben mir auf dem Sofa, verdeckte die Knöchel notdürftig mit dem Bademantel, nippte an seinem Wein und hörte aufmerksam zu, was ich ihm erzählte. Obwohl er sich nicht einmischte, vermittelte er mir die Gewissheit, dass er zuhörte, dass nicht ein Wort, nicht einmal ein Gefühl umsonst war, und als ich weinen musste, schämte ich mich nicht dafür. Ich brach einfach in Tränen aus und war sicher, dass er mich verstand, ich war innerlich so bewegt, der Schmerz war ein so heftiger Stoß, dass meine Tränen mir wie die Scherben eines kristallenen Etwas erschienen, das lange an einem geheimen Ort gehütet worden war und nun, durch diesen Ruck, in tausend stechende Splitter zersprungen war. Meine Augen und meine Nase brannten, doch ich konnte nicht aufhören. Und ich war noch gerührter, als ich sah, dass auch Carrano sich kaum beherrschen konnte, seine Unterlippe zitterte, seine Augen glänzten, er murmelte:

»Signora, weinen Sie doch nicht…«

Seine Empfindsamkeit ging mir nahe, unter Tränen stellte ich das Glas auf den Fußboden und, als wollte ich ihn trösten, ich, die selber Trost brauchte, rückte ich näher zu ihm.

Er sagte nichts, reichte mir rasch ein Kleenex. Ich nuschelte eine Entschuldigung, war verzweifelt. Er antwortete, ich müsse mich wieder beruhigen, er könne solchen Kummer nicht mit ansehen. Ich wischte mir über Augen, Nase, Mund und kauerte mich neben ihm zusammen, endlich ein Moment Ruhe. Ich senkte langsam meinen Kopf auf seine Brust, legte den Arm über seine Beine. Ich hätte nie für möglich gehalten, dass ich so etwas bei einem Fremden tun könnte, ich brach erneut in Tränen aus. Carrano legte mir, zaghaft und schüchtern, seinen Arm um die Schultern. Im Haus herrschte milde Stille, ich beruhigte mich wieder. Ich schloss die Augen, ich war müde und wollte schlafen.

»Kann ich ein bisschen so bleiben?«, fragte ich, meine Stimme war kaum hörbar, fast ein Hauch nur.

»Ja«, antwortete er, mit einem ganz zarten Räuspern.

Vielleicht dämmerte ich ein. Einen Augenblick lang wähnte ich mich im Zimmer von Carla und Mario. Was mich besonders störte, war der durchdringende Geruch von Sex. Um diese Zeit waren sie bestimmt noch wach, tränkten die Laken mit ihrem Schweiß, steckten dem anderen gierig die Zunge in den Mund. Ich fuhr zusammen. Etwas hatte meinen Nacken berührt, vielleicht Carranos Lippen. Ich hob überrascht den Kopf und er küsste mich auf den Mund.

Heute weiß ich, was ich empfand, aber damals verstand ich es nicht. Zuerst empfand ich es nur als unangenehm, als hätte er mir ein Zeichen gegeben, auf das ich nur langsam in Abscheu versinken konnte. In Wirklichkeit empfand ich vor allem eine Aufwallung von Hass auf mich selbst, weil ich dort war, weil es keine Ausrede dafür gab, weil es meine Entscheidung gewesen war herzukommen, und weil ich das Gefühl hatte, mich nun nicht mehr entziehen zu können.

»Müssen wir damit anfangen?«, fragte ich in gewollt heiterem Ton.

Carrano deutete ein unsicheres Lächeln an.

»Niemand verlangt das von uns.«

»Willst du einen Rückzieher machen?«

»Nein ...«

Er legte wieder seine Lippen auf meine, doch ich mochte den Geruch seines Speichels nicht, ich weiß nicht mal, ob er mir zuwider war, er war nur irgendwie anders als der von Mario. Er versuchte, mir die Zunge in den Mund zu stecken, ich öffnete die Lippen kaum, streifte seine Zunge mit der meinen. Sie fühlte sich ein bisschen rau an, lebendig, wie ein Tier, eine riesige Zunge, wie ich sie manchmal angewidert beim Fleischer liegen sah, überhaupt nichts verführerisch Menschliches. Und Carla, schmeckte und roch sie wie ich? Oder hatte Mario meinen Geschmack und Geruch immer ebenso abstoßend gefunden wie ich Carranos und erst Jahre später bei ihr die Essenzen gefunden, die für ihn die richtigen waren?

Mit übertriebener Gier stieß ich meine Zunge in den Mund dieses Mannes, lange, als suchte ich wer weiß was in seiner Kehle und wollte es noch erwischen, bevor es in die Speiseröhre rutschte. Ich legte meine Arme um seinen Nacken, drängte ihn mit meinem ganzen Körper an den Rand des Sofas und küsste ihn lange, versuchte mit aufgerissenen Augen, Gegenstände in einer Ecke des Zimmers zu fixieren, zu definieren, mich daran festzuklammern, denn ich hatte Angst, Carlas frechen Mund zu sehen, wenn ich die Augen schloss, diese Frechheit besaß sie seit jeher, schon mit fünfzehn, und wer weiß, ob Mario das gefiel und wie er von ihr träumte, während er neben mir schlief, bis er davon aufwachte und mich küsste, als wäre ich sie, und sich wieder zurückzog und einschlief, sobald er meinen Mund erkannte, meinen Mund mit dem gewohnten Geschmack, der Mund der vergangenen Jahre.

Carrano merkte diesem Kuss an, dass es keine Gegenwehr mehr gab. Er fasste mich um den Nacken, wollte meine Lippen noch fester auf seine pressen. Dann ging er dazu über, mir feuchte Küsse auf Wangen und Augen zu drücken. Mir kam es vor, als folgte er genau einem Plan, er küsste sogar meine Ohren, und das Geräusch dieser Küsse knallte unangenehm auf mein Trommelfell. Dann widmete er sich meinem Hals, benetzte den Haaransatz in meinem Nacken mit der Zunge, während seine breite Hand meinen Busen befühlte.

»Ich habe kleine Brüste«, flüsterte ich und hasste mich gleich dafür, weil diese Bemerkung so klang, als wollte ich mich entschuldigen, Entschuldigung, dass ich dir keine großen Titten bieten kann, ich hoffe, du hast trotzdem deinen Spaß, wie blöd war ich eigentlich, wenn ihm winzige Titten gefielen, umso besser, und wenn nicht, hatte er eben Pech gehabt, schließlich war das hier alles gratis, der Scheißkerl hatte ganz schönes Glück, ein schöneres Geburtstagsgeschenk konnte er doch gar nicht kriegen, in seinem Alter.

»Mir gefallen sie«, hauchte er, während er die Bluse aufknöpfte und den BH herunterschob, um an meinen Brustwarzen zu knabbern und zu saugen. Aber auch meine Brustwarzen waren klein und er bekam meine Brüste nicht zu fassen, sie verschwanden immer wieder in den Körbchen meines BHs. Ich sagte, warte, schob ihn zurück, stand auf, zog die Bluse aus und öffnete den BH. Ich fragte blöd: Gefallen sie dir? In mir wuchs eine Angst, ich wollte, dass er seine Zustimmung wiederholte.

Er betrachtete mich seufzend:

»Du bist schön.«

Er atmete tief durch, als müsse er Herr werden über eine ungeheure Empfindung oder Sehnsucht, dann schubste er mich mit den Fingerspitzen sachte auf das Sofa zurück, damit er meinen nackten Oberkörper besser ansehen konnte.

Ich ließ mich nach hinten sinken. Ich sah ihn von unten, bemerkte die Falten an seinem Hals, der zu altern begann, die Bartstoppeln, die auf die nächste Rasur warteten und unterdessen weiß schimmerten, die tiefen Furchen zwischen seinen Augenbrauen. Vielleicht sagte er die Wahrheit, vielleicht war er wirklich entzückt über meine Schönheit, vielleicht waren das nicht nur Worte, die das sexuelle Begehren schmücken sollten. Vielleicht blieb ich ja schön, obwohl mein Mann den Sinn für meine Schönheit zusammengeknüllt und in den Mülleimer geworfen hatte wie benutztes Geschenkpapier. Ja, ich konnte einen Mann noch betören, ich war dazu fähig, das hatte Marios Flucht in ein anderes Bett, in einen anderen Körper mir nicht verdorben.

Carrano beugte sich über mich, lutschte an meinen Brustwarzen, saugte daran. Ich versuchte, mich gehen zu lassen, wollte den Widerwillen und die Verzweiflung in meiner Brust vergessen. Ich schloss vorsichtig die Augen, sein warmer Atem, seine Lippen auf meiner Haut, ich stieß einen Seufzer aus, um ihm und mir Mut zu machen. Ich hatte die Hoffnung, irgendwann würde sich so etwas wie Lust einstellen, obwohl dieser Mann ein Fremder war, vielleicht ein mittelmäßig begabter Musiker, der auch sonst keinerlei Qualitäten, keine Verführungskünste aufzuweisen hatte, langweilig und deshalb allein.

Ich spürte, dass er meine Rippen küsste, meinen Bauch, sogar mit meinem Nabel beschäftigte er sich, wer weiß, was er daran fand, es kitzelte, als er seine Zunge hineinsteckte. Dann bewegte er sich nach oben. Ich schlug die Augen auf, sah ihn mit wirrem Haar, glänzenden Augen, und glaubte in seinem Gesicht den Ausdruck eines ertappten Kindes zu erkennen, das sich schuldig fühlt.

»Sag noch mal, dass ich dir gefalle«, verlangte ich atemlos.

»Ja«, sagte er, etwas weniger enthusiastisch. Er legte mir die Hände auf die Knie, schob sie auseinander, ließ seine Finger unter meinen Rock gleiten und streichelte die Innenseiten meiner Schenkel, ganz sanft, als ließe er eine Sonde in einen tiefen, dunklen Schacht hinab.

Er schien es nicht eilig zu haben, ich hingegen hätte es gern alles etwas schneller gehabt. Ich stellte mir vor, die Kinder würden aufwachen oder dass unsere turbulente Begegnung Mario so schockiert haben könnte, dass er genau in dieser Nacht reuevoll nach Hause kam. Mir war sogar, als hörte ich Ottos Freudengebell, fast hätte ich gesagt: »Der Hund bellt«, aber dann schien es mir doch unpassend. Carrano hatte meinen Rock hochgeschoben und fuhr mir mit der Handfläche über den Schritt, dann über den Stoff meines Slips, übte dabei sanft Druck aus und schob dann einen Finger tief in den Graben meines Geschlechts.

Ich seufzte wieder, wollte ihm helfen, meine Unterhose auszuziehen, er hielt mich davon ab.

»Nein, warte.«

Er schob den Slip beiseite, streichelte mein entblößtes Geschlecht, drang mit dem Zeigefinger in mich ein und flüsterte wieder:

»Du bist sehr schön.«

Überall schön, innen wie außen, Männerphantasien. Wer weiß, ob Mario das auch machte, bei mir hatte er sich nie mit so etwas aufgehalten. Aber vielleicht schob auch er jetzt, in dieser langen Nacht, irgendwo Carlas dünne Beine auseinander, ließ seinen Blick auf ihrer vom Slip halb verhüllten Möse ruhen, zauderte mit klopfendem Herzen angesichts dieser obszönen Pose, machte sie mit seinen Fingern noch obszöner. Oder wer weiß, vielleicht war auch nur ich obszön, wenn ich mich diesem Mann hingab, der mich an geheimen Stellen berührte, seine Finger gemächlich in mir anfeuchtete, mit der trägen

Neugier eines Menschen, der nicht liebt. Carla hingegen – ich war nun ganz sicher, dass er das glaubte –, Carla war eine verliebte junge Frau, die sich ihrem Geliebten schenkte. Keine Geste, kein Seufzer war vulgär oder armselig, nicht einmal die derbsten Wörter konnten der Reinheit ihrer Umarmung etwas anhaben. Ob ich Möse, Schwanz oder Arschloch sagte, es konnte ihnen nichts anhaben. Was dadurch allerdings Schaden nahm, angekratzt wurde, war mein Bild auf dem Sofa, meine Anstößigkeit in diesem Moment, Carranos dicke Finger, die mir einen Rest freudloser Lust verschafften.

Mir war wieder zum Weinen zumute, ich biss die Zähne zusammen. Ich wusste nicht, was tun, ich wollte nicht noch einmal in Tränen ausbrechen, also ließ ich mein Becken kreisen, warf den Kopf hin und her, seufzte und flüsterte:

»Du willst mich doch, sag, dass du mich willst …«

Carrano nickte zustimmend, drehte mich auf die Seite, zog mir die Unterhose aus. Ich muss gehen, dachte ich. Was ich wissen wollte, weiß ich. Mario hat alles mitgenommen außer mich, mich hat er nicht, nicht meine verführerische schöne Maske. Genug jetzt mit dem Hintern. Er beißt mir in die Pobacken, leckt mich.

»Lass meinen Hintern«, sagte ich und schob seine Finger weg. Er umkreiste erneut mein Arschloch, ich schob ihn wieder fort. Aufhören. Ich entzog mich, streckte die Hand zu seinem Bademantel aus.

»Also los«, rief ich. »Hast du ein Kondom?«

Carrano nickte, rührte sich jedoch nicht von der Stelle. Er nahm seine Hände von meinem Körper und sah plötzlich entmutigt aus, er legte den Kopf auf die Sofalehne und starrte an die Decke.

»Ich fühle nichts«, murmelte er.

»Was fühlst du nicht?«

»Ich bekomme keine Erektion.«

»Nie?«

»Nein, jetzt.«

»Schon die ganze Zeit nicht?«

»Nein.«

Mir wurde vor Scham heiß. Er hatte mich geküsst, umarmt, berührt, aber er bekam keinen hoch, ich schaffte es nicht, sein Blut in Wallung zu bringen, der Mistkerl hatte mich scharf gemacht, ohne selbst scharf zu sein.

Ich öffnete seinen Bademantel, nun konnte ich nicht mehr fliehen, zwischen dem vierten und dem fünften Stock gab es keine Treppe mehr, wenn ich gegangen wäre, hätte ich nur vor einem Abgrund gestanden.

Ich betrachtete sein blasses, kleines Geschlecht, das sich in dem schwarzen Haarbüschel zwischen den schweren Hoden versteckte.

»Keine Angst«, sagte ich, »das ist nur die Aufregung.«

Ich sprang auf, befreite mich von meinem Rock, den ich immer noch trug, und stand nackt vor ihm, doch er bemerkte es nicht einmal und starrte weiter an die Decke.

»Leg dich erst mal hin und entspann dich«, befahl ich mit gespielter Gelassenheit.

Ich stieß ihn auf das Sofa, er lag auf dem Rücken, in derselben Position, die zuvor ich eingenommen hatte.

»Wo hast du die Kondome?«

»Das bringt jetzt nichts mehr«, sagte er mit einem melancholischen Lächeln, zeigte aber dennoch resigniert auf ein Möbelstück.

Ich ging zu der Kommode, zog die Schubladen nacheinander auf und fand die Kondome.

»Aber ich gefalle dir doch …«, fing ich wieder an. Er klopfte sich leicht mit dem Handrücken an die Stirn.

»Ja, im Kopf schon.«

Ich lachte bitter, sagte:

»Ich muss dir überall gefallen«, und setzte mich, ihm den Rücken zugewandt, auf seinen Brustkorb. Ich begann, ihm den Bauch zu streicheln, folgte der schwarzen Spur von Haaren, die rings um sein Geschlecht breiter und dichter wurde. Carla fickte meinen Mann, und ich war nicht mal in der Lage, diesen Junggesellen zu ficken, dem es an Gelegenheiten mangelte, einen depressiven Musiker, für den ich die angenehme Überraschung seines dreiundfünfzigsten Geburtstags darstellte.

Sie regierte über Marios Schwanz, als gehörte er ihr, sorgte dafür, dass er ihn in ihre Möse, in ihren Arsch steckte, wo er ihn bei mir nie reingesteckt hatte, und ich, ich war höchstens in der Lage, dieses fahle Fleisch abzukühlen. Ich nahm seinen Penis, schob die Vorhaut zurück, um zu kontrollieren, ob er Verletzungen aufwies, und steckte ihn mir in den Mund. Nach einer Weile begann Carrano zu stöhnen, es hörte sich an wie leises Krächzen. Bald stemmte sich sein angeschwollener Schwanz gegen meinen Gaumen, das wollte der Scheißkerl also, darauf hatte er gewartet. Endlich stand sein Schwanz aufrecht über seinem Bauch, ein Schwanz, der es mir besorgen würde, dass ich es noch Tage später spüren würde, so wie Mario es mir nie besorgt hatte. Mit richtigen Frauen konnte mein Mann nichts anfangen: Er traute sich nur bei kleinen Nutten von zwanzig Jahren, die nichts im Kopf und keine Erfahrungen hatten und sich nicht abfällig über ihn äußern würden.

Carrano war nun sehr erregt, er wollte mich bremsen,

warte, warte. Ich rutschte nach hinten und presste ihm mein Geschlecht auf den Mund, ich ließ von seinem Penis ab, drehte mich mit meinem verächtlichsten Blick um und sagte: »Küss sie mir!«, und er tat es mit ganzer Hingabe, ich hörte seinen schmatzenden Kuss auf meiner Möse, alte Sau, die metaphorische Sprache, die ich mit Mario gebrauchte, war natürlich nicht sein Ding, er missverstand sie, begriff nicht, was ich wirklich von ihm wollte, wer weiß, ob Carla jeden Wink meines Mannes zu deuten wusste, wer weiß. Ich riss die Kondomhülle mit den Zähnen auf, stülpte es über seinen Schwanz, los, komm, sagte ich, du mochtest doch mein Arschloch so, entjungfere mich, mit meinem Mann habe ich das nie gemacht, ich werde es ihm haarklein erzählen, steck ihn mir hinten rein.

Der Musiker schob sich mühsam unter mich, ich blieb über ihm hocken. Innerlich lachte ich bei dem Gedanken an Marios Gesicht, wenn ich ihm davon erzählte, ich konnte kaum an mich halten. Ich hörte erst auf zu lachen, als ich merkte, dass Carrano sich mit ganzer Kraft gegen mich stemmte. Plötzlich bekam ich es mit der Angst und hielt die Luft an. Tierische Hockstellung, animalische Säfte und eine ganz menschliche Gemeinheit. Ich drehte mich um, wollte ihn ansehen, ihn vielleicht anflehen, mir nicht zu gehorchen, es bleiben zu lassen. Unsere Blicke trafen sich. Was er sah, weiß ich nicht, ich sah einen nicht mehr ganz jungen Mann mit offenem weißem Bademantel, schweißnassem Gesicht und vor Anspannung aufeinandergepressten Lippen. Ich flüsterte ihm etwas zu, ich weiß nicht mehr was. Er öffnete die Lippen, riss den Mund auf, schloss die Augen. Dann sackte er in meinem Rücken zusammen. An der Innenseite des Kondoms breitete sich ein weißlicher Spermafleck aus.

»Da kann man nichts machen«, sagte ich mit einem trockenen Kichern in der Kehle und zog das Gummi von dem schon erschlafften Penis; als ich es fortwarf, hinterließ es eine klebrige, gelbe Spur auf dem Fußboden:

»Knapp daneben.«

Ich zog mich wieder an, ging zur Tür, er folgte mir in seinem Bademantel. Mir ekelte vor mir selbst. Bevor ich ging, murmelte ich:

»Es ist meine Schuld, entschuldige.«

»Aber nein, ich bin es schließlich, der …«

Ich schüttelte den Kopf, warf ihm ein gewollt versöhnliches Lächeln zu.

»Dir derart den Arsch aufs Gesicht zu setzen. Marios Geliebte tut das bestimmt nicht.«

Ich stieg langsam die Treppe hinauf. In einer Ecke neben dem Geländer sah ich die *poverella* aus vergangenen Zeiten hocken, die in mattem Ton, aber sehr ernst zu mir sagte: »Ich bin sauber ich bin aufrichtig ich kann nicht heucheln.«

Als ich vor der gepanzerten Tür stand, brachte ich mehrmals die Reihenfolge der Schlüssel durcheinander, es dauerte eine Weile, bis ich sie aufbekam. Drinnen verbrachte ich wieder einige Zeit mit dem Abschließen. Otto rannte mir freudig entgegen, ich beachtete ihn nicht, ging duschen. Alles, was mir passiert war, hatte ich verdient, sogar die bitteren Worte, mit denen ich mich im Geiste beschimpfte, als ich regungslos unter dem Wasserstrahl stand. Ich konnte mich nur beruhigen, indem ich laut vor mich hersagte:

»Ich liebe meinen Mann, deshalb hat all das einen Sinn.«

Ich sah auf die Uhr, es war zehn nach zwei, ich legte mich ins Bett und knipste das Licht aus. Ich schlief sofort ein, wider Erwarten. Mit diesem einen Satz im Kopf.

18

Als ich meine Augen fünf Stunden später wieder öffnete, am 4. August um sieben Uhr, hatte ich Mühe, mich zurechtzufinden. Mir stand der härteste Tag meines Verlassenwerdens bevor, aber das wusste ich noch nicht. Ich streckte den Arm nach Mario aus, ich war sicher, dass er neben mir schlief, doch da war niemand, auch sein Kissen nicht, und ich hatte selber keins. Das Bett schien mir breiter und gleichzeitig kürzer als sonst. Vielleicht bin ich ja gewachsen, sagte ich mir, vielleicht habe ich abgenommen.

Ich fühlte mich schlapp, als hätte ich Durchblutungsstörungen, und meine Finger waren geschwollen. Ich stellte fest, dass ich die Ringe vor dem Einschlafen nicht ausgezogen hatte, sie lagen nicht auf dem Nachttisch wie sonst. Ich spürte, wie sie sich in das Fleisch meines Ringfingers drückten, diese Verengung schien mir auch der Grund für mein allgemeines Unwohlsein. Ich versuchte sie vorsichtig abzustreifen, ich feuchtete den Finger mit Speichel an, doch es gelang mir nicht. Ich glaubte das Gold in meinem Mund zu schmecken.

Ich starrte auf ein ungewohntes Stück Decke, vor mir hatte ich eine weiße Wand, nicht den Schrank, den ich jeden Morgen als Erstes sah. Meine Füße baumelten ins Leere, hinter meinem Kopf fehlte die Rückenlehne. Meine Sinne waren abgestumpft, es war, als trenne Watte, Filz oder Samt meine Trommelfelle von der Welt, meine Finger von den Laken.

Ich nahm all meine Kräfte zusammen und stützte mich vorsichtig auf die Ellbogen, um durch die Bewegung nicht das Bett, das Zimmer zu zerfetzen oder mich selbst, wie ein Etikett, das man von einer Flasche reißt. Nach einer Weile begriff ich, dass ich mich im Schlaf bewegt haben musste, dass ich meine gewohnte Ecke verlassen hatte und mich wegen des fehlenden zweiten Körpers durch die schweißnassen Laken gewühlt oder gerollt hatte. Das war mir noch nie passiert, normalerweise rollte ich mich im Schlaf auf meiner Seite zusammen, ohne groß die Position zu wechseln. Doch es gab keine andere Erklärung, beide Kissen lagen rechts von mir und der Schrank stand links. Ich ließ mich wieder erschöpft auf die Laken sinken.

In dem Moment klopfte jemand an die Tür. Es war Ilaria, sie trat in ihrem zerknitterten Kleidchen und mit verschlafener Miene ein und sagte:

»Gianni hat auf mein Bett gebrochen.«

Ich schaute sie träge und unbeteiligt an, ohne den Kopf zu heben. Ich stellte sie mir alt vor, mit deformierten Gesichtszügen, kurz davor zu sterben oder schon tot, und trotz allem ein Teil von mir, das Gespenst des Mädchens, das ich gewesen war, das ich gewesen wäre, warum dieses »wäre«? Verblasste Bilder schossen mir durch den Kopf, vollständige, aber hastig gesprochene Sätze, ein Murmeln. Ich stellte fest, dass die Zeitformen mir nicht grammatisch korrekt einfielen, daran war dieses merkwürdige Erwachen schuld. Die Zeit ist ein flüchtiger Atemzug, dachte ich, heute bin ich dran, einen Moment später meine Tochter, meiner Mutter war es auch passiert, allen Frauen meiner Familie, vielleicht passierte es ihnen immer noch und würde zugleich auch mir passieren. Ich beschloss aufzustehen, doch es war, als würde mein Befehl irgendwo stecken bleiben: »Steh auf« blieb eine müde Absicht, die mir in den Ohren nachhallte. Mädchen sein, dann Jugendliche, ich wartete auf den Auserwählten, nun hatte ich meinen Mann verloren, ich werde unglücklich sein bis zu meinem Tode, letzte Nacht habe ich vor Verzweiflung Carranos Schwanz gelutscht, um die Demütigung meiner Möse zu vergessen, so viel sinnloser Stolz.

»Ich komme«, sagte ich, ohne mich zu rühren.

»Warum hast du denn verkehrt herum geschlafen?«

»Keine Ahnung.«

»Gianni hat sich mit dem Mund auf mein Kopfkissen gelegt.«

»Und was ist daran so schlimm?«

»Er hat mein Bett schmutzig gemacht und mein Kissen auch. Du musst ihm eine Ohrfeige geben.«

Ich raffte mich mit aller Willensstärke auf, als müsste ich ein Gewicht stemmen, das meine Kräfte überstieg. Ich wollte mich nicht damit abfinden, dass ich so schwer war, ich wog mehr als Blei, und ich hatte keine Lust, mich durch den ganzen Tag zu schleppen. Ich gähnte, drehte den Kopf erst nach rechts, dann nach links, versuchte noch einmal, mir die Ringe abzustreifen, doch ohne Erfolg.

»Wenn du ihn nicht bestrafst, kneife ich dich«, drohte Ilaria.

Mit kontrolliert langsamen Bewegungen folgte ich meiner Tochter, die es allerdings eilig hatte, ins Kinderzimmer. Otto bellte und jaulte, ich hörte ihn an der Tür kratzen, die unsere Schlafzimmer vom Wohnzimmer trennte. Gianni lag auf Ilarias Bett, immer noch bekleidet, so wie ich ihn am Abend zuvor gesehen hatte, nur war er jetzt nass geschwitzt und blass, seine Augen waren geschlossen, obwohl er wach war. Die dünne Decke war befleckt, auch auf dem Boden hatte sich eine gelbliche Pfütze gebildet.

Ich hatte weder das Bedürfnis noch empfand ich die Notwendigkeit, dem Kleinen etwas zu sagen. Stattdessen ging ich ins Bad, spuckte ins Waschbecken und spülte mir den Mund aus. Dann holte ich einen Feudel, mit einer betont ruhigen Bewegung, doch selbst die schien mir immer noch zu schnell, ich hatte den Eindruck, sie drängte meinen Blick ab, schob ihn unkoordiniert zur Seite, gegen meinen Willen, eine zwanghafte optische Krümmung, gegen die ich mich nicht wehren konnte und die alles ins Wanken brachte, Wand, Spiegel, Schrank, alles.

Ich seufzte, ein langer Seufzer, der meine Pupillen zurück auf den Lappen zwang und die Panik milderte. Ich ging wieder ins Kinderzimmer, hockte mich hin und begann zu putzen. Der säuerliche Geruch des Erbrochenen erinnerte mich an die Zeit, als die beiden noch Säuglinge waren, an Babybrei und Bäuerchen. Während ich langsam die Spuren der Übelkeit meines Sohnes vom Boden wischte, dachte ich an die Frau in Neapel, die ihre quengelnden Kinder mit Süßigkeiten ruhigstellte. Irgendwann richtete sie, die verlassene Ehefrau, ihre ganze Wut auf die Kinder. Sie sagte, sie hätten ihr diesen Mamageruch verpasst, der sie ruiniert habe, sie seien schuld, dass ihr Mann abgehauen war. Erst machen sie dir einen dicken Bauch, ja, erst pumpen sie dir die Brüste auf und dann können sie nicht warten. Sprüche, an die ich mich erinnerte. Meine Mutter wiederholte sie, ernst, zustimmend, mit gedämpfter Stimme, damit ich sie nicht hören konnte. Doch ich hörte sie trotzdem, auch jetzt, eine Art doppeltes Gehör, ich war das Mädchen von damals, das unter dem Tisch spielte und Pailletten klaute, um daran herumzulutschen; und ich war die erwachsene Frau, die an diesem Morgen neben Ilarias Bett mechanisch eine unangenehme Aufgabe erledigte und dennoch sensibel war für das Geräusch des über den Boden streifenden, schmierigen Feudels. Wie war Mario gewesen? Zärtlich, wie mir schien, ohne sichtliche Anzeichen von Überdruss oder Abneigung gegen meine Schwangerschaften. Im Gegenteil, als ich schwanger war, wollte er noch öfter mit mir schlafen, und auch mir machte es mehr Spaß. Ich putzte, und derweil rechnete ich im Geiste nach, Zahlen ohne Gefühl dazu. Ilaria war eineinhalb, als Carla in unserem Leben aufgetaucht war, und Gianni noch nicht ganz fünf. Ich hatte keine Arbeit mehr, überhaupt keine, nicht mal das Schreiben, seit mindestens fünf Jahren nicht. Ich lebte in einer neuen Stadt, wieder eine neue Stadt, es gab keine Verwandten, die ich um Hilfe bitten konnte, doch ich hätte sie sowieso nicht gefragt, ich war nicht der Mensch, der um Hilfe bat. Ich kaufte ein, kochte, räumte auf, schleifte die beiden Kinder hinter mir her, durch Straßen, durch Zimmer, erschöpft, wütend. Ich hatte alle möglichen Termine im Blick, ich kümmerte mich um die Steuererklärung, ich rannte zur Bank, auf die Post. Abends notierte ich Einkünfte und Kosten, die ganzen Ausgaben akkurat in meine Hefte, wie ein Buchhalter, der dem Firmenchef Rechenschaft ablegen muss. Zwischen den Zahlen schrieb ich von Zeit zu Zeit auch nieder, wie ich mich fühlte: wie ein Klumpen Nahrung, auf dem die Kinder pausenlos herumkauen; wie ein Kloß aus lebendiger Materie, der seine organische Substanz beständig aufweicht und mischt, damit zwei gefräßige Blutegel sich daran nähren und ihm den Geruch und Geschmack ihrer Magensäfte anhängen können. Stillen, wie widerwärtig, das war etwas für Tiere. Und dann der laue, süßliche Breigeruch aus ihren Mündern. Ich konnte mich waschen, so viel ich wollte, diesen Mamagestank wurde ich nicht los. Manchmal klammerte Mario sich an mich, umschlang und nahm mich, schläfrig wie ich war, auch er müde von der Arbeit, ohne jede Leidenschaft. Er tat es aus Wut über mein fast abwesendes Fleisch, das nach Milch, Zwieback und Grießbrei roch, mit einer Verzweiflung, die der meinen so nahekam, ohne es zu wissen. Ich war ein inzestuöser Körper, dachte ich benommen von dem Geruch von Giannis Erbrochenem, ich war eine vergewaltigte Mutter, aber keine Geliebte. Er hielt bereits Ausschau nach Gestalten, die sich besser für die Liebe eigneten, er floh vor seinen Schuldgefühlen und er wurde melancholisch, sentimental. Carla tauchte genau zur rechten Zeit auf, der Traum unerfüllter Begierden.

Damals war sie dreizehn Jahre älter als Ilaria, zehn Jahre älter als Gianni, sieben Jahre älter, als ich es war, als meine Mutter von der armen Frau von der Piazza Mazzini sprach und ich lauschte. Mario musste sie mit der Zukunft verwechselt haben, dabei hatte er sich nach der Vergangenheit gesehnt, nach der Zeit, die ich ihm als junge Frau geschenkt hatte und die er sich nun zurückwünschte. Vielleicht hat sie selbst daran geglaubt, ihm eine Zukunft zu geben, und ihn ermutigt, es auch zu glauben. Durcheinander waren wir alle, ich ganz besonders. Während ich mich um Mario und die Kinder kümmerte, wartete ich auf eine Zeit, die nie kam, die Zeit, in der ich wieder war wie vor den Schwangerschaften, jung, schlank, agil und schamloserweise davon überzeugt, jede noch so bemerkenswerte Person aus mir machen zu können. Nein, dachte ich, wrang den Lappen aus und stand mühsam auf: Irgendwann besteht die Zukunft nur noch aus dem Zwang, die Vergangenheit zu verewigen. Die grammatischen Zeitformen müssen dringend korrigiert werden.

19

»Wie eklig«, sagte Ilaria und sprang mit übertriebenem Abscheu zur Seite, als ich mit dem Feudel vorbeikam, um ihn im Bad auszuwaschen. Ich dachte, es würde mir guttun, mich sofort um die gewohnte Hausarbeit zu kümmern. Klamotten waschen. Kochwäsche von der Buntwäsche trennen. Waschmaschine anstellen. Ich musste nur den Blick nach innen wenden und meine Gedanken zähmen. Wort- und Bildfetzen vermischten und überlagerten sich, umschwirrten mich wie ein Schwarm Wespen und versahen alles, was ich tat, mit der üblen Möglichkeit, Schaden anzurichten. Ich spülte den Feudel gründlich aus, dann seifte ich meine Ringe ein, den Ehering und einen Aquamarin, der einmal meiner Mutter gehört hatte. Es dauerte eine Weile, dann konnte ich sie abstreifen, doch es nützte nichts, in meinem Körper staute es sich nach wie vor, die Knoten in meinen Venen lösten sich nicht. Mechanisch legte ich die Ringe auf den Waschbeckenrand.

Ich ging zurück ins Kinderzimmer, beugte mich zerstreut über Gianni, um seine Stirn mit den Lippen zu befühlen. Er stöhnte auf und sagte:

»Mir tut der Kopf so weh.«

»Steh auf«, befahl ich ihm ohne Mitgefühl, er starrte mich an, wunderte sich über die mangelnde Anteilnahme an seinem Elend und stand mühsam auf. Ich wechselte die Bettwäsche und warf Laken und Kopfkissenbezug in den Wäschekorb. Erst dann kam ich auf die Idee, ihm zu sagen:

»Leg dich in dein Bett, ich hole das Thermometer.«

Ilaria beharrte:

»Du musst ihm eine Ohrfeige geben.«

Da ich mich auf die Suche nach dem Thermometer machte, ohne ihrer Forderung nachzukommen, kniff sie mich hinterlistig und beobachtete gespannt, ob es mir wehtat.

Ich reagierte nicht, was sollte mir das schon machen, ich spürte nichts. Sie versuchte es wieder, rot angelaufen vor Anstrengung und Konzentration. Als ich das Thermometer gefunden hatte, stieß ich sie mit dem Ellbogen leicht beiseite und ging zurück zu Gianni. Ich steckte ihm das Thermometer in die Achselhöhle.

»Festhalten«, sagte ich und zeigte auf die Uhr an der Wand. »In zehn Minuten nimmst du es raus.«

»Du hast es falsch rum reingetan«, sagte Ilaria herausfordernd.

Ich hörte nicht auf sie, aber Gianni überprüfte es und zeigte mir mit vorwurfsvollem Blick, dass ich ihm das Ende ohne Quecksilber in die Achselhöhle gesteckt hatte. Konzentration: Nur Konzentration hilft mir weiter. Ich drehte das Thermometer um, Ilaria war zufrieden, sagte, ich hab's sofort gemerkt. Ich nickte, schon gut, ich hab mich vertan. Warum, dachte ich, muss ich eigentlich immer tausend Dinge gleichzeitig tun, seit fast zehn Jahren zwingt ihr mich, so zu leben, außerdem bin ich noch gar nicht richtig wach, ich habe noch keinen Kaffee getrunken und nichts gefrühstückt.

Ich wollte die Espressokanne befüllen und auf den Herd stellen, wollte Milch aufwärmen für Ilaria, wollte mich um die Waschmaschine kümmern. Doch auf einmal nahm ich wieder Ottos Gebell wahr, das ebenso wenig aufgehört hatte wie sein Kratzen. Ich hatte es ausgeblendet, um mich besser auf den Zustand meines Sohnes konzentrieren zu können, doch mittlerweile schien der Hund nicht mehr Töne, sondern Elektroschocks zu produzieren.

»Ich komme«, rief ich.

Am Abend zuvor – das wurde mir nun bewusst – war ich gar nicht mit ihm draußen gewesen, ich hatte ihn vergessen, der Hund musste die ganze Nacht gejault haben, und nun drehte er durch, weil er so dringend musste. Ich übrigens auch. Ich war ein Sack lebendiges Fleisch voller Schlacke, meine Blase drückte, mein Bauch schmerzte. Dieser Gedanke kam mir ohne eine Spur von Selbstmitleid, eine kühle Feststellung. Im Kopf versetzte das Chaos der Töne dem Sack, der ich war, energische Stöße: Er hat gekotzt, ich hab Kopfschmerzen, wo ist das Thermometer, wuffwuffwuff, reagiere.

»Ich geh mit dem Hund raus«, sagte ich laut zu mir selbst.

Ich legte Otto das Halsband an, drehte den Schlüssel um, zog ihn mit einiger Mühe aus dem Schloss. Erst im Hausflur fiel mir auf, dass ich noch Nachthemd und Hausschuhe trug. Das bemerkte ich, als ich an Carranos Tür vorbeikam, ich verzog das Gesicht zu einem angewiderten Grinsen, sicher schlief er noch, um sich von den Strapazen der Nacht zu erholen. Warum sollte ich mich vor ihm genieren, er hatte mich gesehen, wie ich bin, meinen fast vierzigjährigen Körper, wir waren sehr intim miteinander gewesen. Und die anderen Nachbarn waren längst in ihren Ferienhäusern oder am Freitagnachmittag übers Wochenende weggefahren, in die Berge oder ans Meer. Im Übrigen wären auch wir drei seit mindestens einem

Monat irgendwo am Meer, wie jedes Jahr, wenn Mario nicht abgehauen wäre. Der Hurenbock. Im August war das Haus immer leer. Vor jeder Tür schnitt ich eine Fratze, ich streckte die Zunge raus oder machte eine lange Nase. Die waren mir alle scheißegal. Glückliche Familien, gut verdienende Freiberufler, deren Wohlstand darauf beruhte, dass sie für teures Geld Dienste anboten, die kostenlos sein sollten. Wie Mario, der uns ein angenehmes Leben ermöglichte, indem er seine Ideen, seine Intelligenz, seine überzeugende Stimme verkaufte. Ilaria schrie mir vom Treppenabsatz zu:

»Ich will nicht hier im Gestank von der Kotze bleiben.«

Als ich keine Antwort gab, ging sie wieder hinein, ich hörte sie wütend die Tür zuschlagen. Himmelherrgott, wenn ich in die eine Richtung gezerrt wurde, konnte ich wohl kaum gleichzeitig an einem anderen Ort sein, entweder hier oder dort. In der Tat riss der keuchende Otto mich die Treppe hinunter, ich versuchte ihn zu bremsen, ich wollte nicht so rennen, wenn ich rannte, ging ich zu Bruch, jede Stufe, die ich nahm, war einen Moment später schon in meiner Erinnerung zerbröckelt, das Geländer, die gelbliche Wand stürzten an mir vorüber wie ein Wasserfall. Ich nahm nur Teile der einzelnen Etagen wahr, hinter mir spürte ich eine gasförmige Spur, ich war ein Komet. Was für ein furchtbarer Tag, diese Hitze schon um sieben Uhr morgens, kaum ein Auto weit und breit, nur meines und das von Carrano. Vielleicht war ich zu müde, um die Welt in der gewohnten Ordnung zu halten. Ich hätte nicht hinausgehen sollen. Was hatte ich getan? Hatte ich die Espressokanne aufgesetzt? Hatte ich sie mit Kaffee und Wasser gefüllt? Hatte ich sie fest genug zugeschraubt, damit sie nicht explodierte? Und die Milch für die Kleine? Hatte ich all diese Dinge tatsächlich getan oder hatte ich sie mir nur vorgenommen? Den Kühlschrank aufmachen, die Milch herausnehmen, den Kühlschrank zumachen, Milch in den Topf gießen, die Milchtüte nicht auf dem Tisch vergessen, sie in den Kühlschrank zurückstellen, das Gas anzünden, den Topf auf den Herd stellen? Hatte ich diese Handgriffe alle korrekt ausgeführt?

Otto zerrte mich den Viale hinunter, in die Unterführung mit den obszönen Schmierereien. Der Park war wie ausgestorben, der Fluss schien aus bläulichem Kunststoff, die Hügel am anderen Ufer waren von einem wässrigen Grün, es war kein Verkehrslärm zu hören, nur der Gesang der Vögel. Wenn ich die Espressokanne und die Milch auf dem Herd hatte stehen lassen, würde alles verbrennen. Die Milch würde überkochen, den Topf hinunterlaufen und die Flamme löschen, das Gas würde sich in der ganzen Wohnung ausbreiten. Schon wieder diese Panik vor dem Gas. Ich hatte die Fenster nicht geöffnet. Oder hatte ich das instinktiv doch getan, ohne darüber nachzudenken? Die alltäglichen Gesten: Selbst wenn man sie nicht ausführt, hat man es im Geiste doch getan. Oder man tut es tatsächlich, aber inzwischen hat der Kopf aus Gewohnheit aufgehört, es zur Kenntnis zu nehmen. Zerstreut ging ich die Möglichkeiten durch. Ich hätte mich besser ins Bad gesperrt, mein Bauch drückte, ein heftiger, stechender Schmerz. Die Sonne ließ die Blätter der Bäume in ihren Feinheiten hervortreten, sogar die Piniennadeln, eine irrsinnige Anstrengung des Lichts, ich konnte sie einzeln zählen. Nein, ich hatte weder die Espressokanne noch die Milch aufgesetzt. Jetzt war ich sicher. An dieser Sicherheit festhalten. Fein, Otto.

Von seinen Nöten gedrängt zwang Otto mich, hinter

ihm herzurennen, obwohl mir die eigenen Nöte auf den Magen schlugen. Die Leine schnürte mir die Handfläche ein, ich zerrte Otto gewaltsam zurück und bückte mich, um ihn loszumachen. Er preschte los wie das pralle Leben, eine aufgeladene, dunkle Masse. Er beschnüffelte die Bäume, setzte einen Haufen ins Gras, jagte Schmetterlinge, verlief sich in dem Pinienwäldchen. Wer weiß, wann ich diese trotzige animalische Energie verloren hatte, vielleicht in der Jugend. Nun verwilderte ich wieder, ich warf einen Blick auf meine Fußknöchel, meine Achseln, seit wann hatte ich meine Beine nicht mehr enthaart, seit wann rasierte ich mich nicht mehr? Ich, die bis vor vier Monaten nichts als Ambrosia und Nektar war. Von dem Augenblick an, als ich mich in Mario verliebt hatte, fürchtete ich schon, er könne mich eines Tages eklig finden. Den Körper waschen, parfümieren, alle unangenehmen Spuren der Physiologie vertreiben. Sich erhöhen. Ich wollte mich vom Boden lösen, ich wollte, dass ich in seinen Augen irgendwo in der Höhe schwebte, wie alles, was durch und durch gut ist. Ich verließ das Bad nicht, bevor der Gestank verflogen war, ich drehte die Wasserhähne auf, damit er das Plätschern meines Urins nicht hörte. Ich rieb mich ein und pflegte mich, jeden zweiten Tag wusch ich mir die Haare. Schönheit bedeutete für mich das ständige Bemühen, alles Körperliche zu eliminieren. Ich wollte, dass er meinen Körper liebte und dabei alles vergaß, was man über Körper weiß. Dieses Vergessen ist Schönheit, dachte ich angstvoll. Oder vielleicht auch nicht. Ich war diejenige, die glaubte, seine Liebe sei von meiner Manie abhängig. Völlig rückständig und verfehlt, daran war meine Mutter schuld, sie hatte mir diesen weiblichen Hygienewahn anerzogen. Ich weiß nicht mehr, ob ich angewidert oder verwundert oder vielleicht belustigt war, doch die junge, höchstens fünfundzwanzigjährige Frau, die damals, als ich für eine Fluggesellschaft arbeitete, lange meine Zimmergenossin war, furzte eines Morgens schamlos und warf mir noch mit heiterem Blick ein komplizenhaftes Lächeln zu. Mittlerweile rülpsten und furzten die Mädchen in aller Öffentlichkeit, übrigens auch eine meiner Schulkameradinnen, erinnerte ich mich, wir waren siebzehn, drei Jahre jünger als Carla. Sie wollte Tänzerin werden und verbrachte ihre ganze Zeit damit, Ballettpositionen zu üben. Sie war gut. In der Pause drehte sie leichtfüßige Pirouetten durch den Klassenraum und schaffte es, den Bänken genau auszuweichen. Dann, um uns zu provozieren oder um den Eindruck von Eleganz zu vertreiben, den sie in den vielsagenden Blicken der Jungs hinterlassen hatte, machte sie Laute mit ihrem Körper, ihrer Kehle, ihrem Arsch, wie es ihr gerade kam. Diese animalische Natur der Frau, seit ich aufgewacht war, spürte ich sie in mir, in meinem Fleisch. Plötzlich packte mich die Angst, ich könnte mich in Jauche auflösen, diese Angst kam aus dem Bauch, ich musste mich auf eine Bank setzen und die Luft anhalten. Otto war verschwunden, vielleicht hatte er gar nicht die Absicht zurückzukommen, ich pfiff ungeschickt nach ihm, er hatte sich im Gestrüpp von namenlosen Bäumen verkrochen, sie ähnelten mehr einem Aquarell als der Wirklichkeit. Sie standen zu beiden Seiten hinter mir. Pappeln? Zedern? Akazien? Robinien? Namen, die mir nichts sagten, keine Ahnung, ich wusste nicht mal die Namen der Bäume vor meinem Haus. Wenn ich über sie hätte schreiben müssen, wäre ich dazu nicht in der Lage gewesen. Es war, als sähe ich ihre Stämme durch ein starkes Vergrößerungsglas. Es gab keine Distanz zwischen ihnen und mir, doch der Grundsatz lautet, dass es beim Erzählen vor allem darauf ankommt, Maß zu nehmen, im Kalender nachzurechnen, wie viel Zeit vergangen ist, wie viel Raum zwischen uns und den Ereignissen, den Gefühlen liegt, von denen wir erzählen wollen. Ich aber fühlte mich immer mittendrin, Auge in Auge. Auch jetzt hatte ich einen Moment lang das Gefühl, ich würde kein Nachthemd tragen, sondern einen langen Mantel, auf den die ganze Vegetation des Parco del Valentino gemalt war, die Wege, der Ponte Principessa Isabella, der Fluss, das Haus, in dem ich wohnte, und auch der Hund. Deshalb fühlte ich mich auch so schwer und aufgebläht. Ich stand auf, stöhnte vor Bauchschmerzen und Blasendruck, ich konnte nicht mehr. Ich lief im Zickzack, meine Hand verkrampfte sich um die Wohnungsschlüssel, ich ließ die Leine auf dem Boden schleifen. Nein, ich hatte keine Ahnung von Bäumen. Eine Pappel? Eine Libanonzeder? Eine Aleppokiefer? Was ist der Unterschied zwischen einer Akazie und einer Robinie? Die Worte lügen, alles nur Schwindel, vielleicht fehlt es dem gelobten Land mittlerweile an Ausdrücken, um die Dinge zu beschönigen. Mit einem spöttischen Grinsen – voller Verachtung für mich selbst – hob ich mein Nachthemd, hockte mich hin und pinkelte und schiss hinter einen Baum. Ich hatte es satt satt satt.

Ich sprach laut, doch Töne sterben schnell, tief in der Kehle scheinen sie zu leben, aber kaum ausgesprochen, erlöschen sie auch schon. Ich hörte Ilaria in der Ferne nach mir rufen. Ihre Worte erreichten mich schwach.

»Mama, komm zurück, Mama.«

Es waren die Worte eines aufgeregten kleinen Wesens. Ich sah sie nicht, doch ich stellte mir vor, dass sie diese

Worte mit um das Balkongeländer geklammerten Händen sprach. Ich wusste, dass sie sich vor der langen, in das Nichts hinausragenden Fläche ängstigte, sie musste mich wirklich brauchen, wenn sie sich dort hinauswagte. Vielleicht kochte tatsächlich die Milch über, vielleicht war die Espressokanne explodiert, vielleicht breitete sich das Gas in der Wohnung aus. Aber war das ein Grund, gleich loszurennen? Mit Bestürzung stellte ich fest, dass die Kleine mich möglicherweise brauchte, ich sie jedoch prima entbehren konnte. Mario im Übrigen auch. Deshalb war er zu Carla gezogen, er hatte keine Sehnsucht nach Ilaria und Gianni. Das Verlangen zerstört alles andere. Vielleicht zerstört es nur. Sein Verlangen bestand darin, sich unendlich weit von uns zu entfernen; meines schien, ganz in mich zu gehen, mich hinzugeben, taub und stumm in meine eigenen Blutbahnen abzutauchen, in meine Gedärme, meine Blase. Ich bemerkte meinen kalten Schweiß, eine eisige dünne Schicht, obwohl der Morgen schon heiß war. Was war mit mir los? Dass ich den Weg nach Hause fand, schien mir unmöglich.

In dem Moment streifte etwas Feuchtes meinen Knöchel. Neben mir stand Otto, mit gespitzten Ohren, heraushängender Zunge und seinen lieben Schäferhundaugen. Ich richtete mich auf, versuchte mehrmals vergeblich, ihm das Halsband anzulegen, obwohl er sich nicht rührte und nur schwach hechelte, er schien mich traurig anzublicken. Mit größter Konzentration gelang es mir dann doch, seinen Hals zu erwischen. Lauf, lauf, sagte ich zu ihm. Ich dachte, wenn ich schön an der Leine hinter ihm bliebe, bekäme ich wieder warme Luft ins Gesicht, trockene Haut und Boden unter den Füßen.

20

Als ich den Fahrstuhl erreichte, war mir zumute, als wäre ich zwischen dem Pinienhain und dem Hauseingang auf einem Drahtseil balanciert. Während die Kabine sich langsam aufwärtsbewegte, lehnte ich mich gegen die Metallwand und starrte Otto dankbar an. Er stand mit leicht nach außen gedrehten Pfoten da und keuchte, ein dünner Sabberfaden lief aus seiner Schnauze und hinterließ einen Schnörkel auf dem Boden des Aufzugs. Die Kabine ruckelte und blieb stehen.

Auf dem Treppenabsatz erwartete mich Ilaria, sie wirkte sehr wütend, als sei meine Mutter aus dem Reich der Toten zurückgekehrt, um mich an meine Pflichten zu erinnern.

»Er hat schon wieder gebrochen«, sagte sie.

Sie ging vor in die Wohnung, gefolgt von Otto, den ich von der Leine losmachte. Nichts roch nach verbrannter Milch oder Kaffee. Ich nahm mir die Zeit, die Tür abzuschließen, steckte automatisch den Schlüssel ins Schloss und drehte zweimal um. Inzwischen hatte meine Hand sich an diese Geste gewöhnt, die verhindern sollte, dass irgendwer in die Wohnung kam, um in meinem Kram herumzuwühlen. Ich musste mich schützen vor jemandem, der jede Pflicht, jedes schlechte Gewissen auf mich abwälzen und verhindern wollte, dass ich wieder zu leben begann. Der Verdacht, auch meine Kinder könnten mir einreden wollen, dass ihr Fleisch durch meine Schuld verkümmerte, schon allein, weil sie dieselbe Luft atmen mussten, durchfuhr mich wie ein Blitz. Das war der Grund für Giannis Übelkeit. Er setzte es in Szene und Ilaria rieb es mir genüsslich unter die Nase. Er hat wieder gebrochen, ja, na und? Es war nicht das erste Mal und es würde nicht das letzte Mal sein. Gianni hatte genau so einen empfindlichen Magen wie sein Vater. Beide wurden seekrank und beiden wurde im Auto schlecht. Ein Schluck kaltes Wasser oder ein dickes Stück Sahnetorte genügten, schon war ihnen übel. Wer weiß, was der Junge wieder heimlich gegessen hatte, um mir das Leben schwer zu machen und den Tag noch anstrengender.

Das Zimmer war erneut in Unordnung. In einer Ecke türmte sich die schmutzige Bettwäsche auf wie eine Wolke, Gianni hatte sich wieder in Ilarias Bett gelegt. Die Kleine hatte mich vertreten. Sie hatte sich so verhalten wie ich mich bei meiner Mutter: Sie hatte versucht, das zu tun, was sie bei mir abgeguckt hatte, an meine Stelle zu treten war eine spielerische Art, sich meiner Autorität zu entledigen, sie wollte meinen Platz einnehmen. Normalerweise war ich freundlich, was meine Mutter nie gewesen war. Jedes Mal, wenn ich sie nachzuahmen versuchte, warf sie mir Vorwürfe an den Kopf und sagte, ich mache es völlig falsch. Vielleicht war sie es sogar, die mich in Gestalt der Kleinen fertigmachen wollte, indem sie mir meine Minderwertigkeit vorführte. Als wollte sie mich zu einem Spiel herausfordern, das sie bestens beherrschte, verkündete Ilaria:

»Die schmutzige Bettwäsche hab ich da hingeschmissen und Gianni hab ich in mein Bett gelegt. Er hat nicht viel gebrochen, er hat nur so gemacht.«

Zur Demonstration würgte sie und spuckte ein paarmal auf den Fußboden.

Ich trat zu Gianni, er war nass geschwitzt und sah mich feindselig an.

»Wo ist das Fieberthermometer?«, fragte ich.

Ilaria nahm es unverzüglich vom Nachttisch und reichte es mir, sie teilte Informationen mit mir, über die sie gar nicht verfügte, sie konnte noch kein Thermometer lesen.

»Er hat Fieber«, sagte sie, »aber er will kein Zäpfchen nehmen.«

Ich betrachtete das Thermometer, ich konnte mich nicht darauf konzentrieren, wie viel Grad die Quecksilbersäule anzeigte. Ich weiß nicht, wie lange ich so mit dem Ding in der Hand dastand und panisch versuchte, etwas zu erkennen. Ich muss mich um das Kind kümmern, sagte ich mir, ich muss wissen, wie hoch sein Fieber ist, doch ich war nicht in der Lage, meine Gedanken zu sammeln. Sicher war in der letzten Nacht etwas mit mir passiert. Konnte auch sein, dass ich nach der monatelangen Anspannung nun den Rand eines Abgrunds erreicht hatte und ihn langsam hinunterstürzte, wie in diesen Träumen, obwohl ich immer noch das Thermometer in der Hand hielt, unter den Sohlen meiner Pantoffeln den Fußboden spürte und die erwartungsvollen Blicke meiner Kinder mich festzuhalten schienen. Alles wegen der Qualen, die mein Mann mir aufgehalst hatte. Schluss damit, ich musste den Schmerz aus meinem Gedächtnis streichen, die Kratzer an meinem lädierten Hirn wegschleifen. Die schmutzige Bettwäsche fortschaffen. Die Wäsche in die Waschmaschine stopfen. Die Waschmaschine anschalten. Davorstehen und in das runde Fenster starren, umherwirbelnde Wäsche, Wasser und Schaum.

»Achtunddreißig Komma zwei«, sagte Gianni in einem Atemzug, »und mein Kopf tut ganz schlimm weh.«

»Er muss ein Zäpfchen nehmen«, drängte Ilaria.

»Ich will nicht.«

»Dann hau ich dich«, drohte sie.

»Du haust ihn nicht«, fuhr ich dazwischen.

»Und warum haust du uns dann?«

Ich haute niemanden, ich hatte sie noch nie gehauen, höchstens mal damit gedroht. Aber vielleicht macht es für Kinder keinen Unterschied, ob man etwas nur androht oder tatsächlich tut. Wenigstens war es bei mir so, als ich noch ein Kind war, erinnerte ich mich, und vielleicht auch noch später als Erwachsene. Das, was geschehen würde, wenn ich ein Verbot meiner Mutter missachtete, erlebte ich so oder so, unabhängig von der Übeltat. Die Worte nahmen die Zukunft vorweg, und die Wunde meiner Bestrafung brannte noch, wenn ich mich längst nicht mehr erinnerte, welche Schuld ich auf mich hätte laden können oder wollen. Mir kam ein Satz in den Sinn, mit dem meine Mutter mir häufig drohte. »Finger weg oder ich schneide dir die Hände ab!«, sagte sie, wenn ich an ihr Nähzeug ging. Schon die bloßen Worte waren für mich Scheren, lange polierte Scheren, die aus ihrem Mund traten, ein Schlund aus Klingen, die sich um meine Handgelenke schlossen und Armstümpfe hinterließen, die mit der Nadel und dem Faden von den Garnröllchen geflickt wurden.

»Ich haue nie«, sagte ich.

»Tust du wohl.«

»Ich habe höchstens mal behauptet, dass ich euch hauen würde. Das ist ein großer Unterschied.«

Das ist überhaupt kein Unterschied, dachte ich, und es erschreckte mich, diesen Gedanken in meinem Kopf zu hören. Denn wenn ich diese Unterschiede nicht mehr erkennen konnte, wenn ich diese Fähigkeit endgültig verlor, wenn ich in einem reißenden Strom dahintrieb, in dem jede Grenze verschwamm, was würde dann an diesem heißen Tag noch geschehen?

»Wenn ich Ohrfeige sage, gebe ich dir ja noch keine«, erläuterte ich in aller Ruhe, als hätte ich es mit einem Prüfer zu tun, vor dem ich mich entspannt und vernünftig geben wollte, »das Wort Ohrfeige ist keine Ohrfeige.«

Anschließend, weniger um sie zu überzeugen als mich selbst, gab ich mir selbst eine kräftige Ohrfeige. Ich lächelte, weil ich diese Ohrfeige objektiv betrachtet plötzlich sehr komisch fand und um zu beweisen, dass meine Vorführung lustig war, ohne jede Gefahr. Es war sinnlos. Gianni zog sich schnell die Decke über den Kopf und Ilaria sah mich verblüfft an, ihr schossen Tränen in die Augen.

»Du hast dir wehgetan, Mama«, sagte sie betrübt, »deine Nase blutet.«

In der Tat tropfte ein bisschen Blut auf mein Nachthemd, und ich schämte mich dafür.

Ich zog die Nase hoch, ging ins Bad und schloss die Tür ab, damit die Kleine mir nicht folgte. Genug jetzt, konzentrier dich, Gianni hat Fieber, tu etwas. Ich stopfte mir Watte ins Nasenloch, um die Blutung zu stillen, und kramte nervös in den Medikamenten, die ich am Abend zuvor aufgeräumt hatte. Ich suchte etwas gegen Fieber und dachte gleichzeitig: Ich brauche ein Beruhigungsmittel, mit mir passiert irgendwas Schlimmes, ich muss mich beruhigen; im selben Moment spürte ich, dass Gianni, die Erinnerung an den im Nebenzimmer fiebernden Gianni, mir entglitt, es gelang mir nicht, die aufblitzende Sorge um seinen Zustand festzuhalten, der Kleine wurde mir schon gleichgültig, es war, als sähe ich ihn nur noch aus den Augenwinkeln, eine Nebelgestalt, eine ausgefranste Wolke.

Ich suchte Tabletten für mich, doch ich fand keine, wo hatte ich sie hingetan, ins Spülbecken, am Abend zuvor, plötzlich fiel es mir wieder ein, so eine Dummheit. Dann kam ich auf die Idee, zur Entspannung ein heißes Bad zu nehmen und mir anschließend vielleicht die Beine zu enthaaren, Baden beruhigt, ich brauche das Gewicht des Wassers auf meiner Haut, ich entgleite mir, ich muss mich wieder in den Griff kriegen, was wird sonst aus den Kindern?

Ich wollte nicht, dass Carla ihnen nahekam, allein die Vorstellung jagte mir vor Abscheu einen kalten Schauer über den Rücken. Ein Mädchen, das sich um meine Kinder kümmert, sie ist ja selbst kaum erwachsen, an ihren Händen klebt der Samen ihres Geliebten, derselbe Samen, der sich im Blut der Kinder befindet. Sie also auf Distanz halten, sie und Mario. Unabhängig sein, nichts von ihnen annehmen. Ich drehte den Hahn auf, die ersten Tropfen plätscherten in die Wanne, die hypnotische Wirkung des Wassers.

Doch ich hörte das Rauschen schon nicht mehr, verlor mich in dem Spiegel neben mir, ich sah mich mit einer unerträglichen Schärfe, das zerzauste Haar, die ungeschminkten Augen, die mit blutschwarzer Watte zugestopfte Nase, das ganze Gesicht vor Konzentration zu einer Fratze verzerrt, das kurze, dreckige Nachthemd.

Das musste geändert werden. Ich reinigte mein Gesicht mit einem Wattepad, ich wollte wieder schön sein, unbedingt. Schönheit heitert auf, die Kinder wären wieder glücklich, Gianni würde sich vor Freude erholen und auch mir würde es besser gehen. Sanfter Make-up-Entferner, milde Reinigungsmilch, alkoholfreies Feuchtigkeitsfluid, abschminken, anmalen, Make-up. Was ist ein Gesicht ohne Farbe, sich anmalen heißt sich verbergen, nichts macht eine Oberfläche so zuverlässig unsichtbar wie Farbe. Weg, weg, weg. Aus der Tiefe stieg ein Stimmengemurmel auf, die Stimme von Mario. Ich versank im Liebesgeflüster meines Mannes, Worte aus vergangenen Jahren. Fröhliches Vögelchen, sagte er zu mir, er hatte die Klassiker gelesen, sein Gedächtnis war beneidenswert. Und er zählte mir vergnügt auf, er wolle mein Büstenhalter sein, damit er meinen Busen halten durfte, mein Slip und mein Rock und der Schuh, der von meinem Fuß gedrückt wurde, das Wasser, das mich wusch, die Creme, die mich einölte, der Spiegel, in dem ich mich bewunderte, der Herr Ingenieur machte sich über meine Liebe zu schönen Worten lustig, riss ironische Witze über die hehre Literatur und war zugleich entzückt über das Geschenk so vieler bereits existierender Bilder, mit denen er seinem Begehren für mich eine Form geben konnte, für mich, die Frau im Spiegel. Eine Maske aus Make-up, Rouge, mit Watte verstopfter Nase, dem Geschmack von Blut im Mund.

Ich wandte mich angewidert ab und stellte gerade noch rechtzeitig fest, dass die Wanne bis zum Rand gefüllt war. Ich drehte den Hahn zu. Ich tauchte eine Hand in das Wasser, es war eiskalt, ich hatte beim Einlaufen nicht mal die Temperatur geprüft. Mein Gesicht rutschte aus dem Spiegel, es interessierte mich nicht mehr. Das kalte Wasser erinnerte mich wieder an das Fieber, die Übelkeit, die Kopfschmerzen von Gianni. Was suchte ich eigentlich in dem verschlossenen Badezimmer: Paracetamol. Ich begann wieder zu kramen, fand es, schrie wie um Hilfe:

»Ilaria? Gianni?«

21

Ich musste jetzt dringend ihre Stimmen hören, doch sie antworteten nicht. Ich sprang zur Tür, versuchte sie zu öffnen, vergeblich. Der Schlüssel, fiel mir ein, doch ich drehte ihn nach rechts, als wollte ich abschließen, statt nach links. Ich holte tief Luft, spielte den ganzen Vorgang im Geiste durch, drehte den Schlüssel richtig herum, trat in den Flur.

Gleich vor der Tür stolperte ich über Otto. Er lag auf der Seite, mit dem Kopf auf dem Boden. Er rührte sich nicht, als er mich sah, er spitzte nicht mal die Ohren, wedelte nicht mit dem Schwanz. Ich kannte diese Pose, er nahm sie ein, wenn er etwas hatte oder gestreichelt werden wollte, es war die Pose der Melancholie und des Schmerzes, er suchte Mitgefühl. Blöder Hund, auch er wollte mir zu verstehen geben, dass ich Angst verbreitete. Verpestete ich die Wohnung mit Sporen des Unheils? War das möglich?

Seit wann, seit vier, fünf Jahren? Hatte Mario sich deshalb der kleinen Carla zugewandt? Ich stellte meinen nackten Fuß auf den Bauch des Hundes, er war so heiß, dass es mir an der Sohle brannte, die Hitze stieg mir bis in die Leiste hinauf. Ein schleimiger Saum schmückte seine Schnauze.

»Gianni schläft«, zischelte Ilaria mir vom anderen Ende des Flurs zu, »komm.«

Ich stieg über den Hund, ging ins Kinderzimmer.

»Du siehst schön aus«, staunte Ilaria mit aufrichtiger Bewunderung und schob mich zu Gianni, um mir zu zeigen, wie er schlief. Auf der Stirn des Kleinen lagen drei Münzen und sein Atem ging wirklich schwer.

»Das Geld ist kalt«, erklärte Ilaria, »das ist gut gegen Kopfschmerzen und Fieber.«

Von Zeit zu Zeit nahm sie eins der Geldstücke und warf es in ein Glas Wasser, dann trocknete sie es ab und legte es wieder auf die Stirn ihres Bruders.

»Wenn er aufwacht, muss er Paracetamol nehmen«, sagte ich.

Ich legte die Schachtel auf den Nachttisch, ging zurück in den Flur, um mich irgendwie zu beschäftigen, egal wie. Ja, Frühstück machen. Aber Gianni durfte nichts essen. Die Waschmaschine. Oder auch nur Otto streicheln. Doch ich stellte fest, dass er nicht mehr vor der Badezimmertür lag, er hatte beschlossen, mir nicht länger seine sabbernde Leidensmiene zu präsentieren. Umso besser. Wenn sich die Abscheulichkeit nicht von mir auf andere übertrug, auf menschliche Wesen und Tiere, dann war es das Unwohlsein der anderen, das mich heimsuchte und krank machte. Und deshalb, dachte ich, als sei es eine entscheidende Erkenntnis, war ein Arzt nötig. Ich musste telefonieren.

Ich zwang mich, diesen Gedanken festzuhalten, zog ihn hinter mir her wie ein Band im Wind, als ich mit vorsichtigen Schritten ins Wohnzimmer ging. Ich war entsetzt, als ich die Unordnung auf meinem Schreibtisch sah. Die Schubladen waren herausgerissen, überall lagen Bücher verstreut. Auch das Heft, in dem ich mir Notizen für mein Buch machte, war aufgeschlagen. Ich blätterte die letzten Seiten durch. Ich entdeckte einige Stellen aus der *Gebrochenen Frau* und aus *Anna Karenina* in meiner winzigen Handschrift. Ich konnte mich nicht daran erinnern, sie aufgeschrieben zu haben. Sicher, es war meine Angewohnheit, Passagen aus Büchern abzuschreiben, aber nicht in dieses Heft, dafür besaß ich ein anderes. Löste sich mein Gedächtnis auf? Ich erinnerte mich nicht mal daran, mit energischen Linien aus roter Tinte die Fragen unterstrichen zu haben, die Anna sich stellt, kurz bevor der Zug sie mitreißt und überrollt:

»Wo bin ich? Was mache ich? Warum?« Es waren Passagen, die mich nicht überraschten, sie kamen mir sehr vertraut vor, doch ich begriff nicht, was sie auf diesen Seiten zu suchen hatten. Waren sie mir so vertraut, weil ich sie erst vor kurzem, gestern oder vorgestern, aufgeschrieben hatte? Aber warum erinnerte ich mich dann nicht daran? Warum standen sie in diesem Heft und nicht in dem anderen?

Ich setzte mich an den Schreibtisch. Da war etwas, das ich festhalten musste, doch ich wusste nicht mehr was. Nichts war beständig, alles entglitt mir. Ich fixierte mein Heft, die roten Linien unter Annas Fragen waren wie ein Ankerplatz. Ich las sie wieder und wieder, doch mein Blick huschte über die Fragen, ohne dass ich sie verstand. Irgendetwas war mit meinen Sinnen nicht in Ordnung, sie funktionierten nicht mehr. Eine Störung des Empfindens, des Fühlens. Mal ließ ich es geschehen, mal erschrak ich darüber. Zum Beispiel diese Zitate, ich konnte keine Antwort auf die Fragen finden, jede Antwort schien mir absurd. Im »Wo bin ich, was mache ich« verlor ich mich. Das »Warum« ließ mich verstummen. Das war im Laufe einer Nacht geschehen. Vielleicht hatte ich mich nach monatelanger Auflehnung und Gegenwehr irgendwann in diesen Büchern wiedererkannt und war schockiert darüber, verzweifelt. Eine kaputte Uhr, deren eisernes Innenleben weiterschlug und alle Zeit ringsum in Mitleidenschaft zog.

22

Da spürte ich etwas in meiner Nase, ich dachte, sie würde wieder bluten. Dann begriff ich, dass das, was ich für einen taktilen Eindruck gehalten hatte, in Wirklichkeit eine Verletzung des Geruchssinnes war. In der Wohnung breitete sich ein scharfer Gestank aus. Ich fürchtete, Giannis Zustand könne sich noch verschlechtert haben, ich raffte mich auf, ging zurück in sein Zimmer. Doch der Kleine schlief noch, obwohl seine Schwester ständig die Münzen auf seiner Stirn austauschte. Also schlich ich langsam und vorsichtig über den Flur zu Marios Arbeitszimmer. Die Tür war nur angelehnt, ich trat ein.

Der Gestank kam von hier, man bekam kaum Luft. Otto lag auf der Seite, unter dem Schreibtisch seines Herrchens. Als ich mich ihm näherte, wurde sein ganzer Körper von einer Art Frösteln gepackt. Aus seinen Lefzen tropfte Schaum, doch sein Blick war immer noch der des lieben Schäferhundes, obwohl seine Augen mir so weiß vorkamen, wie von einem Fleckenmittel ausgebleicht. Neben ihm breitete sich eine schwarze Lache aus, dunkler, blutiger Schleim.

Im ersten Augenblick wollte ich umkehren, das Zimmer verlassen, die Tür schließen. Ich war lange unschlüssig, das Unheil schlich also wieder durch meine Wohnung, was war hier los? Schließlich entschied ich zu bleiben. Der Hund lag still da, er zeigte keine Anzeichen von Krämpfen mehr, die Augenlider hatte er nun gesenkt. Er schien in einer letzten Konvulsion erstarrt, als hätte man ihn mit einer Feder aufgezogen, wie dieses Blechspielzeug von früher, das sich jederzeit wieder regen konnte, sobald man das kleine Rädchen leicht antippte.

Allmählich gewöhnte ich mich an den durchdringenden Geruch im Zimmer, nach einigen Sekunden hatte ich mich so auf ihn eingestellt, dass er aufriss und einem anderen Geruch wich, der für mein Empfinden noch aggressiver war, es war der Geruch, den Mario hier in seinem Arbeitszimmer hinterlassen hatte. Seit wann hatte ich diesen Raum nicht mehr betreten? Ich musste ihn unbedingt so bald wie möglich dazu bringen, die Wohnung endgültig zu verlassen, dachte ich wütend, er sollte alles räumen. Er konnte nicht einfach abhauen und die Ausdünstungen seiner Poren hierlassen, den Nimbus seines Körpers, der so stark war, dass er sogar Ottos mephitisches Siegel brach. Im Übrigen hatte genau dieser Geruch Otto wohl die Kraft verliehen, die Klinke mit der Pfote herunterzudrücken und sich, ebenfalls enttäuscht von mir, unter den Schreibtisch zu schleppen, in dieses Zimmer, wo die Spuren seines Herrchens stärker waren und Linderung versprachen.

Ich fühlte mich gedemütigt, noch mehr als in all den Monaten zuvor. Undankbarer Hund, ich kümmerte mich um ihn, ich war bei ihm geblieben und hatte ihn nicht verlassen, ich ging mit ihm raus, und jetzt, wo er nur noch Schmerz und Schweiß war, suchte er bei den Geruchsspuren meines Mannes Trost, dem Unzuverlässigen, dem Verräter, dem Flüchtigen. Dann bleib doch hier allein, dachte ich, du hast nichts anderes verdient. Ich wusste nicht, was ihm fehlte, und es interessierte mich nicht, auch er war nur eine Folge meines fehlerhaften Aufstehens, ein unglücklicher Zwischenfall an einem Tag, den ich nicht in den Griff bekam. Wütend wich ich zurück zur Tür, um im selben Moment Ilaria hinter mir fragen zu hören:

»Warum stinkt das hier so?«

Dann sah sie Otto unter dem Schreibtisch liegen und fragte:

»Geht es ihm auch schlecht? Hat er das Gift gefressen?«

»Welches Gift?«, fragte ich und schloss die Tür.

»Die Fleischköder. Papa sagt immer, dass wir aufpassen müssen. Der Mann von unten legt sie im Park aus, weil er Hunde hasst.«

Sie wollte die Tür öffnen, beunruhigt über Otto, doch ich hinderte sie daran.

»Ihm geht es gut«, sagte ich, »er hat nur ein bisschen Bauchschmerzen.«

Sie sah mich prüfend an, ich fürchtete, sie wolle herausfinden, ob ich ihr die Wahrheit sagte. Stattdessen fragte sie:

»Darf ich mich auch so schminken wie du?«

»Nein. Pass auf deinen Bruder auf.«

»Pass doch selber auf ihn auf«, entgegnete sie trotzig und verschwand in Richtung Badezimmer.

»Ilaria, rühr ja nicht meine Schminksachen an!«

Sie antwortete nicht, und ich beließ es dabei, ich drehte mich nicht einmal um, ließ sie aus meinem Blickwinkel verschwinden und schleppte mich in Giannis Zimmer. Ich fühlte mich ausgelaugt, meine eigene Stimme schien mir eher ein Laut in meinem Kopf denn Wirklichkeit. Ich nahm die Münzen von Giannis Stirn und befühlte seine trockene Haut. Er glühte.

»Gianni«, rief ich, doch er schlief weiter oder tat zumindest so. Sein Mund war leicht geöffnet, die entzündeten Lippen sahen aus wie eine feuerrote Wunde mit glänzenden Zähnen. Ich war ratlos, ob ich ihn noch einmal berühren, seine Stirn küssen oder ihn durch leichtes Rütteln aufwecken sollte. Und ich verdrängte die Frage, wie ernst sein Zustand war: eine Vergiftung, eine Sommergrippe, die Folge eines zu kalten Getränks, Hirnhautentzündung. Alles schien im Bereich des Möglichen oder Unmöglichen, jedenfalls fiel es mir schwer, irgendeine Vermutung anzustellen, ich vermochte nicht in Hierarchien zu denken, vor allem aber war ich nicht in der Lage, mir Sorgen zu machen. Mich beunruhigten schon die Gedanken als solche, am liebsten hätte ich gar keine mehr gehabt, so verseucht schienen sie mir. Nachdem ich Otto gesehen hatte, fürchtete ich erst recht, jedes Übel weiterzuleiten, am besten vermied ich jeglichen Kontakt, ich durfte Ilaria nicht zu nahe kommen. Es war wohl das Beste, ich rief unseren Arzt an, einen alten Kinderarzt, und den Tierarzt. Hatte ich das bereits getan? Hatte ich es mir vorgenommen und wieder vergessen? Sofort anrufen, so lautete die Regel, sie respektieren. Obwohl es mir widerstrebte, genauso zu handeln, wie Mario es immer getan hatte. Hypochonder. Er machte sich immer gleich Sorgen, rief wegen jeder Kleinigkeit den Arzt. Papa weiß, so hatten die Kinder mir zu verstehen gegeben, Papa weiß, dass der Mann von unten vergiftetes Fleisch im Park auslegt; er weiß, wie man mit hohem Fieber, Kopfschmerzen und Vergiftungen umgeht; er weiß, dass ein Arzt nötig ist, er weiß, dass ein Tierarzt nötig ist. Wenn er da gewesen wäre, durchzuckte es mich, hätte er vor allem meinetwegen einen Arzt gerufen. Doch dann verwarf ich es gleich wieder, einem Mann einen solchen Tatendrang anzudichten, der sich durch mich zu gar nichts mehr drängen ließ. Ich war eine obsolete Gattin, ein nutzloser Körper, ein ausgedientes Frauenleben, das war meine einzige Krankheit. Ich ging entschlossen zum Telefon. Den Tierarzt anrufen, den Arzt anrufen. Ich nahm den Hörer ab.

Und legte ihn gleich wieder wütend auf.

Wo stand mir nur der Kopf.

Wieder zu mir kommen, mich zusammenreißen.

Die Muschel gab wie gewohnt stürmisches Pfeifen von sich, keine Verbindung. Ich wusste es und tat so, als wüsste ich es nicht. Oder ich wusste es tatsächlich nicht, mein Gedächtnis bekam nichts mehr zu fassen, ich war nicht mehr in der Lage, zu lernen und das Gelernte zu behalten, doch ich tat, als könnte ich es noch, und drückte mich so vor der Verantwortung für die Kinder und den Hund, mit der kalten Pantomime des wissenden Täters.

Ich griff wieder zum Hörer, wählte die Nummer des Kinderarztes. Nichts, das übliche Pfeifen, wie das Tosen eines Sturms. Ich kniete mich hin, suchte nach der Telefonbuchse unter dem Tisch, zog den Stecker heraus, drückte ihn wieder hinein. Dann versuchte ich es nochmals: Pfeifen. Ich wählte die Nummer: Pfeifen. Ich begann selbst, laut in die Muschel zu pfeifen, als könnte mein Atem das brausende Unwetter vertreiben, das meine Leitung blockierte. Ohne Ergebnis. Ich ließ das Telefon stehen und ging lustlos in den Flur. Vielleicht hatte ich es noch nicht richtig kapiert, ich musste mich konzentrieren, ich musste begreifen, dass es Gianni schlecht ging, und Otto ebenfalls, ich musste es hinkriegen, mich über ihren Gesundheitszustand zu beunruhigen, den Ernst der Lage erfassen. Ich versuchte, das alles gewissenhaft an den Fingern abzuzählen. Erstens, ein defektes Telefon im Wohnzimmer; zweitens, ein Sohn mit hohem Fieber und Erbrechen in seinem Zimmer; drittens, ein todkranker Schäferhund in Marios Arbeitszimmer. Aber bleib ganz ruhig, Olga, nichts übereilen. In der Aufregung könntest du einen Arm, die Stimme, einen Gedanken vergessen. Oder den Boden aufreißen, das Wohnzimmer unwiderruflich vom Kinderzimmer trennen. Ich schüttelte Gianni vielleicht ein bisschen doll und fragte ihn:

»Wie geht es dir?«

Der Kleine öffnete die Augen:

»Ruf Papa an.«

Genug jetzt mit eurem nutzlosen Vater.

»Ich bin doch da, keine Angst.«

»Ja, aber ruf Papa an.«

Papa war nicht da, Papa, der immer so gut wusste, was zu tun war, war abgehauen. Wir mussten uns ein für alle Mal allein durchschlagen. Doch das Telefon funktionierte nicht, die Verbindung war weg. Und vielleicht war auch ich drauf und dran, mich zu entfernen, einen Augenblick lang hatte ich das klar vor Augen. Ich entfernte mich auf irgendwelchen Wegen, nicht in die Ferne, sondern in die Irre, das hatte der Kleine verstanden, deshalb sorgte er sich weniger um seine Kopfschmerzen und sein Fieber als um mich. Mich.

Das tat mir weh. Es korrigieren, am Rande des Abgrunds Halt machen. Auf dem Tisch lag eine Metallklammer für lose Blätter. Ich nahm sie und klemmte sie mir in die Haut des rechten Arms, vielleicht konnte sie mir noch nützlich sein.

Mich halten.

»Ich komme sofort wieder«, sagte ich zu Gianni, er richtete den Oberkörper etwas auf, um mich besser ansehen zu können.

»Was hast du denn mit deiner Nase gemacht?«, fragte er.

»So viel Watte ist nicht gut, nimm sie raus. Und warum hast du dieses Ding am Arm? Bleib bei mir.«

Er hatte mich gemustert. Doch was hatte er gesehen? Den Wattebausch, die Klammer. Nicht ein Wort zu meinem Make-up, er fand mich nicht schön. Ob groß oder klein, Männer wissen wahre Schönheit nicht zu schätzen, sie denken nur an ihre Bedürfnisse. Bestimmt würde er demnächst die Geliebte seines Vaters begehren. Wahrscheinlich. Ich verließ das Zimmer, ging in Marios Arbeitszimmer. Ich klemmte den Metallclip fester in meinen Arm. War es möglich, dass Otto tatsächlich Gift gefressen hatte und Carrano dafür verantwortlich war?

Der Hund lag noch immer unter dem Schreibtisch seines Herrchens. Der Gestank war unerträglich, er hatte weitere Durchfallattacken gehabt. Doch er war nicht mehr allein im Raum. Im blaugrauen Halbschatten hinter dem Schreibtisch, auf dem Drehstuhl meines Mannes, saß eine Frau.

23

Ihre nackten Füße lagen auf Ottos Körper, sie hatte eine grünliche Gesichtsfarbe, es war die verlassene Frau von der Piazza Mazzini, die *poverella,* wie meine Mutter sie nannte. Sie strich sich sorgfältig über das Haar, als wollte sie es mit den Händen kämmen, und zupfte ihr Kleid zurecht, es war über dem Busen ausgeblichen und zu stark ausgeschnitten. Ihre Erscheinung dauerte lange genug, um mir den Atem zu verschlagen, dann verflüchtigte sie sich.

Ein schlechtes Zeichen. Ich erschrak, ich spürte, dass dieser heiße Tag mich Stunde um Stunde in eine Richtung trieb, in die ich keineswegs wollte. Wenn die Frau tatsächlich in diesem Raum war, musste ich folglich ein achtjähriges Mädchen sein, überlegte ich. Oder schlimmer: Wenn die Frau da war, dann hatte ein achtjähriges, mir inzwischen fremdes Mädchen mich, die ich achtunddreißig war, in der Gewalt und zwängte mir ihre Zeit, ihre Welt auf. Das Mädchen wollte mir den Boden unter den Füßen wegziehen und ihren unterschieben. Und ich spürte, das war erst der Anfang: Wenn ich sie gewähren ließ, wenn ich mich ihr auslieferte, würden dieser Tag und die ganze Wohnung sich in mehrere Zeiten öffnen, in eine Vielzahl von Räumen und Menschen und Dingen und von mehreren Ichs, die alle zur gleichen Zeit existierten und reale Begebenheiten, Hoffnungen, Albträume mit sich brachten, ein undurchdringliches Labyrinth, aus dem ich nicht mehr herausfinden würde.

Ich war nicht blöd, das würde ich ihr nicht erlauben. Ich durfte nicht vergessen, dass die Frau hinter dem Schreibtisch zwar ein schlechtes Zeichen war, aber eben nur ein Zeichen. Reiß dich zusammen, Olga. Keine Frau war mit Haut und Haar in meinen Mädchenschädel von vor Jahrzehnten geschlüpft; und keine Frau konnte nun mit Haut und Haar daraus hervortreten. Die Gestalt, die ich hinter Marios Schreibtisch gesehen hatte, war nur ein Reflex auf das Wort »Frau«, »Frau von der Piazza Mazzini«, »poverella«. Sich an die Fakten halten: Der Hund lebt, vorläufig; die Frau aber ist tot, ertrunken vor drei Jahrzehnten; und ich habe vor dreißig Jahren aufgehört, ein achtjähriges Mädchen zu sein. Um mich daran zu erinnern, biss ich mir in einen Fingerknöchel, bis es wehtat. Dann versank ich im kranken Gestank des Hundes, etwas anderes wollte ich nicht wahrnehmen.

Ich kniete mich neben Otto. Unkontrollierbare Krämpfe schüttelten seinen Körper, der Hund war nur noch eine Marionette des Leidens. Was sah ich? Seine verzerrten Lefzen, zähen Schleim. Seine verkrampften Gliedmaßen schienen mir ein soliderer Halt als der Biss in meinen Knöchel, das Kneifen der Metallklammer in meinem Arm. Ich muss etwas tun, dachte ich. Ilaria hat Recht: Otto ist vergiftet worden, durch meine Schuld, ich habe nicht ordentlich auf ihn aufgepasst.

Doch auch diesem Gedanken gelang es nicht, in die gewohnte Hülle meiner Stimme zu schlüpfen. Ich spürte einen affektierten Atem in meiner Kehle vibrieren, als führte ich Selbstgespräche, erwachsen und doch kindisch, ein Ton, den ich noch nie ausstehen konnte. Ich erinnerte mich, dass Carla die Wörter auf diese Weise modulierte: fünfzehn Jahre alt und hörte sich an wie sechs, vielleicht redete sie immer noch so. Es gibt viele Frauen, die nicht darauf verzichten wollen, mit infantiler Stimme zu sprechen. Ich hatte sofort darauf verzichtet, schon mit zehn Jahren bemühte ich mich, erwachsen zu klingen. Nicht mal in romantischen Situationen habe ich das kleine Mädchen gespielt. Eine Frau ist eine Frau.

»Geh zu Carrano«, riet mir die *poverella* von der Piazza Mazzini in breitestem Neapolitanisch, als sie diesmal in einer Ecke neben dem Fenster auftauchte, »lass dir von ihm helfen.«

Ich konnte nicht widerstehen, ich jammerte mit der dünnen Stimme eines Mädchens in Not, eines arglosen Wesens, dem man Übles wollte:

»Carrano hat Otto vergiftet. Er hatte Mario damit gedroht. Die harmlosesten Menschen können schlimme Dinge tun.«

»Aber auch schöne Dinge, meine Tochter. Geh schon, außer ihm ist niemand im Haus, er ist der Einzige, der dir helfen kann.«

So eine dumme Ziege, ich hätte auf keinen Fall mit ihr reden dürfen. Ich führte ja ein regelrechtes Gespräch mit ihr. Als würde ich mein Buch schreiben, mit erdachten Personen, mit Figuren im Kopf. Doch ich saß nicht an meinem Buch und auch nicht unter dem Tisch meiner Mutter und erzählte mir die Geschichte von der *poverella*. Ich führte Selbstgespräche. Es fängt damit an, dass man auf die eigenen Worte antwortet, als gehörten sie einer anderen. Was für ein Fehler. Ich musste mich an die Tatsachen klammern, ihre Kompaktheit würdigen, an ihre Beständigkeit glauben. Die Frau gab es nur in meinen Kindheitserinnerungen. Ich musste mich nicht vor ihr fürchten, doch ich musste ihr auch nicht freien Lauf lassen. Wir tragen die Lebenden und die Verstorbenen bis zu unserem Tod in Gedanken mit uns herum. Es ist nur wichtig, sich ein Maß zu setzen, man darf zum Beispiel niemals auf die eigenen Worte antworten. Um zu begreifen, wo und wer ich war, vergrub ich beide Hände in Ottos Fell, er strahlte eine unerträgliche Hitze aus. Als ich ihn berührte und streichelte, schreckte er zusammen, hob den Kopf, riss die weißen Augen auf, schleuderte mir Schleim entgegen und knurrte. Ich wich erschrocken zurück. Der Hund wollte mich nicht in seinem Leid, er drängte mich zurück in mein eigenes Leid, als hätte ich es nicht verdient, ihm seine Agonie zu erleichtern.

Die Frau sagte:

»Du hast nicht viel Zeit. Otto stirbt.«

24

Ich stand auf, eilte aus dem Zimmer und schloss die Tür hinter mir. Am liebsten hätte ich weite Sprünge gemacht, um durch nichts aufgehalten zu werden. Olga marschiert ins Wohnzimmer, über den Flur. Sie ist fest entschlossen, sie wird Ordnung schaffen, auch wenn das Mädchen in ihrem Kopf ihr zusäuselt: Ilaria hat deine Schminke genommen, wer weiß, was sie im Bad anstellt, nichts gehört mehr richtig dir, überall geht sie dran, los, hau ihr eine. Doch ich wurde gleich wieder langsamer, Aufregung konnte ich nicht vertragen, wenn die Welt ringsum beschleunigte, verlangsamte ich. Olga graut vor hektischem Treiben, sie fürchtet, die erforderlichen spontanen Reaktionen – schnelle Schritte, schnelle Gesten – könnten sich in ihr Gehirn einschleichen, das Geräusch, das sie dann in ihrem Innern quält, kann sie nicht ertragen, die pochenden Schläfen, die Übelkeit, der kalte Schweiß, der Wahn, immer schneller zu werden, immer schneller. Also kein Stress, ganz ruhig, mit müdem, fast schlurfendem Gang. Ich klemmte mir wieder den Clip in den Arm, um so diese dritte Person zu vertreiben, die Olga, die rasen wollte, ich musste mein Ich wiederfinden, das Ich, das zu der gepanzerten Tür geht, ich weiß, wer ich bin, ich habe die Kontrolle über das, was ich tue.

Ich habe ein Gedächtnis, dachte ich. Ich gehöre nicht zu den Leuten, die ihren eigenen Namen vergessen. Ich erinnere mich. In der Tat erinnerte ich mich an die beiden Handwerker, die an der Tür gearbeitet hatten, ein Älterer und ein Jüngerer. Wer von den beiden gesagt hatte: Vorsicht, Signora, den Schlüssel nicht mit Gewalt umdrehen, das ist ein empfindlicher Mechanismus, haha. Sie hatten beide so etwas Verschlagenes. All diese Anspielungen, diesen Schlüssel vertikal reinstecken, den anderen horizontal, zum Glück wusste ich mir schon immer zu helfen. Nach allem, was Mario mir angetan hatte – mich erst so lange zu betrügen und dann auf diese beschämende Art sitzen zu lassen –, war ich immer noch ich selbst geblieben, ich hatte alles überstanden, den Aufruhr der vergangenen Monate, ich in der Hitze, ich in den ersten Augusttagen, und mehr noch, ich wehrte mich, ich wehrte mich gegen alle möglichen Widrigkeiten, was bedeutete, dass das, wovor ich mich schon als kleines Mädchen fürchtete – seit drei Jahrzehnten verfolgte mich die Angst, erwachsen und wie die *poverella* zu werden –, gar nicht eingetreten war, ich schlug mich gut, sehr gut sogar, ich hielt die Bestandteile meines Lebens fest umklammert, Glückwunsch Olga, trotz allem ließ ich mich nicht gehen.

Vor der gepanzerten Tür hielt ich einen Moment inne, als wäre ich tatsächlich gerannt. Nun gut, ich bitte Carrano um Hilfe, auch wenn er derjenige war, der Otto vergiftet hat. Was bleibt mir auch anderes übrig, ich werde ihn fragen, ob ich sein Telefon benutzen kann. Und wenn er wieder versuchen sollte, mich zu besteigen oder von hinten zu nehmen, sage ich Nein, damit ist Schluss, ich bin nur hier, weil es in meiner Wohnung einen Notfall gibt, mach dir keine Hoffnungen. Das werde ich ihm gleich vorweg sagen, damit er gar nicht erst auf die Idee kommt, ich könnte aus diesem Grund bei ihm klingeln. Er hat seine

Chance gehabt, eine zweite gibt es nicht. Aller guten Dinge sind drei, aber einmal ist keinmal. Zumal du bei diesem einen Mal im Alleingang ins Gummi gespritzt hast, du Arschloch.

Doch noch bevor ich es probierte, wusste ich, dass die Tür nicht aufgehen würde. Und als ich nach dem Schlüssel griff, um ihn umzudrehen, geschah genau das, was ich mir einen Moment zuvor vorgestellt hatte. Er ließ sich nicht bewegen.

Ich geriet in Panik und genau das durfte nicht passieren. Ich verstärkte den Druck, wurde fahrig, versuchte den Schlüssel erst nach links, dann nach rechts zu drehen. Ohne Erfolg. Dann wollte ich ihn aus dem Schloss ziehen, doch er blieb stecken, als wären Schloss und Schlüssel miteinander verschmolzen. Ich hämmerte mit den Fäusten auf die Paneele ein, warf mich mit der Schulter gegen die Tür, probierte noch einmal den Schlüssel, plötzlich war mein Körper wieder wach, in heller Verzweiflung. Ich gab auf und stellte fest, dass ich schweißüberströmt war. Das Nachthemd klebte mir am Leib, meine Zähne klapperten. An so einem heißen Tag war mir kalt.

Ich hockte mich auf den Boden, ich musste nachdenken. Ja, die Handwerker hatten mich gewarnt, ich solle aufpassen, nicht den Mechanismus zu zerstören. Sie hatten es auf diese übertriebene Weise gesagt, mit der Männer ihre Unverzichtbarkeit hochspielen. Vor allem ihre sexuelle Unverzichtbarkeit. Mir fiel wieder das Grinsen ein, mit dem der Ältere mir seine Visitenkarte zugesteckt hatte, für den Fall, dass ich seine Hilfe bräuchte. Mir war schon klar, was er bei mir knacken wollte, sicher nicht die gepanzerte Tür. Daher, so sagte ich mir, musste ich jede technische Information aus seinen Worten streichen, er hatte seine Fachsprache nur benutzt, um mir Obszönitäten unterzujubeln. Was zugleich bedeutete, dass ich auch die Warnung, die in seinen Worten lag, aus meinem Kopf streichen konnte, ich brauchte keine Angst zu haben, dass der Türmechanismus blockierte. Die Sprüche dieser vulgären Kerle ausradieren, reinen Tisch machen. Die Anspannung auflockern, Ordnung schaffen, Sinnlücken schließen. Zum Beispiel der Hund: Warum sollte er unbedingt Gift gefressen haben? »Gift« streichen. Ich hatte Carrano von Nahem gesehen – bei dem Gedanken war mir nach Lachen –, und er schien mir nicht der Typ, der Fleisch mit Strychnin versetzte, vielleicht hatte Otto nur etwas Verdorbenes gefressen. »Verdorbenes« also behalten, das Wort gut festhalten. Alles, was an diesem Tag seit meinem Erwachen geschehen war, neu abwägen. Ottos Krämpfe zurück in die Grenzen des Wahrscheinlichen führen, den Fakten wieder ein Maß geben. Mir selbst ein Maß geben. Was war ich? Eine seit Monaten von Nervosität und Schmerz aufgeriebene Frau, aber bestimmt keine Hexe, die aus lauter Verzweiflung ein Gift absondert, das ihrem Sohn Fieber einflößt, ein Haustier tötet, die Telefonleitung lahmlegt und den Mechanismus einer Panzertür zerfrisst. Und mich beeilen. Die Kinder hatten noch nichts gegessen. Ich musste selber noch frühstücken und mich waschen. Die Zeit raste davon. Ich musste die Buntwäsche und die Kochwäsche sortieren. Ich hatte keine saubere Unterhose mehr. Die vollgekotzten Laken. Staubsaugen. Sauber machen.

25

Ich gab mir Mühe, beim Aufstehen keine schroffen Bewegungen zu machen. Ich starrte den Schlüssel lange an, wie eine Mücke, die ich töten wollte, dann streckte ich entschlossen die rechte Hand aus und gab meinen Fingern erneut den Befehl einer Linksdrehung. Der Schlüssel bewegte sich nicht. Ich versuchte, ihn in meine Richtung zu ziehen, ich hoffte, er würde sich ein kleines Stück bewegen, nur das bisschen, das reichte, um ihn in die richtige Position zu bringen, doch ich gewann nicht mal einen Millimeter. Das war kein Schlüssel, das war eine Wucherung des Messingbeschlags, eine dunkle Krümmung.

Ich untersuchte die Türflügel. Sie waren glatt, abgesehen von der glänzenden Klinke gab es keine Möglichkeit, sie anzupacken, massive Flügel auf massiven Angeln. Sinnlos, man konnte die Tür nicht öffnen, ohne den Schlüssel umzudrehen. Ich untersuchte die runden Beschläge der beiden Schlösser, der Schlüssel steckte in dem unteren. Sie waren mit jeweils vier kleinen Schrauben befestigt. Ich wusste von vorneherein, dass es mich nicht viel weiter bringen würde, sie zu lösen, aber es trotzdem zu versuchen, würde mir vielleicht neuen Mut machen.

Ich holte den Werkzeugkasten aus dem Abstellraum und schleppte ihn zum Eingang. Ich kramte vergeblich nach einem passenden Schraubenzieher, sie waren alle zu groß. Also holte ich ein Messer aus der Küche. Ich wählte irgendeine Schraube aus und setzte die Messerspitze in die winzige Kreuzfassung, doch sie rutschte sofort wieder ab, sie griff nicht. Ich kam auf die Schraubenzieher zurück, wählte den kleinsten aus, versuchte ihn unter den Messingbeschlag des unteren Schlosses zu schieben, es war genauso sinnlos. Nach mehreren Versuchen gab ich auf und ging wieder in den Abstellraum. Darauf bedacht, nicht die Konzentration zu verlieren, suchte ich betont langsam nach einem stabilen Gegenstand, den man unter die Tür schieben konnte, um einen der Flügel emporzustemmen und möglicherweise aus den Angeln zu heben. Ehrlich gesagt, wirkten meine Gedankengänge, als würde ich mir selbst ein Märchen erzählen, ich glaubte überhaupt nicht daran, das passende Utensil zu finden, und falls doch, besaß ich wohl kaum die körperliche Kraft für das, was mir vorschwebte. Aber ich hatte Glück und fand eine kurze, spitz zulaufende Eisenschiene. Ich ging wieder zur Wohnungstür und versuchte, das spitze Ende unten durchzuschieben. Es war zu eng, die Flügel schlossen bündig nah über dem Boden ab, und selbst wenn ich es geschafft hätte, wäre an der oberen Kante nicht genug Raum gewesen, um die Tür aus den Angeln zu heben, wie ich jetzt feststellte. Ich ließ die Schiene scheppernd zu Boden fallen. Ich hatte keine Ahnung, was ich noch versuchen sollte, ich war eine Versagerin, eingesperrt in der eigenen Wohnung. Zum ersten Mal an diesem Tag spürte ich, wir mir Tränen kamen, und ich wehrte mich nicht dagegen.

26

Ich war im Begriff zu weinen, als Ilaria, die sich offenbar auf Zehenspitzen angeschlichen hatte, mich fragte:

»Was machst du da?«

Natürlich war die Frage vorgeschoben, in Wirklichkeit wollte sie nur erreichen, dass ich mich umdrehte und sie ansah. Ich tat es und schreckte entsetzt zurück. Sie hatte sich mit meinen Sachen verkleidet, war geschminkt und trug eine alte blonde Perücke, die ihr Vater ihr geschenkt hatte. Ihre Füße steckten in meinen Stöckelschuhen, sie trug ein blaues Kleid von mir, das in ihrem Rücken eine lästige Schleppe bildete, ihr Gesicht war eine aufgemalte Maske, Lidschatten, Make-up, Lippenstift. Sie sah aus wie eine der alten Zwerginnen, von denen meine Mutter immer erzählte. Als Mädchen hatte sie die beiden öfters in der Kabinenbahn gesehen, die auf den Vomerohügel hinauffuhr. Sie waren Zwillinge, sahen völlig gleich aus und waren, so sagte sie, hundert Jahre alt. Sie stiegen in die Wagen der Bahn und begannen wortlos Mandoline zu spielen. Sie hatten strohiges Haar, übertrieben geschminkte Augenlider und faltige Gesichter mit roten Wangen und angemalten Lippen. Wenn sie ihr kleines Konzert beendet hatten, bedankten sie sich nicht, sondern streckten die Zunge heraus. Ich hatte sie nie gesehen, doch die Geschichten der Erwachsenen sind die reinste Bilderflut, ich sah die beiden alten Zwerginnen ganz lebendig vor mir.

Ich sah Ilaria und hatte das Gefühl, sie sei diesen Erzählungen meiner Kindheit entsprungen.

Als sie den Widerwillen in meinem Gesicht bemerkte, lächelte die Kleine verlegen, zwinkerte mir zu und sagte:

»Jetzt sind wir gleich.«

Dieser Kommentar regte mich auf, mir schauderte, auf der Stelle verlor ich das Stückchen Boden unter den Füßen, das ich gewonnen zu haben glaubte. Was sollte das heißen, »Jetzt sind wir gleich«, im Moment wollte ich nur mir selbst gleichen. Ich konnte, ich wollte mich nicht als eine der Alten aus der Zahnradbahn sehen. Schon bei der Vorstellung wurde mir leicht schwindlig und übel. Alles löste sich wieder auf. Vielleicht, dachte ich, war selbst Ilaria nicht Ilaria. Vielleicht war sie tatsächlich eine der kleinen Frauen vom Vomero, heimtückisch aufgetaucht wie zuvor die *poverella,* die sich in Capo Miseno das Leben genommen hatte. Vielleicht aber auch nicht. Vielleicht war ich selbst seit langer Zeit eine der alten Mandolinenspielerinnen und Mario hatte es herausgefunden und mich deshalb verlassen. Ohne es zu merken, hatte ich mich in eine von ihnen verwandelt, in eine Gestalt aus den Phantasien meiner Kindheit, und Ilaria spiegelte lediglich mein wahres Bild wider, sie hatte nur versucht, mir ähnlich zu sehen, indem sie sich schminkte wie ich. Das war die Wirklichkeit, die ich nun hinter dem Schein so vieler Jahre erkannte. Ich war längst nicht mehr ich, ich war eine andere, das hatte ich schon beim Aufwachen geahnt, wer weiß, wie lange ich es schon ahnte. Inzwischen war jeder Widerstand zwecklos, gerade als ich mit aller Kraft darum kämpfte, mich nicht zu verlieren, hatte ich mich verloren, ich war längst nicht mehr hier, im Flur meiner Wohnung, vor der Panzertür, auf Kriegsfuß mit diesem ungehorsamen Schlüssel. Ich tat nur so als ob, wie in einem Kinderspiel.

Ich nahm all meinen Mut zusammen, packte Ilaria an der Hand und zerrte sie über den Flur. Sie protestierte, aber nur schwach, verlor einen Schuh, befreite sich, verlor auch die Perücke, sagte:

»Du bist gemein, ich kann dich nicht ab.«

Ich stieß die Badezimmertür auf, hielt mich vom Spiegel fern, zog die Kleine zur Badewanne, die bis zum Rand gefüllt war. Mit der einen Hand tauchte ich Ilarias Kopf unter Wasser, mit der anderen wischte ich ihr energisch über das Gesicht. Wirklichkeit, die ungeschminkte Wirklichkeit. Das war es, was ich jetzt brauchte, wenn ich mich retten wollte, mich, die Kinder und den Hund. Ich musste sogar darauf bestehen, die Rolle der Retterin zu spielen. So, sauber. Ich zog die Kleine wieder heraus, sie spritzte mir Wasser ins Gesicht, als sie sich prustend schüttelte, nach Luft schnappte und schrie:

»Ich hab Wasser geschluckt, ich wär fast ertrunken!«

Mir war wieder zum Weinen zumute, in einem Anflug von Zärtlichkeit sagte ich:

»Ich wollte nur sehen, wie hübsch meine kleine Ilaria ist, ich hatte ganz vergessen, wie hübsch sie ist.«

Während sie sich wieder loszumachen versuchte, schöpfte ich Wasser in meiner Handfläche und wischte ihr noch einmal über das Gesicht, den Mund, die Augen und vermischte die Farbreste, vermengte und vermatschte sie auf ihrer Haut, bis sie aussah wie eine Puppe mit lilafarbenem Gesicht.

»So, das bist wieder du«, sagte ich und versuchte sie zu umarmen, »so gefällst du mir.«

Sie schob mich zurück und schrie:

»Geh weg! Warum darfst du dich schminken und ich nicht?«

»Du hast Recht, ich darf es auch nicht.«

Ich ließ sie los und tauchte mein Gesicht und die Haare ins kalte Wasser. Ich fühlte mich schlagartig besser. Als ich mich wieder aufrichtete und mir mit beiden Händen über das Gesicht fuhr, berührte ich mit einem Finger den klatschnassen Wattebausch, den ich mir in das eine Nasenloch gestopft hatte, ich zog ihn vorsichtig heraus und warf ihn in die Wanne. Die Watte trieb auf der Oberfläche, schwarz vor Blut.

»Ist es so besser?«

»Vorher sahen wir schöner aus.«

»Wenn wir beide uns lieb haben, sind wir schön.«

»Du hast mich nicht lieb, du hast mir an den Handgelenken wehgetan.«

»Ich habe dich sogar sehr lieb.«

»Ich dich nicht.«

»Ist das wahr?«

»Nein.«

»Also, wenn du mich lieb hast, musst du mir helfen.«

»Was soll ich denn machen?«

Ein Zucken, ein Pulsschlag, das jähe Zerfließen der Dinge, ich warf einen unsicheren Blick in den Spiegel. Mein Zustand war nicht der beste: Die nassen Haare klebten mir an der Stirn, das eine Nasenloch war blutverkrustet, das Make-up verblasst oder zu kleinen schwarzen Krümeln verkümmert, der Lippenstift von den Lippen gewischt und zwischen Nase und Kinn verteilt. Ich griff nach einem Wattepad.

»Also?«, fragte Ilaria ungeduldig.

Die Stimme kam von weit her. Nur einen Moment. Erst

gut abschminken. In den Seitenflügeln des Spiegels konnte ich meine beiden Gesichtshälften einzeln, getrennt voneinander sehen, erst fesselte mich mein rechtes Profil, dann das linke. Beide waren mir völlig fremd, gewöhnlich klappte ich die Seiten nicht auf, ich erkannte mich nur in dem Bild wieder, das der große Spiegel mir vorhielt. Ich versuchte sie so einzustellen, dass ich mich sowohl im Profil als auch von vorne sehen konnte. Bislang existierte keine Form der technischen Reproduktion, die es mit dem Spiegel und dem Traum aufnehmen könnte. Sieh mich an, sprach ich leise zu dem Glas, nur ein Hauch. Der Spiegel rekapitulierte meine Situation. Das mittlere Bild beruhigte mich und gab mir zu verstehen, ich sei Olga und ich würde es vielleicht schaffen, den Tag erfolgreich zu überstehen, doch meine Profile erklärten das Gegenteil. Sie zeigten meinen Nacken, meine hässlichen, großen Ohren, die leicht gebogene Nase, die ich noch nie hatte leiden können, das Kinn, die hohen Augenbrauen und die gespannte Haut über den Wangen, fast ein weißes Blatt Papier. Ich spürte, dass Olga nicht viel Macht über diese beiden Hälften hatte, sie war nicht sehr widerstandsfähig, nicht sehr standhaft. Was hatte sie mit diesen Bildern zu tun? Die schlechte Seite, die gute Seite, die Geometrie des Verborgenen. Während ich in dem Glauben gelebt hatte, die mittlere Olga zu sein, hatten die anderen immer das bewegliche, ungewisse Verschmelzen der beiden Profile in mir gesehen, ein Gesamtbild, von dem ich nichts wusste. Vor allem Mario, ich hatte immer geglaubt, ihm die Olga aus dem Mittelspiegel zu präsentieren, nun war ich nicht mehr sicher, welches Gesicht, welchen Körper ich ihm wirklich dargeboten hatte. Er hatte mich aus den beiden konträren, flüchtigen, beweglichen Seiten zusammengesetzt, wer weiß, was für eine Physiognomie er mir verliehen hatte, wer weiß, welchem Konstrukt meiner Person er seine Liebe geschenkt hatte und welches ihn abgestoßen und seine Liebe vertrieben hatte. Für Mario – mir schauderte – war ich nie Olga gewesen. Die Bedeutung, der Sinn ihres Lebens, das begriff ich mit einem Mal, waren nichts als ein Versehen, eine Illusion von Beständigkeit, der ich mich am Ende meiner Jugend hingegeben hatte. Wenn ich es schaffen wollte, musste ich mich künftig an die beiden Profile halten und mehr an das Fremde als das Altbekannte an ihnen, um langsam wieder Vertrauen zu gewinnen, erwachsen zu werden.

Diese Konsequenz schien mir voller Wahrheit. Umso mehr, da ich bei genauerem Betrachten meiner linken Gesichtshälfte, in der changierenden Physiognomie der verborgenen Seiten, die Züge der *poverella* wiedererkannte, ich hätte nie gedacht, dass wir so viel gemeinsam hatten. Ihr Profil, wenn sie die Treppe herunterkam und meine Gefährtinnen und mich beim Spielen unterbrach, um mit abwesendem, leidendem Blick an uns vorbeizugehen, hatte sich irgendwann in mir versteckt, und nun entdeckte ich es im Spiegel. Die Frau flüsterte mir aus dem Seitenflügel zu:

»Denk dran: Der Hund liegt im Sterben und Gianni hat schlimmes Fieber und Magenschmerzen.«

»Danke«, sagte ich ohne Verwunderung, ich war sogar dankbar.

»Wofür?«, fragte Ilaria missmutig. Ich schreckte auf.

»Danke, dass du versprochen hast, mir zu helfen.«

»Aber du sagst mir ja gar nicht, was ich machen soll!«

Ich lächelte, sagte:

»Wir gehen jetzt in die Abstellkammer und dann zeig ich es dir.«

27

Ich bewegte mich, ich fühlte mich wie bloßer Atem, komprimiert zwischen den schlecht verbundenen Hälften einer Person. Der Gang durch die wohlvertraute Wohnung erwies sich als ziemlich unberechenbar. Die Räume hatten sich in weit voneinander entfernte, vereinzelte Ebenen verwandelt. Irgendwann einmal, fünf Jahre zuvor, hatte ich ihre Dimensionen genau gekannt, jeden Winkel hatte ich sorgfältig ausgemessen und eingerichtet. Nun wusste ich nicht mehr, wie weit das Bad vom Wohnzimmer entfernt war, das Wohnzimmer von der Abstellkammer, die Abstellkammer vom Flur. Es zog mich hierhin und dorthin, wie in einem Spiel, mir schwindelte.

»Vorsicht, Mama«, sagte Ilaria und fasste mich an der Hand. Ich taumelte, vielleicht war ich drauf und dran zu stürzen. Als wir in der Abstellkammer standen, zeigte ich auf den Werkzeugkasten.

»Nimm den Hammer und komm mit«, sagte ich.

Wir kehrten um, sie hielt nun stolz den Hammer in beiden Händen und schien sich endlich darüber zu freuen, dass ich ihre Mutter war. Auch ich freute mich darüber. Im Wohnzimmer sagte ich:

»Jetzt hockst du dich hierhin und hämmerst immer weiter auf den Fußboden.«

Ilaria machte ein amüsiertes Gesicht.

»Da wird Signor Carrano aber echt sauer werden.«

»Genau.«

»Und wenn er hochkommt und sich beschwert?«

»Dann rufst du mich und ich rede mit ihm.«

Die Kleine ging in die Mitte des Zimmers, packte den Hammer mit beiden Händen und begann auf den Boden einzuschlagen.

Jetzt muss ich nachsehen, wie es Gianni geht, dachte ich, ich vergesse ihn, was für eine unaufmerksame Mutter.

Ich wechselte einen letzten komplizenhaften Blick mit Ilaria und wollte gerade gehen, da bemerkte ich einen Gegenstand vor dem Bücherregal, der dort nicht hingehörte. Es war die Dose Insektenspray, sie hätte in der Abstellkammer sein sollen, doch sie war hier, verbeult von Ottos Zähnen, und der weiße Knopf war abgesprungen.

Ich hob sie auf, untersuchte sie, sah mich verwirrt um, bemerkte die Ameisen. Sie krabbelten in einer Reihe am Regal entlang, sie hatten die Wohnung wieder in Beschlag genommen, vielleicht war dieser schwarze Faden das Einzige, was die Zimmer noch miteinander verband und daran hinderte, ganz auseinanderzubrechen. Wenn die Ameisen nicht so hartnäckig wären, dachte ich, säße Ilaria jetzt auf irgendeinem Überrest des Fußbodens, viel weiter weg als dort, wo ich sie jetzt sehe, und das Zimmer, in dem Gianni liegt, wäre unerreichbarer als eine Burg mit hochgefahrener Zugbrücke, und das Leidenszimmer, in dem Otto stirbt, wäre ein Lazarett voller Pestkranker, unbetretbar, und sogar meine Gefühle und Gedanken und Erinnerungen aus dem vergangenen Leben, die fremden Orte und die Stadt meiner Herkunft und der Tisch, unter dem ich den Erzählungen meiner Mutter gelauscht hatte, all das wäre Staub in der glühenden Augusthitze. Die Ameisen in Ruhe lassen. Vielleicht waren sie gar keine Feinde und der Versuch, sie auszurotten, ein Fehler. Der Zusammenhalt der Dinge wird gelegentlich lästigen Elementen überlassen, die ihr Gesamtbild zu stören scheinen.

Dieser Gedanke erreichte mich mit lauter, dröhnender Stimme, ich schreckte auf, es war nicht die meine. Ich konnte ihren Klang ganz deutlich hören, er übertönte sogar Ilarias emsiges Hämmern. Ich ließ meinen Blick von der Dose in meinen Händen zu meinem Schreibtisch wandern. Da saß der Pappmachékörper der *poverella* aus Neapel, die grobe Verschmelzung meiner beiden Profile. Sie hielt sich mit meinen Venen am Leben, sie lagen bloß, rot, feucht, pulsierend. Auch der Rachen, auch die Stimmbänder, auch der Atem, der sie zum Schwingen brachte, gehörten mir. Nachdem sie diese unpassende Bemerkung ausgesprochen hatte, schrieb sie weiter in mein Heft.

Obwohl ich mich nicht von der Stelle rührte, konnte ich deutlich lesen, was sie schrieb. Ihre Aufzeichnungen, in meinem Heft. Dieser Raum ist zu groß, notierte sie in meiner Handschrift, ich kann mich nicht konzentrieren, ich begreife nicht, wo ich bin, was ich tue, warum. Die Nacht ist lang, sie geht nicht vorüber, deshalb hat mein Mann mich verlassen, er wollte stürmische Nächte erleben, bevor er alt wird und stirbt. Um gut schreiben, um jeder Frage auf den Grund gehen zu können, brauche ich einen kleineren, geschützteren Ort. Alles Überflüssige streichen. Das Feld eingrenzen. Schreiben heißt aus der Tiefe des mütterlichen Schoßes sprechen. Umblättern, Olga, von vorne beginnen.

Letzte Nacht habe ich nicht geschlafen, sagte die Frau am Schreibtisch. Ich hingegen war sicher, dass ich ins Bett gegangen war. Ich war nicht sehr müde, stand auf, legte mich wieder hin. Es muss sehr spät gewesen sein, als ich mich mit meinem ganzen Gewicht quer auf das Bett fallen ließ, daher fand ich mich beim Aufwachen in dieser ungewohnten Position wieder.

Also Vorsicht, die Fakten sortieren. Schon in der Nacht hatte etwas in mir nachgegeben, war zu Bruch gegangen. Geist und Gedächtnis hatten sich voneinander gespalten, zu lang andauernder Schmerz kann das bewirken. Ich hatte geglaubt, ins Bett zu gehen, doch ich hatte es nicht getan. Oder ich war ins Bett gegangen, dann aber wieder aufgestanden. Ungehorsamer Körper. Sie hat in meine Hefte geschrieben, Seite um Seite hat sie beschrieben. Sie schrieb mit der linken Hand, um die Angst zu besiegen, die Demütigung zu ertragen. So war es vermutlich.

Ich wog die Dose in meinen Händen, vielleicht hatte ich die ganze Nacht vergeblich die Ameisen bekämpft. Ich hatte in jedem Zimmer der Wohnung Insektengift versprüht, deshalb ging es Otto schlecht, deshalb hatte Gianni sich so schlimm übergeben. Oder vielleicht auch nicht. Meine undurchsichtigen Seiten erfanden alle möglichen Dinge, an denen Olga keine Schuld trug. Mich als nachlässig, verantwortungslos, unfähig abstempeln, mich einer Selbsterniedrigung unterziehen, die das tatsächliche Geschehen nachträglich unüberschaubar machte und mich daran hinderte, ihre Ränder zu bezeichnen und abzugrenzen, was war und was nicht.

Ich legte die Dose in ein Regal, zog mich auf Zehenspitzen Richtung Tür zurück, um die weibliche Silhouette am Schreibtisch nicht zu stören, die nun wieder schrieb, und Ilaria, die planmäßig weiterhämmerte. Auf dem Weg ins Bad kämpfte ich gegen meine Schuldgefühle. Armes Kind, mein süßer kleiner Sohn. Ich suchte im Chaos des Medikamentenschranks nach Novalgin, als ich es gefunden hatte, gab ich zwölf Tropfen (genau zwölf) in ein Wasserglas. Konnte es sein, dass ich so unvorsichtig gewesen war? Dass ich in der Nacht Insektengift versprüht hatte, bis die Dose leer war, bei geschlossenen Fenstern?

Schon im Flur hörte ich Gianni würgen. Er beugte sich aus dem Bett, mit großen Augen, rot angelaufenem Gesicht, aufgerissenem Mund, während eine innere Kraft ihn erfolglos schüttelte. Umso besser, dass es mir nicht mehr gelang, bei einem Gefühl, einer Angst, einem Verdacht zu verweilen. Schon änderte sich die Szenerie wieder, neue Fakten, neue Möglichkeiten. Mir fiel das Geschütz vor der Zitadelle ein. Und wenn Gianni, als er in die Kanone geklettert war, den Dunst eines fernen Unheils und Klimas eingeatmet hatte, Zeichen einer sich wandelnden Welt, zerfließende Grenzen, in die Nähe gerückte Ferne, lärmender Aufruhr, alter und neuer Hass, Krieg in der Fremde oder vor der Tür? Ich war allen Albträumen ausgeliefert, allen Scheußlichkeiten. Die Welt der guten Gründe, die ich nach meiner Jugend errichtet hatte, löste sich allmählich auf. Ich mochte mich noch so sehr bemüht haben, langsam zu sein und umsichtig zu handeln, die Welt hatte sich in den Jahren dennoch zu schnell bewegt, ihre Kugel war zu einer dünnen, runden Platte geschrumpft, so dünn, dass sie in der Mitte, wo sie einzelne Stücke verloren hatte, schon löchrig schien, bald würde sie aussehen wie ein Ehering, und am Ende würde sie sich ganz auflösen.

Ich setzte mich neben Gianni, hielt seine Stirn, ermutigte ihn, sich zu übergeben. Er spuckte grünlichen Schleim, völlig erschöpft, dann sackte er weinend zurück aufs Bett.

»Ich hab dich gerufen, aber du bist nicht gekommen«, klagte er mich unter Tränen an.

Ich wischte ihm den Mund und die Augen ab. Da waren ein paar Probleme, die ich dringend lösen musste, deshalb hatte ich ihn nicht gehört, rechtfertigte ich mich.

»Stimmt es, dass Otto Gift gefressen hat?«

»Nein, es stimmt nicht.«

»Das hat Ilaria gesagt.«

»Ilaria erzählt Unsinn.«

»Hier tut's mir weh«, stöhnte er und zeigte auf seinen Nacken und seinen Hals, »es tut ganz doll weh, aber ich will kein Zäpfchen.«

»Ich gebe dir kein Zäpfchen, du musst nur diese Tropfen nehmen.«

»Dann muss ich wieder brechen.«

»Von den Tropfen nicht.«

Er trank mit Mühe das Wasser, würgte einmal, ließ sich in das Kissen sinken. Ich befühlte seine Stirn, sie glühte. Furchtbar, seine Haut war trocken und heiß wie die oberste Schicht eines aus dem Ofen kommenden Blätterteigkuchens. Genauso furchtbar war Ilarias Gehämmer, selbst aus der Entfernung. Die kräftigen Schläge hallten im ganzen Haus wider.

»Was ist das?«, fragte Gianni erschrocken.

»Der Nachbar renoviert.«

»Das stört, sag ihm, dass er damit aufhören soll.«

»Ist gut«, beruhigte ich ihn und trug ihm auf, das Thermometer festzuhalten. Er fügte sich nur, weil ich ihn fest mit beiden Armen umschlang und an mich drückte.

»Mein kleines Kind«, wiegte ich ihn singend, »mein kleiner kranker Sohn, der jetzt wieder gesund wird.«

Trotz Ilarias beharrlichem Hämmern schlief Gianni innerhalb weniger Minuten ein, wenn auch mit leicht geöffneten Lidern, ein rosiger Saum, ein weißer Faden zwischen den Wimpern. Ich wartete noch eine Weile, besorgt über seine tiefen Atemzüge und die rastlosen Pupillen, die ich hinter den Lidern erahnte; dann nahm ich ihm das Thermometer ab. Das Quecksilber war emporgeschossen, fast vierzig Grad.

Ich warf das Thermometer auf den Nachttisch, voller Ekel, als wäre es lebendig. Gianni legte ich auf das Laken, das Kissen und starrte dabei auf das rote Loch seines Mundes, der offen stand wie bei einem Toten. Ilarias Schläge hämmerten in meinem Kopf. Wieder zu mir kommen, den in der Nacht, an diesem Tag angerichteten Schaden in Ordnung bringen. Das sind meine Kinder, mein eigen Fleisch und Blut, dachte ich, um mich zu ermutigen. Egal, mit welcher Frau Mario sie in Gedanken gezeugt hatte; egal, wie sehr ich mich für Olga gehalten hatte, als ich sie mit ihm zeugte; egal, dass mein Mann jetzt nur noch Augen und Sinn für ein Mädchen namens Carla hatte, ein weiterer Fehler seinerseits, und dass er in mir nicht mal mehr den Körper, das Äußere wiedererkannte, das er in mir gesehen hatte, um mich lieben, mich schwängern zu können; egal, dass ich diese Frau nie war und genauso wenig, das wusste ich nun, die Olga, die ich zu sein glaubte; und, mein Gott, egal, dass ich nur ein unvermitteltes Konglomerat von Seiten war, ein Wald aus kubistischen Formen, in dem ich mich selbst nicht auskannte: Diese Kinder waren mein eigen Fleisch und Blut, hervorgegangen aus diesem Körper, meinem Körper, und ich trug die Verantwortung für sie.

Also stand ich auf, eine Anstrengung, die an die Grenzen meiner Kraft ging. Ich muss mich fangen, ich muss verstehen. Sofort die Kontakte wiederherstellen.

28

Wo hatte ich das Handy gelassen? Wo hatte ich die Einzelteile hingetan an dem Tag, als ich es zertrümmert hatte? Ich ging ins Schlafzimmer und durchwühlte die Schublade meines Nachtschränkchens, da war es, zwei lilafarbene, lose Hälften.

Obwohl ich nichts von der Technik eines Handys verstand, oder wahrscheinlich gerade deshalb, redete ich mir ein, dass es gar nicht kaputt wäre. Ich untersuchte die Hälfte mit dem Display und der Tastatur, ich drückte darauf herum, nichts geschah. Vielleicht musste man ja nur die beiden Hälften zusammensetzen und es funktionierte wieder, sagte ich mir. Ich bastelte planlos herum. Ich setzte die herausgesprungene Batterie wieder ein, versuchte die beiden Teile ineinanderzufügen. Ich entdeckte, dass die Kerbe zum Einrasten am Innenteil abgebrochen war, deshalb war es auseinandergefallen. Die Gegenstände, die wir fabrizieren, haben Ähnlichkeit mit unserem Körper, eine Seite verbindet sich mit der anderen. Oder wir denken bereits in der Planung daran, sie zu vereinen, so wie wir uns mit einem begehrten Körper vereinen. Aus der Einfallslosigkeit geborene Wesen. Plötzlich fand ich, dass auch Mario bei allem beruflichen Erfolg, Sachverstand und wachem Geist ein einfallsloser Mensch war. Vielleicht hätte er es gerade aus diesem Grund geschafft, das Handy zu reparieren. Und so den Hund und das Kind gerettet. Erfolg beruht auf der Gabe, das Selbstverständliche mit mathematischer Genauigkeit zu manipulieren. Ich hatte es nicht geschafft, mich anzupassen, mich Marios Blick vollkommen zu beugen. Ich hatte es versucht. Ich war stumpfsinnig genug, mich als rechtwinklig auszugeben, sogar meinen Hang, von einer Phantasie zur nächsten zu flattern, hatte ich mir erfolgreich abgewöhnt. Doch das war nicht genug, er hatte sich trotzdem davongemacht, um woanders eine festere Verbindung einzugehen.

Nein, aufhören. An das Handy denken. In der Schublade fand ich grünes Klebeband, ich befestigte die beiden Hälften fest miteinander und drückte die Einschalttaste. Nichts. Ich hoffte auf irgendeinen Zauber, lauschte erneut, ob es eine Verbindung gab. Nichts, nichts, nichts.

Ich warf das Gerät aufs Bett, Ilarias Hämmern war die reinste Qual. Dann schoss mir der Computer durch den Kopf. Wieso hatte ich nicht gleich daran gedacht? So war ich halt, keine Ahnung von nichts, das war der endgültige Beweis. Ich ging ins Wohnzimmer, ich bewegte mich, als seien Ilarias Schläge eine graue Wand, ein Vorhang, durch den ich mir mit ausgestreckten Armen und tastenden Händen einen Weg bahnen musste.

Die Kleine hockte da und schlug immer auf dieselbe Fliese. Der Lärm war unerträglich, hoffentlich auch für Carrano.

»Kann ich aufhören?«, fragte sie ganz verschwitzt, mit rotem Gesicht und glänzenden Augen.

»Nein, es ist wichtig, mach weiter.«

»Mach du weiter, ich kann nicht mehr.«

»Ich muss dringend was anderes erledigen.«

An meinem Schreibtisch saß nun niemand mehr. Ich setzte mich, der Stuhl hatte keine menschliche Wärme gespeichert. Ich schaltete den Computer ein, klickte auf das Symbol für den Posteingang, wählte den Befehl Nachrichten senden oder empfangen. Ich hatte die Hoffnung, dass der Defekt sich tatsächlich nur auf den Apparat beschränkte, wie es der Mitarbeiter der Telefongesellschaft gesagt hatte, und ich trotz der gestörten Telefonleitung ins Internet konnte. Ich wollte allen Freunden und Bekannten von Mario und mir einen Hilferuf schicken. Doch der Rechner versuchte mehrmals vergebens, eine Verbindung aufzubauen. Er suchte mit lang gezogenen, klagenden Tönen nach dem Anschluss, er schnaubte und gab auf. Ich umklammerte die Tastatur, ließ den Blick umherschweifen, um die Angst nicht so zu spüren, und von Zeit zu Zeit fiel er auf mein Heft, das immer noch geöffnet dalag, auf die rot unterstrichenen Sätze: »Wo bin ich? Was mache ich? Warum?« Worte von Anna, die den dummen Verdacht hegt, ihr Liebhaber werde sie bald betrügen und verlassen. Aus solchen bedeutungslosen Spannungen ergeben sich Sinnfragen. Einen Moment lang zerhackte Ilarias Hämmern die Folge von Tönen, die der Computer von sich gab, als schlüpfte ein Aal durchs Zimmer, den die Kleine zerstückelte. Ich gab mir alle Mühe, doch ich hielt es nicht mehr aus.

»Schluss jetzt«, schrie ich, »hör auf, so rumzuhämmern!«

Ilaria riss vor Verwunderung den Mund auf und gab Ruhe.

»Ich hab dir doch gesagt, dass ich aufhören will.«

Ich nickte resigniert. Ich hatte mich ergeben, Carrano nicht. Niemand im Haus gab auch nur das geringste Lebenszeichen von sich. Mein Vorgehen war unüberlegt, ich war nicht in der Lage, an einer Strategie festzuhalten. Meine einzige Verbündete auf der Welt war dieses siebenjährige Mädchen, und ich riskierte schon die ganze Zeit, es mir mit ihr zu verderben.

Ich betrachtete den Bildschirm, nichts. Ich stand auf, um die Kleine zu umarmen, seufzte lang.

»Hast du Kopfschmerzen?«, fragte sie.

»Ist gleich alles vorbei«, antwortete ich.

»Soll ich dir die Schläfen massieren?«

»Ja.«

Ich setzte mich auf den Fußboden und Ilaria strich mit den Händen vorsichtig über meine Schläfen. Schon wieder ließ ich mich gehen, wie viel Zeit glaubte ich eigentlich zu haben, Gianni, Otto.

»Gleich ist es wieder gut«, sagte sie. »Geht es dir schon besser?«

Ich nickte.

»Warum hast du dir den Clip in den Arm geklemmt?«

Ich schreckte auf, sah die Klammer, ich hatte sie ganz vergessen. Der sanfte Schmerz, den sie mir zufügte, war ein Teil meines Fleisches geworden. Also überflüssig. Ich nahm sie ab, legte sie auf den Boden.

»Die ist zur Erinnerung. Heute vergesse ich einfach alles, ich kann machen, was ich will.«

»Ich helfe dir.«

»Wirklich?«

Ich stand auf und nahm einen metallenen Brieföffner vom Schreibtisch.

»Hier, nimm«, sagte ich, »und wenn du siehst, dass ich irgendwie abgelenkt bin, dann stichst du mich.«

Die Kleine nahm den Brieföffner und musterte mich.

»Und woher weiß ich, ob du abgelenkt bist?«

»Das merkst du schon. Wenn man abgelenkt ist, riecht

man keinen Geruch mehr, hört man kein Wort mehr, dann spürt man gar nichts mehr.«

Sie zeigte auf den Brieföffner.

»Und wenn du nicht einmal den hier spürst?«

»Dann stichst du so fest, bis ich ihn spüre. Komm jetzt.«

29

Ich ging mit ihr in die Abstellkammer. Ich durchwühlte die Regale nach einer kräftigen Kordel, ich war sicher, ich hatte eine. Ich fand nur ein Knäuel Paketschnur. Das nahm ich mit in den Flur und knotete das eine Ende der Schnur an die kurze Eisenschiene, die ich vor der gepanzerten Tür auf dem Boden hatte liegen lassen. Gefolgt von Ilaria ging ich zurück ins Wohnzimmer und trat auf den Balkon.

Sofort erfasste mich ein schwüler Windstoß, der die Bäume krümmte und das aufgebrachte Rascheln der Blätter zurückließ. Es verschlug mir fast den Atem, das kurze Nachthemd klebte mir am Körper, Ilaria hielt sich mit der freien Hand an einem Zipfel fest, als hätte sie Angst davonzufliegen. In der Luft lag ein intensiver Geruch von wilder Minze, sonnenverbrannter Rinde und Staub.

Ich beugte mich über das Geländer und versuchte, auf Carranos Balkon unter uns zu schauen.

»Pass auf, dass du nicht fällst«, sagte Ilaria besorgt und zog an meinem Nachthemd.

Das Fenster war geschlossen, nur das Zwitschern irgendeines Vogels war zu hören, in der Ferne brummte ein Bus. Der Fluss war ein leerer, grauer Streifen. Keine menschliche Stimme. In den fünf Stockwerken rechts und links unter uns konnte ich kein Lebenszeichen ausmachen. Ich lauschte angestrengt nach Radiomusik, einem Lied, dem

Geplauder einer Fernsehsendung. Nichts, wenigstens nicht in der Nähe, nichts, was nicht ununterscheidbar gewesen wäre von dem wiederholten Rauschen der Blätter in diesem unpassenden glühenden Wind. Ich rief mehrmals, mit einer Stimme, die noch matter als sonst war:

»Carrano! Aldo! Ist da jemand? Hilfe! Helft mir doch!« Nichts geschah, der Wind pustete mir die Worte von den Lippen, als hätte ich mir eine Tasse voll siedender Flüssigkeit vor den Mund gehalten und gleichzeitig versucht zu sprechen.

Ilaria war nun sichtlich nervös und fragte:

»Warum brauchen wir Hilfe?«

Ich gab keine Antwort, ich wusste nicht, was ich sagen sollte, ich murmelte nur:

»Keine Angst, wir helfen uns schon selbst.«

Ich hängte die Eisenschiene übers Geländer und ließ sie an der Schnur herunter, bis sie Carranos Geländer berührte. Ich beugte mich vor, um einzuschätzen, wie groß die Entfernung zum Fenster war, und sofort ließ Ilaria den Zipfel meines Nachthemds los und umklammerte stattdessen mein nacktes Bein, ich spürte ihren Atem an meiner Haut, sie sagte:

»Ich halte dich fest, Mama.«

Ich streckte den rechten Arm so weit wie möglich aus, hielt die Schnur zwischen Daumen und Zeigefinger und versetzte die Schiene mit schnellen, energischen Stößen in Schwingung. Die Schiene begann vor Carranos Balkon hin und her zu pendeln. Um die Bewegung noch genauer steuern zu können, beugte ich mich weiter vor, fixierte die Schiene wie unter Hypnose, das spitze dunkle Stück schwebte über dem Bürgersteig, dann wendete es sich und streifte das Geländer meines Nachbarn. Bald verlor ich die Angst hinunterzustürzen, ich hatte sogar das Gefühl, mein Balkon sei nur eine Schnurlänge von der Straße entfernt. Ich wollte Carranos Fenster treffen. Die Schiene sollte es zertrümmern und in seine Wohnung eindringen, in das Wohnzimmer, in dem er mich in der Nacht empfangen hatte. Ich musste lachen. Sicher lag er noch ganz benommen im Bett und dämmerte, ein Mann an der Schwelle zum physischen Verfall und mit Potenzproblemen, ein zufälliger Gefährte, dem es nicht gelingen würde, sich von den Demütigungen wieder zu befreien. Wenn ich mir sein Leben vorstellte, empfand ich nur Verachtung. In den heißen Stunden des Tages bestand sein Dasein vermutlich aus einem langen Nickerchen, verschwitzt, mit schwerem Atem, darauf wartend, mit irgendeinem abgehalfterten Orchester aufzuspielen, ohne noch auf bessere Zeiten zu hoffen. Ich erinnerte mich an seine raue Zunge, den salzigen Geschmack seines Mundes, und erst als ich die Spitze von Ilarias Brieföffner in der Haut meines rechten Oberschenkels spürte, kam ich wieder zu mir. Braves Mädchen: aufmerksam, sensibel. Das war das taktile Signal, das ich brauchte. Ich ließ die Schnur durch meine Finger gleiten, die Schiene schleuderte auf die Scheibe unter uns zu. Ich hörte Glas zerspringen, die Schnur riss, das Eisenstück polterte auf die Fliesen des Balkons unter mir, schlug gegen das Geländer, prallte seitlich davon ab und fiel ins Leere. Es fiel lange, gefolgt von funkelnden Scherben, und schlug auf jeder Etage gegen das Geländer von anderen, identischen Balkonen, ein schwarzes, immer kleiner werdendes Teil. Dann landete es auf dem Pflaster und prallte mit einem fernen Scheppern mehrmals auf.

Ich wich erschrocken zurück, der Abgrund der fünf Stockwerke hatte seine ganze Tiefe wiedererlangt. Ilaria klammerte sich ganz fest an mein Bein. Ich wartete auf die heisere Stimme des Musikers, auf seine Wut über den Schaden, den ich angerichtet hatte. Keine Reaktion. Aber die Vögel kehrten zurück, eine Woge verbrannten Windes erfasste mich und die Kleine, meine Tochter, eine wahrhaftige Schöpfung meines Fleisches, die mich zur Wirklichkeit zwang.

»Du warst gut«, sagte ich.

»Wenn ich dich nicht festgehalten hätte, wärst du runtergefallen.«

»Hörst du nichts?«

»Nein.«

»Dann schreien wir eben: Carrano, Carrano, Hilfe!«

Wir riefen zusammen, lange, doch Carrano gab kein Lebenszeichen von sich. Stattdessen antwortete uns ein anhaltendes, schwaches Winseln, vielleicht ein Tier, das in der Ferne am Straßenrand ausgesetzt worden war, oder auch Otto, unser Hund.

30

Sich gleich wieder in Bewegung setzen, nach Lösungen suchen. Sich nicht der Sinnlosigkeit dieses Tages beugen, die Bruchstücke meines Lebens zusammenhalten, als würden sie doch ein Bild ergeben. Ich machte Ilaria ein Zeichen, mir zu folgen, lächelte ihr zu. Sie war nun die Königin der Schwerter und hielt den Brieföffner so fest umklammert, dass ihre Knöchel weiß hervortraten, sie nahm ihre Aufgabe sehr ernst.

Vielleicht würde ihr gelingen, was ich nicht schaffte, dachte ich. Wir gingen zurück in den Flur, zu der gepanzerten Tür.

»Versuch mal, den Schlüssel umzudrehen«, bat ich sie.

Ilaria nahm den Brieföffner von der rechten in die linke Hand und streckte den Arm aus, er reichte nicht bis an den Schlüssel. Ich schlang meine Arme um ihre Hüften und hob sie so hoch wie nötig.

»In die Richtung?«, fragte sie.

»Nein, andersrum.«

Zartes Händchen, Finger wie Äther. Sie versuchte es immer wieder, doch sie hatte nicht genug Kraft. Sie hätte es nicht einmal geschafft, wenn der Schlüssel nicht geklemmt hätte.

Ich setzte sie wieder auf dem Boden ab, sie war enttäuscht, weil sie der neuen Aufgabe, die ich ihr gestellt hatte, nicht gewachsen war. Plötzlich war sie wütend auf mich.

»Warum lässt du mich Sachen machen, die eigentlich du machen musst?«, warf sie mir zornig vor.

»Weil du es besser kannst.«

»Kriegst du die Tür nicht mehr auf?«, fragte sie beunruhigt.

»Nein.«

»Wie damals?«

Ich sah sie unsicher an.

»Wann damals?«

»Als wir aufs Land gefahren sind.«

Ich spürte einen bohrenden Schmerz in der Brust. Wie konnte sie sich daran erinnern, sie war damals höchstens drei Jahre alt gewesen.

»Manchmal stellst du dich mit Schlüsseln wirklich blöd an und machst uns ganz schönen Ärger«, fügte sie hinzu, um zu unterstreichen, dass sie sich sehr wohl erinnerte.

Ich schüttelte den Kopf. Nein, eigentlich kam ich mit Schlüsseln ganz gut zurecht. Normalerweise öffnete ich Türen völlig unbefangen, ich hatte keine Angst, dass sie blockieren könnten. Doch bei unbekannten Türen – zum Beispiel im Hotel – war es möglich, dass ich sofort aufgab und direkt zur Rezeption rannte, besonders wenn es ein elektronischer Schlüssel war. Magnetkarten verursachten mir Beklemmungen, ein böser Gedanke, die Vorahnung eines möglichen Problems genügte, schon verlor die Geste ihre Natürlichkeit und ich bekam die Tür vielleicht nicht mehr auf.

Die Hände waren vergesslich, die Finger erinnerten sich nicht an den richtigen Griff, den korrekten Druck. Wie damals. Was für eine Demütigung. Gina, die Mutter der hinterlistigen kleinen Carla, hatte mir die Schlüssel ihres Ferienhauses gegeben, damit ich mit den Kindern hinfahren konnte. Sie war nicht da, und Mario hatte zu tun, er wollte einen Tag später nachkommen. Nach ein paar Stunden im Auto, genervt vom chaotischen Wochenendverkehr, dem ständigen Gezanke der Kinder und dem winselnden Otto, der noch ein Welpe war, kamen wir am späten Nachmittag dort an. Die ganze Fahrt über war mir durch den Kopf gegangen, dass ich meine Zeit vergeudete, ich kam nicht mehr zum Lesen, ich schrieb nichts mehr, ich hatte gesellschaftlich keine Rolle mehr, die mir eigene Begegnungen, Konflikte, Sympathien ermöglicht hätte. Was war aus der Frau geworden, die ich als Jugendliche werden wollte? Ich beneidete Gina, die damals mit Mario zusammenarbeitete. Sie hatten immer etwas zu besprechen, mein Mann redete mit ihr mehr als mit mir. Und auch Carla fing an, mir auf den Geist zu gehen, sie schien sich ihres Schicksals so sicher, manchmal nahm sie sich gar heraus, mich zu kritisieren, sie meinte, ich würde mich zu viel um die Kinder und den Haushalt kümmern, und rühmte mein erstes Buch: Wenn ich du wäre, würde ich vor allem an meine Berufung denken. Sie war nicht nur sehr hübsch, ihre Mutter hatte sie auch in der sicheren Erwartung einer glänzenden Zukunft erzogen. Sie fand es normal, sich in alles einzumischen, obwohl sie erst fünfzehn war, oft wollte sie mich belehren und klopfte große Sprüche über Angelegenheiten, von denen sie keinen blassen Schimmer hatte. Inzwischen wurde ich schon nervös, wenn ich nur ihre Stimme hörte.

Als ich das Auto im Hof parkte, war ich aufgewühlt von meinen Gedanken. Was wollte ich hier mit zwei Kindern und einem Welpen? Ich ging zur Tür, um sie aufzuschließen. Doch es gelang mir nicht, ich konnte es noch so oft versuchen – inzwischen dämmerte es, Gianni und Ilaria jammerten vor Müdigkeit und Hunger –, ich hatte keinen Erfolg. Mario wollte ich auch nicht anrufen, aus Eitelkeit und Stolz und weil ich ihm nicht zumuten wollte, mir nach einem harten Arbeitstag zu Hilfe zu eilen. Die Kinder und der kleine Otto hatten die Plätzchen aufgegessen und waren im Auto eingeschlafen. Ich versuchte weiter mein Glück, wieder und wieder, mit lahmen, gefühllosen Fingern, dann gab ich es auf, setzte mich auf die Treppe und ließ mich vom Gewicht der Nacht überwältigen.

Am Morgen kam Mario, um zehn Uhr. Allerdings nicht allein. Mit ihm kamen die beiden Damen des Hauses, welche Überraschung. Was ist passiert, was ist los, warum hast du nicht angerufen? Ich stotterte irgendeine Rechtfertigung und ärgerte mich darüber, dass mein Mann sich aus Verlegenheit über mein Versagen lustig machte, er bezeichnete mich als eine Frau mit sehr viel Phantasie, die mit den praktischen Dingen des Lebens nicht richtig klarkam, also als ein dummes Schaf. Ich weiß noch, dass Carla mir einen langen Blick zuwarf, den ich als verschwörerischen, mitfühlenden Blick deutete, als wollte sie mir sagen: Wehr dich, sag ihm, wie es wirklich ist, sag ihm, dass du diejenige bist, die Tag für Tag die praktischen Dinge bewältigst, die Pflichten, die Last der Elternschaft. Dieser Blick hatte mich überrascht, doch offensichtlich hatte ich seine wahre Bedeutung nicht erfasst. Oder vielleicht doch, es war der Blick eines Mädchens, das sich fragte, wie es an meiner Stelle mit diesem verführerischen Mann umgegangen wäre. Derweil steckte Gina den Schlüssel ins Schloss und öffnete die Tür ohne Probleme. Ich zuckte zusammen, spürte die Spitze des Brieföffners in der Haut meines linken Arms.

»Du warst abgelenkt«, sagte Ilaria.

»Nein, ich dachte nur gerade, dass du Recht hast.«

»Was für ein Recht?«

»Na, Recht eben. Warum habe ich die Tür damals nicht aufgekriegt?«

»Sag ich doch: weil du manchmal dumm bist.«

»Ja.«

31

Ja, ich war dumm. Irgendwann hatten die Sinneskanäle sich verschlossen, wie lange schon das Leben nicht mehr hindurchströmte. Was für ein Fehler, den Sinn meiner Existenz einzig aus den Ritualen beziehen zu wollen, die Mario mir mit mäßiger ehelicher Hingabe bewilligte. Was für ein Fehler, meine Daseinsberechtigung von seiner Zufriedenheit, seiner Begeisterung, dem immer erfolgreicheren Verlauf seiner Karriere abhängig zu machen. Und vor allem, was für ein Fehler zu glauben, ich könnte ohne ihn nicht leben, obwohl ich mir längst nicht mehr sicher war, ob ich mit ihm noch lebte. Wo war seine Haut unter meinen Fingern, wo sein warmer Mund? Hätte ich mich das ernsthaft gefragt – was ich stets vermied –, dann hätte ich mir eingestehen müssen, dass ich körperlich in den vergangenen Jahren nur in uneindeutigen, rein zufälligen Situationen wirklich offen und empfänglich gewesen war: die Freude, einen entfernten Bekannten häufiger zu sehen, der mir Beachtung schenkte, mich für meinen Scharfsinn und mein Talent lobte und bewundernd meine Hand streifte; plötzliche Glücksgefühle nach der zufälligen Begegnung mit einem Kollegen aus früheren Zeiten; die Diskussionen oder das Schweigen mit einem Freund von Mario, der mir zu verstehen gab, dass er vor allem mein Freund sein wollte; die Genugtuung über zweideutige Aufmerksamkeiten, die ich bei zahlreichen Gelegenheiten genoss, vielleicht ja, vielleicht nein, aber eher ja, wenn ich nur gewollt hätte, wenn ich im passenden Moment mit der passenden Ausrede eine Nummer gewählt hätte, passiert es oder nicht, mit dem Herzklopfen, das ein Abenteuer mit offenem Ende begleitet.

Von diesem Punkt hätte ich vielleicht ausgehen sollen, als Mario mir sagte, dass er mich verlassen wolle. Ich hätte daran anknüpfen sollen, dass ein beinah fremder Mensch, eine nette Zufallsbekanntschaft, ein völlig vages, aber wohltuendes »Vielleicht« in der Lage war, sagen wir, einem flüchtigen Benzingeruch oder dem grauen Stamm einer Stadtplatane einen Sinn zu geben und diesen beliebigen Treffpunkt für immer mit einem intensiven Glücksgefühl, einer Erwartung aufzuladen; bei Mario aber hatte nichts, gar nichts diese erdbebenähnliche Wirkung, seine Gesten besaßen allenfalls die Stärke, stets am rechten Ort, immer in demselben sicheren Netz zu erfolgen, ohne Ausnahmen, ohne Exzesse. Wäre ich von hier, von diesen verborgenen Emotionen ausgegangen, hätte ich vielleicht besser verstanden, warum er mich verlassen hatte und warum der Verlust mir, die ich dem gelegentlichen Chaos des Blutes immer die stabile Ordnung unserer Zuneigung entgegengesetzt hatte, jetzt so bitter zu schaffen machte, ein unerträglicher Schmerz, die Angst, durch das Geflecht von Sicherheiten zu fallen und das Leben neu lernen zu müssen, ohne zu wissen, ob es mir gelingen würde.

Zum Beispiel wieder lernen, einen Schlüssel umzudrehen. Hatte Mario mir mit seinem Fortgehen auch diese Fähigkeit genommen? Hatte er es damals auf dem Land schon darauf angelegt, als seine fröhliche Hingabe an diese beiden fremden Frauen mich innerlich zerriss? Hatten die Zerrissenheit und der Schmerz begonnen, als er vor meinen Augen die Lust des Verführens auskostete und ich auf seinem Gesicht ein Entzücken wiedererkannte, das ich selbst oft gestreift, doch aus Angst, unsere Beziehung zu gefährden, stets unterbunden hatte?

Ilaria piekte mich genau im richtigen Moment, ich glaube mehrmals, ich zuckte vor Schmerz zusammen, sie wich zurück und rief:

»Du hast gesagt, ich soll das machen!«

Ich nickte, beruhigte sie mit einer Geste, mit der anderen Hand rieb ich mir den Knöchel, in den sie mich gestochen hatte. Ich versuchte noch einmal aufzuschließen und schaffte es nicht. Dann beugte ich mich vor und betrachtete den Schlüssel aus nächster Nähe. Die alten Handlungsmuster nachzuahmen war falsch. Zerstören musste ich sie. Unter Ilarias erstauntem Blick näherte ich mich dem Schlüssel mit dem Mund, befühlte ihn mit den Lippen, sog seinen Kunststoff- und Eisengeruch ein. Dann packte ich ihn fest mit den Zähnen und versuchte, ihn mit einem plötzlichen Ruck umzudrehen, als wollte ich ihn überraschen, ihm ein neues Gesetz auferlegen, eine andere Bestimmung. Jetzt wollen wir doch mal sehen, wer stärker ist, dachte ich, während sich in meinem Mund ein klebriger, salziger Geschmack ausbreitete. Der Effekt war gleich null, abgesehen von dem Gefühl, dass die Kreisbewegung meiner Zähne am Schlüssel keinerlei Wirkung zeigte und sich stattdessen auf mein Gesicht übertrug, es aufriss wie ein Dosenöffner, dass mein rotierender Kiefer sich aus den Angeln hob, ein Nasenloch, eine Braue, ein Auge mitzog und das schleimige Innenleben von Schädel und Rachen entblößte.

Ich zog meinen Mund schnell wieder weg, es fühlte sich an, als baumelte mein Gesicht auf der einen Seite herunter wie die Spirale einer halb geschälten Apfelsine. Was kann ich noch tun? Mich ausstrecken, den kalten Boden unter meinem Rücken spüren. Meine nackten Beine an die gepanzerten Türpaneele lehnen, den Schlüssel mit den Fußsohlen umklammern, die Fersen um seinen feindlichen Sporn legen und erneut versuchen, die nötige Drehung zu vollziehen. Ja, nein, ja. Einen Moment lang überließ ich mich der Verzweiflung, die mir gründlich zusetzen, mich in Eisen, Tür, Mechanik verwandeln wollte, wie ein Künstler, der mit seinem eigenen Körper arbeitet. Dann spürte ich über dem linken Knie einen schmerzhaften Schnitt in meinem Oberschenkel. Ich schrie auf, Ilaria hatte mich richtig verletzt.

32

Sie wich erschrocken zurück, mit dem Brieföffner in der Hand.

»Bist du verrückt geworden?«, fragte ich und drehte mich mit einem Ruck um.

»Du hörst mich ja nicht«, schrie Ilaria, »ich rufe dich, aber du hörst nicht, du machst nur furchtbare Sachen und verdrehst die Augen, ich sag es Papa.«

Ich besah den tiefen Schnitt über meinem Knie, die Blutspur. Ich riss ihr den Brieföffner aus der Hand und schleuderte ihn gegen die offene Tür der Abstellkammer.

»Das Spiel ist zu Ende«, sagte ich, »du kannst es nicht. Du bleibst hier und bist lieb, rühr dich nicht von der Stelle. Wir sind eingesperrt, gefangen, und dein Vater wird uns nicht retten kommen. Schau, was du mit mir gemacht hast.«

»Du hättest noch viel mehr verdient«, entgegnete sie mit Tränen in den Augen.

Ich versuchte mich zu beruhigen, holte tief Luft.

»Jetzt fang bloß nicht an zu heulen, wag es ja nicht...« Ich wusste nicht mehr, was ich noch sagen und tun sollte. Ich glaubte, alles probiert zu haben, ich konnte der Situation nur noch klare Konturen geben und sie akzeptieren.

»Wir haben zwei Kranke im Haus, Gianni und Otto. Du hörst auf zu weinen und siehst nach, wie es deinem

Bruder geht. Und ich schaue nach Otto«, befahl ich mit aufgesetzter Autorität.

»Du hast gesagt, ich soll bei dir bleiben und dich stechen.«

»Das war falsch, Gianni ist allein, irgendwer muss seine Stirn befühlen und sie mit Münzen kühlen, ich kann nicht alles selber machen.«

Ich schob sie durchs Wohnzimmer, sie sträubte sich:

»Und wer sticht dich, wenn du wieder abgelenkt bist?«

Ich betrachtete den langen Schnitt in meinem Bein, aus dem eine dicke Blutspur rann.

»Ruf ab und zu nach mir. Dann werde ich nicht abgelenkt.«

Sie überlegte einen Moment, dann sagte sie:

»Aber mach schnell, ich langweile mich mit Gianni, der kann nämlich nicht spielen.«

Diese Bemerkung tat mir weh. Ilarias ausdrücklicher Hinweis auf das Spiel machte mir bewusst, dass sie nicht mehr spielen wollte, sie begann sich ernsthaft um mich zu sorgen. Während ich mich für zwei Kranke verantwortlich fühlte, schien ihr langsam zu dämmern, dass sie es mit drei Kranken zu tun hatte. Arme, arme Kleine. Sie fühlte sich allein, wartete insgeheim auf ihren Vater, der nicht kam, für sie waren die Verwirrungen dieses Tages kein Spiel mehr. Ich spürte ihre Angst und addierte sie zu der meinen. Alles ist so veränderlich, ohne Fixpunkte. Bei jedem Schritt, den ich auf dem Weg zu Giannis oder Ottos Zimmer tat, fürchtete ich, ich könnte mich erneut schlecht fühlen und ein Bild der Schwäche abgeben. Ich musste den Verstand und ein klares Gedächtnis behalten, sie treten immer zusammen auf, ein Wortpaar des Seelenheils.

Ich schob die Kleine ins Zimmer, warf einen Blick auf

den Jungen, der immer noch schlief, und schloss dann die Tür von außen ab, mit einer deutlichen, völlig natürlichen Geste. Ilaria protestierte, schrie nach mir, hämmerte mit den Fäusten gegen die Tür, ich ignorierte sie und ging in das Zimmer, wo Otto lag. Ich wusste nicht, was mit dem Hund los war, Ilaria liebte ihn über alles, ich wollte nicht, dass sie schreckliche Szenen mit ansehen musste. Sie beschützen, ja, die Richtigkeit dieser Sorge war wohltuend. Dass der kalte Vorsatz, meine Kinder zu beschützen, sich nach und nach in ein zwingendes Bedürfnis, in meine größte Sorge verwandelt hatte, schien mir ein gutes Zeichen.

Im Zimmer des Hundes, unter Marios Schreibtisch, hing der abscheuliche Geruch des Todes. Ich trat vorsichtig ein, Otto rührte sich nicht, er hatte sich keinen Millimeter von der Stelle bewegt. Ich hockte mich neben ihn, dann setzte ich mich auf den Boden.

Als Erstes sah ich die Ameisen, auch hier waren sie hereingekommen und erforschten den Sumpf von Ausscheidungen, in dem der Schäferhund lag. Doch Otto schenkte ihnen keine Beachtung. Er war wie ergraut, eine verblasste Insel in ihren letzten Atemzügen. Seine Schnauze wirkte wie ausgehöhlt, sie schien in dem grünlichen Sabber zu versinken, der von seinen Lefzen auf die Fliesen tropfte. Seine Augen waren geschlossen.

»Verzeih mir«, sagte ich.

Ich legte meine Hand auf das Fell an seinem Hals, er zuckte zusammen, riss die Lefzen auseinander, stieß ein drohendes Knurren aus. Ich wollte Vergebung für das, was ich vielleicht getan hatte, und für das, was ich nicht geschafft hatte. Ich zog ihn an mich, legte seinen Kopf auf meinen Schoß. Er strahlte eine ungesunde Wärme aus, die in mein Blut strömte. Er bewegte kaum merklich die

Ohren, seinen Schwanz. Ich hielt das für ein Zeichen von Wohlgefallen, auch sein Atem ging weniger schwer. Die glänzenden Schleimpfützen, die sich wie eine Glasur um den schwarzen Rand seiner Schnauze ausbreiteten, schienen zu erstarren, als hätte er es nicht mehr nötig, die Säfte des Leidens zu erzeugen.

Der Körper eines Lebewesens, das mit dem Tod kämpft, ist ein schrecklicher Anblick, mal scheint er zu siegen, mal zu verlieren. Ich weiß nicht, wie lange wir so dasaßen. Der Atem des Hundes ging zeitweise schneller, als sei er bei bester Gesundheit und sehnte sich danach zu spielen, draußen herumzurennen, nach Zuneigung und Zärtlichkeit, dann war er wieder kaum wahrzunehmen. Auch der Körper wechselte von Zitteranfällen und Krämpfen zu völliger Bewegungslosigkeit. Ich spürte, dass seine Kraftreserven allmählich versiegten, die letzten Tropfen vergangener Bilder: die Flucht vor dem glitzernden Sprühregen unter den Rasensprengern im Park, das neugierige Stöbern im Gebüsch, wie er mich zu Hause verfolgte, wenn er glaubte, ich würde ihm etwas zu fressen geben. Angesichts des nahenden Todes, der blutigen Wunde seines Leidens, empfand ich plötzlich unverhofft Scham über den Schmerz, den ich in den vergangenen Monaten und an diesem vollkommen unwirklichen Tag empfunden hatte. Ich spürte, wie das Zimmer seine Ordnung wiedererlangte, die Räume der Wohnung sich zusammenfügten, die Festigkeit des Bodens, die Hitze des Tages, die alles wie unsichtbarer Leim umhüllte.

Wie war es nur möglich, dass ich mich so hatte gehen lassen, dass meine Sinne und mein Lebenswille derart verkümmern konnten? Ich kraulte Otto zwischen den Ohren, er öffnete die matten Augen und starrte mich an. Ich sah den Blick eines treuen Hundes, der mich nicht anklagte, sondern sich für seinen Zustand entschuldigte. Dann wurde sein Blick von dem Schatten eines heftigen Schmerzes getrübt, er fletschte die Zähne, blaffte mich leise an. Kurz darauf starb er auf meinem Schoß, ich brach in Tränen aus, Tränen, die ich nicht unterdrücken konnte, nicht zu vergleichen mit den Tränen der vergangenen Tage und Monate.

Als meine Augen wieder trocken waren und auch die letzten Seufzer in meiner Brust erstickten, stellte ich fest, dass Mario wieder der gute Mensch geworden war, der er vielleicht immer gewesen war, ich liebte ihn nicht mehr.

33

Ich legte den Kopf des Hundes auf den Boden und stand auf. Allmählich nahm ich Ilarias Stimme wahr, die nach mir rief, gleich darauf auch Giannis Stimme. Ich schaute mich um, sah die blutschwarzen Lefzen, die Ameisen, den leblosen Körper. Ich verließ das Zimmer, um einen Eimer und einen Feudel zu holen. Ich riss die Fenster auf und putzte schnell, aber gründlich. Den Kindern rief ich mehrmals zu:

»Einen Moment, ich komme gleich.«

Es widerstrebte mir, Otto dort liegen zu lassen, ich wollte nicht, dass die Kinder ihn sähen. Ich versuchte ihn hochzuheben, doch meine Kraft reichte nicht. Ich packte ihn an den Hinterpfoten und schleifte ihn über den Fußboden ins Wohnzimmer, auf den Balkon. Wie schwer ein Körper wird, wenn der Tod ihn durchdrungen hat, das Leben ist leicht, man darf niemandem gestatten, es uns schwer zu machen. Ich betrachtete einen Augenblick das Hundefell, das sich in einer Brise aufplusterte, dann ging ich wieder hinein und schloss, trotz der Hitze, das Fenster.

In der Wohnung herrschte Stille, sie war jetzt klein und übersichtlich, ohne dunkle Ecken, ohne Schatten, fast fröhlich durch die Stimmen der Kinder, die mich riefen und dabei herumalberten und kicherten. Ilaria rief mit einer Sopranstimme »Mama« und Gianni wiederholte es in der Stimmlage eines Tenors.

Ich eilte zu ihnen, schloss mit sicherer Hand die Tür auf und sagte beschwingt:

»Da ist die Mama!«

Ilaria stürzte sich auf mich und schlug mehrmals auf meine Beine ein.

»Du durftest mich nicht einschließen!«

»Du hast Recht, entschuldige. Aber ich hab ja wieder aufgeschlossen.«

Ich setzte mich auf Giannis Bett, sicher war das Fieber gesunken, er sah aus, als könnte er es gar nicht abwarten, wieder mit seiner Schwester zu spielen, mit Geschrei, Gelächter und bösem Streit. Ich befühlte seine Stirn, die Tropfen hatten gewirkt, seine Haut war nur noch lauwarm, kaum noch verschwitzt.

»Tut dein Kopf noch weh?«

»Nein. Ich hab Hunger.«

»Ich mache dir ein bisschen Reis.«

»Ich mag keinen Reis.«

»Ich auch nicht«, ergänzte Ilaria.

»Der Reis, den ich koche, ist sehr lecker.«

»Wo ist Otto?«, fragte Gianni.

Ich zögerte.

»Drüben, er schläft, lasst ihn in Ruhe.«

Ich wollte noch etwas über die Krankheit des Hundes hinzufügen, sie darauf vorbereiten, dass er aus ihrem Leben verschwinden würde, da klingelte es an der Tür.

Wir blieben alle drei reglos, wie in der Schwebe.

»Papa«, flüsterte Ilaria voller Hoffnung.

Ich sagte:

»Ich glaube nicht, dass das Papa ist. Bleibt hier, ich verbiete euch, einen Schritt zu tun, wehe, ihr verlasst dieses Zimmer. Ich gehe aufmachen.«

Sie erkannten meinen gewohnten Tonfall, streng, aber auch ironisch, übertrieben starke Worte in lächerlichen Situationen. Auch ich erkannte ihn wieder, ich akzeptierte ihn, sie akzeptierten ihn.

Ich lief durch den Flur zur Wohnungstür. Konnte es sein, dass Mario sich doch an uns erinnert hatte? War er vorbeigekommen, um nachzusehen, wie es uns ging? Diese Möglichkeit löste nicht das geringste Gefühl in mir aus, ich dachte nur, dass ich gern mit jemandem geredet hätte.

Ich schaute durch den Spion. Es war Carrano.

»Was willst du?«, fragte ich.

»Nichts. Ich wollte nur sehen, wie es dir geht. Ich bin heute früh zu meiner Mutter gefahren und wollte dich nicht stören. Aber als ich gerade zurückkam, war mein Fenster kaputt. Ist irgendwas passiert?«

»Ja.«

»Brauchst du Hilfe?«

»Ja.«

»Kannst du nicht aufmachen, bitte?«

Ich wusste nicht, ob ich das konnte, doch das sagte ich nicht. Ich streckte die Hand nach dem Schlüssel aus, umgriff ihn entschlossen mit den Fingern, bewegte ihn ein klein wenig und spürte, dass er gehorchte. Der Schlüssel ließ sich mit Leichtigkeit im Schloss drehen.

»Ah, gut«, murmelte Carrano und betrachtete mich verlegen, dann zog er eine Rose hinter dem Rücken hervor, eine langstielige Rose, eine lächerliche Rose, dargeboten mit der lächerlichen Geste eines Mannes, der sich unwohl fühlt.

Ich nahm sie entgegen, bedankte mich ohne ein Lächeln und sagte:

»Ich habe eine unangenehme Aufgabe für dich.«

34

Carrano war nett. Er wickelte Otto in eine Kunststoffplane, die er in seinem Keller gefunden hatte, verstaute ihn im Auto, überließ mir sein Handy und fuhr los, um den Hund am Stadtrand zu begraben.

Ich rief sofort den Kinderarzt an, und obwohl es August war, hatte ich Glück und erreichte ihn. Während ich ihm die Symptome des Kleinen bis ins Detail schilderte, fiel mir auf, dass mein Puls raste, ich fürchtete, der Arzt könnte ihn durch das Handy hören. Das Herz in meiner Brust schlug wieder, es war nicht mehr leer.

Ich redete ausführlich mit dem Arzt, zwang mich, präzise zu sein, während des Gesprächs ging ich durch die Wohnung, stellte die Verbindung der Räume auf die Probe, berührte Gegenstände, und bei jedem Kontakt mit einem Spielzeug, einer Schublade, dem Computer, den Büchern, den Heften, einer Türklinke sagte ich mir: Das Schlimmste ist vorbei.

Der Kinderarzt hörte mir schweigend zu, versicherte, dass ich mir um Gianni keine Sorgen zu machen brauche, er käme am Abend vorbei, um nach ihm zu sehen. Dann duschte ich kalt, das Wasser piekte auf meiner Haut, ich spürte die ganze Düsterkeit der vergangenen Stunden und Monate. Ich bemerkte die Ringe, die ich nach dem Aufstehen auf den Waschbeckenrand gelegt hatte, und steckte mir den Aquamarin auf den Finger, den Ehering ließ ich in den Abfluss fallen. Ich untersuchte die Wunde, die Ilaria mir mit dem Brieföffner zugefügt hatte, desinfizierte und verband sie. Ich trennte in aller Ruhe die Buntwäsche von der Kochwäsche und schaltete die Waschmaschine ein. Ich wollte schnöde Alltagsgewissheit, obwohl mir nur zu bewusst war, dass der heftige Aufwärtsdrang meines Körpers andauerte, eine Art Hochschnellen, als hätte ich in einem Loch ein hässliches, giftiges Insekt gesehen und würde vor Schreck immer noch mit Armen und Beinen zappeln und ausschlagen. Ich muss mir wieder – sagte ich mir – den ruhigen Gang eines Menschen aneignen, der zu wissen glaubt, wohin er geht und warum.

Also konzentrierte ich mich auf die Kinder, ich musste ihnen mitteilen, dass der Hund tot war. Ich wählte meine Worte mit Bedacht, bemühte mich, den Ton der Märchen zu treffen, doch Ilaria weinte trotzdem lange, und Gianni auch, obwohl er zunächst bloß finster dreingeblickt hatte und in einem schwachen Widerhall bedrohlicher Gefühle bemerkte, dass wir Mario Bescheid sagen müssten, und gleich darauf klagte er wieder über Kopfschmerzen und Übelkeit.

Als Carrano zurückkam, war ich immer noch damit beschäftigt, die beiden zu trösten. Ich ließ ihn herein, behandelte ihn jedoch kühl, obwohl er sich so hilfsbereit gezeigt hatte. Aus dem Nebenzimmer riefen ununterbrochen die Kinder nach mir. Sie waren überzeugt, dass er den Hund vergiftet hatte, daher wollten sie nicht, dass er einen Fuß in unsere Wohnung setzte, und schon gar nicht, dass ich mit ihm redete.

Auch mich packte im Übrigen ein Gefühl der Abneigung, als ich den Geruch von frischer Erde an ihm wahrnahm, auf seine schüchterne vertrauliche Art antwortete ich einsilbig, wie ein defekter Wasserhahn, der tropfte. Er wollte mir von der Beerdigung des Schäferhunds erzählen, doch als ich dafür ebenso wenig Interesse zeigte wie für die Begräbnisstelle und die Details seines, wie er es nannte, traurigen Auftrags und ihn sogar mehrmals unterbrach, um Gianni und Ilaria zuzurufen: »Still jetzt, ich komme gleich«, wurde er unsicher und fasste sich kurz. Um das störende Geschrei der Kinder zu übertönen, begann er mir von seiner Mutter zu erzählen, von den Problemen, die die Pflege der alten Dame ihm bereitete. Er schlug sich tapfer, bis ich anmerkte, die Kinder langlebiger Mütter hätten das Pech, den Tod nicht wirklich zu kennen und sich daher nie zu emanzipieren. Das ging ihm nah, er verabschiedete sich sichtlich betroffen.

An diesem Tag unternahm er keinen weiteren Versuch, mich zu sehen. Ich ließ die Rose auf dem Schreibtisch verwelken, in der Vase, die bedauerlich leer gestanden hatte seit jenen weit zurückliegenden Zeiten, als Mario mir noch zu jedem Geburtstag eine Cattleya geschenkt hatte, in Anlehnung an Prousts Swann. Am Abend war die Blüte bereits schwarz und ließ den Kopf hängen. Ich warf sie in den Müll.

Der Kinderarzt kam nach dem Abendessen, ein älterer, drahtiger Herr, der gut mit Kindern konnte und die Angewohnheit hatte, sich während der Untersuchung ständig vor ihnen zu verbeugen und sie Signor Giovanni und Signorina Illi zu nennen.

»Signor Giovanni«, sagte er, »zeigen Sie mir sofort Ihre Zunge.«

Er untersuchte den Kleinen gründlich und vermutete eine Sommergrippe, die auf den Magen schlagen konnte, als mögliche Ursache für die Beschwerden. Doch er wollte auch nicht ausschließen, dass Gianni etwas Verdorbenes gegessen hatte, zum Beispiel ein Ei, oder dass er, wie er mir später im Wohnzimmer zuflüsterte, damit auf großen Kummer reagiere.

Während er am Schreibtisch saß, um die Rezepte auszufüllen, erzählte ich ihm von der Trennung von Mario, dem anstrengenden Tag, der nun endlich zu Ende ging, von Ottos Tod, als seien derartige Vertraulichkeiten zwischen uns üblich. Er hörte mir aufmerksam und geduldig zu, schüttelte bedauernd den Kopf und verschrieb Laktobazillen und Zuwendung für beide Kinder und Normalität und Ruhe für mich. Er versprach, in ein paar Tagen wiederzukommen.

35

Ich schlief lange und tief.

Am nächsten Morgen begann ich mich mit besonderer Fürsorge um Gianni und Ilaria zu kümmern. Ich hatte den Eindruck, sie beobachteten mich, um herauszufinden, ob ich nun wieder die Mutter von früher war oder ob sie sich noch einmal auf plötzliche Veränderungen gefasst machen mussten, deshalb unternahm ich alles Mögliche, um sie zu beruhigen. Ich las Märchen vor, spielte stundenlang langweilige Spiele mit ihnen und übertrieb das bisschen Leichtigkeit, mit der ich die wiederaufkeimende Verzweiflung in Schach hielt. Sie erwähnten beide ihren Vater nicht, nicht einmal, um daran zu erinnern, dass sie ihn über Ottos Tod informieren mussten, wahrscheinlich hatten sie das so vereinbart. Ich fürchtete, sie wollten mich schonen, damit ich nur nicht wieder durchdrehte. Also brachte ich das Gespräch selbst auf Mario und erzählte alte Geschichten, in denen er entweder urkomisch, sehr einfallsreich oder scharfsinnig war oder waghalsige Dinge tat. Ich weiß nicht, wie sie diese Anekdoten fanden, jedenfalls hörten sie andächtig zu, und manchmal lächelten sie zufrieden. Bei mir hinterließ das nur Wut. Während ich über Mario sprach, merkte ich, dass ich ihm nur noch widerwillig die Gastfreundschaft meiner Erinnerung gewährte.

Als der Kinderarzt zu einer weiteren Untersuchung kam,

stellte er fest, dass Gianni in Bestform und vollkommen gesund war.

»Signor Giovanni«, sagte er ihm, »Sie haben eine sehr rosige Gesichtsfarbe, sind Sie sicher, kein Ferkel geworden zu sein?«

Im Wohnzimmer vergewisserte ich mich, dass die Kinder nicht zuhören konnten, dann fragte ich ihn, ob Gianni ein Insektenmittel gegen Ameisen geschadet haben könnte, das ich nachts in der Wohnung versprüht hatte, ich wollte Gewissheit darüber, inwieweit ich mich schuldig fühlen musste. Er schloss das aus und erinnerte mich daran, dass Ilaria nicht die geringsten Beschwerden gehabt habe.

»Und unser Hund?«, fragte ich und zeigte auf die verbeulte Dose Gift, die keinen Zerstäuber mehr besaß.

Er untersuchte sie, wirkte jedoch ratlos und gestand schließlich, nichts dazu sagen zu können. Zum Schluss ging er noch einmal ins Kinderzimmer und verabschiedete sich mit einer Verbeugung:

»Signorina Illi, Signor Giovanni, mit dem größten Bedauern muss ich mich nun von Ihnen verabschieden. Ich hoffe, Sie werden bald abermals krank, damit wir uns wiedersehen.«

Dieser Ton beruhigte sie. Noch Tage später überhäuften wir uns gegenseitig mit Ehrerbietungen und nannten uns Signor Giovanni, Signora Mama und Signorina Illi. Um ein Klima der Geborgenheit herzustellen, versuchte ich gleichzeitig, zu den gewohnten Gesten zurückzufinden, wie ein Kranker, der nach einem langen Klinikaufenthalt an das Leben der Gesunden anknüpft, auch um die Angst zu besiegen, erneut zu erkranken. Ich begann wieder zu kochen und zwang mich, ihnen mit neuen Rezepten Appetit zu machen. Ich fing wieder an zu schneiden, zu braten, zu salzen. Ich versuchte es sogar mit Kuchen, doch Kuchen war wirklich nicht meine Spezialität, dafür hatte ich kein Händchen.

36

Ich war dem äußeren Anschein von Freundlichkeit und Stärke, den ich mir geben wollte, nicht immer gewachsen. Gewisse Anzeichen beunruhigten mich. Es konnte immer noch passieren, dass ich Töpfe auf dem Herd vergaß und nicht einmal bemerkte, dass es verbrannt roch. Ich empfand einen nie da gewesenen Ekel, wenn ich grüne Petersilie und rote Tomatenschalen in dem fettigen Wasser des verstopften Spülbeckens treiben sah. Es fiel mir schwer, den klebrigen Essensresten, die die Kinder auf dem Tischtuch und dem Fußboden zurückließen, mit der sonstigen Gelassenheit zu begegnen. Manchmal rieb ich so mechanisch, so abwesend und gedankenlos Käse, dass ich mir an den Stahlklingen Nägel und Fingerkuppen aufriss. Außerdem schloss ich mich – was ich früher nie getan hatte – oft im Badezimmer ein und unterzog meinen Körper einer langen, strengen, besessenen Untersuchung. Ich tastete meine Brüste ab, schob die Finger zwischen die Speckröllchen an meinen Hüften, betrachtete mein Geschlecht mit einem Spiegel, um zu prüfen, wie verbraucht es war, kontrollierte, ob mir ein Doppelkinn wuchs und ob sich an meiner Oberlippe Falten zeigten. Ich hatte Angst, die große Anstrengung, die es mich gekostet hatte, nicht den Verstand zu verlieren, habe mich altern lassen. Meine Haare schienen mir dünner, dafür waren die grauen mehr geworden, ich musste sie färben; weil sie ständig fettig waren, wusch ich sie andauernd und föhnte sie danach mit tausend Tricks.

Doch am meisten fürchtete ich mich vor diesen kaum wahrnehmbaren geistigen Bildern, den knappen Silben. Ein Gedanke, den ich nicht einmal festzuhalten vermochte, das violette Aufblitzen einer Bedeutung, eine grüne Hieroglyphe meines Gehirns reichten aus, schon war die Beklemmung wieder da und Panik erfasste mich. Mir graute davor, in manchen Ecken der Wohnung könnten plötzlich diese massiven, feuchten Schatten auftauchen, mit ihrem Stimmengewirr und der Hektik dunkler Massen. Dann ertappte ich mich dabei, dass ich den Fernseher stumpfsinnig an- und ausstellte, nur um Gesellschaft zu haben, oder ich trällerte im Dialekt meiner Kindheit ein Schlaflied vor mich hin oder ich empfand schreckliches Mitleid für Ottos leeren Napf neben dem Kühlschrank oder ich litt unter grundloser Schlaflosigkeit und fand mich auf dem Sofa liegend wieder, wo ich mir mit meinen scharfen Fingernägeln so lange die Arme kratzte, bis sie leichte Spuren hinterließen.

Andererseits half es mir in dieser Phase sehr, zu entdecken, dass ich wieder zu guten Manieren fähig war. Die obszönen Ausdrücke verschwanden plötzlich, ich hatte nicht mehr den geringsten Drang, sie zu verwenden, und schämte mich dafür, es getan zu haben. Ich besann mich auf eine gesuchte, etwas verworrene Schriftsprache, mit der ich Sicherheit und Abstand gewann. Ich achtete auch auf den Ton meiner Stimme, die Wut legte sich und lastete nicht mehr auf den Worten. Folglich verbesserten sich auch meine Beziehungen zur Außenwelt. Dank hartnäckiger Freundlichkeit gelang es mir, das Telefon in Ordnung bringen zu lassen, und es stellte sich sogar heraus, dass das alte Handy noch zu reparieren war. Ein junger Angestellter in einem Geschäft, das wie durch ein Wunder geöffnet hatte, führte mir vor, wie einfach es sich zusammensetzen ließ, das hätte ich auch allein hingekriegt.

Um mich aus der Isolation herauszuziehen, erledigte ich gleich eine Reihe von Telefonaten. Ich wollte mit Bekannten sprechen, die Kinder im Alter von Gianni und Ilaria hatten, und wenigstens ein oder zwei Tage Urlaub organisieren, als Wiedergutmachung für die trostlosen Monate. Beim Telefonieren merkte ich, dass ich das große Bedürfnis hatte, mein verhärtetes Fleisch durch Lächeln, Worte und herzliche Gesten aufzulockern. Ich nahm den Kontakt zu Lea Farraco wieder auf und reagierte ganz unbefangen, als sie eines Tages mit verschüchterter Miene bei mir auftauchte, wie jemand, der eine wichtige, heikle Angelegenheit vorzutragen hat. Wie es ihre Art war, zog sie es in die Länge, doch ich setzte sie nicht unter Druck, ließ mir keine Ungeduld anmerken. Nachdem sie sich vergewissert hatte, dass ich keinen Tobsuchtsanfall bekommen würde, beschwor sie mich, vernünftig zu sein, eine Beziehung könne in die Brüche gehen, aber man dürfe einem Vater nicht seine Kinder vorenthalten und den Kindern nicht den Vater und ähnliches Zeug. Schließlich endete sie mit den Worten:

»Du solltest bestimmte Tage festlegen, an denen Mario die Kinder sehen kann.«

»Hat er dich geschickt?«, fragte ich ohne jede Feindseligkeit.

Sie gab es verschämt zu.

»Sag ihm, ein Anruf reicht, wenn er sie sehen will.«

Mir war klar, dass ich mit Mario einen passenden Umgangston finden musste, schon Gianni und Ilaria zuliebe, doch dazu hatte ich nicht die geringste Lust, am liebsten hätte ich ihn nie wiedergesehen. Am Abend, nach diesem Treffen und vor dem Einschlafen, merkte ich, dass die Möbel immer noch seinen Geruch ausströmten, er quoll aus der Schublade seines Nachttischs, aus den Wänden, aus dem Schuhschrank. In den vergangenen Monaten hatte diese Geruchswahrnehmung in mir Sehnsucht, Nostalgie und Wut erzeugt. Nun verband ich damit Ottos Tod, sie berührte mich nicht mehr. Ich stellte fest, dass sie kaum mehr war als die Erinnerung an den Geruch eines alten Mannes, der sich im Bus mit den Begierden seines sterbenden Fleisches an uns reibt. Ich war verärgert und deprimiert. Ich wartete darauf, dass der Mann, der einmal mein Ehemann gewesen war, auf meine Botschaft reagierte, doch ich empfand keinerlei Anspannung, nur Resignation.

37

Otto machte mir noch lange Kummer. Ich wurde sehr wütend, als ich Gianni eines Nachmittags dabei erwischte, wie er Ilaria das Hundehalsband anlegte, an der Leine zerrte und ihr, während sie bellte, zubrüllte:

»Aus jetzt, Platz! Wenn du nicht aufhörst, bekommst du einen Tritt!« Ich beschlagnahmte Halsband, Leine und Maulkorb und schloss mich verstört im Badezimmer ein. Allerdings versuchte ich dort selbst, das Halsband anzulegen, eine plötzliche Anwandlung, als wollte ich ein punkiges Schmuckstück vor dem Spiegel anprobieren. Als mir bewusst wurde, was ich tat, brach ich in Tränen aus, rannte zum Mülleimer und warf alles hinein.

Eines Morgens im September, während die Kinder im Felsengarten des Parks spielten und hin und wieder mit anderen zankten, glaubte ich unseren Hund, genau ihn, vorbeirennen zu sehen. Ich saß auf einer Bank, im Schatten einer großen Eiche, nicht weit von einem Brunnen, in dem die Tauben ihren Durst löschten, unter Wasserspritzern, die von ihrem Gefieder abprallten. Ich machte mir ein paar Notizen, ich musste mich sehr konzentrieren und nahm die Umgebung nur flüchtig wahr, ich hörte nur das Rauschen des Brunnens, des Wasserfalls zwischen den Felsen und der Strömung zwischen den Wasserpflanzen. Plötzlich sah ich aus den Augenwinkeln den länglichen, geschmeidigen Schatten eines Schäferhundes über die Wiese laufen. Ein paar Sekunden lang war ich der Überzeugung, es sei Otto, der von der Toteninsel zurückgekehrt war, und fürchtete, dass nun wieder etwas in mir zerbrach, ich bekam Angst. In Wirklichkeit – das stellte ich kurz darauf fest – besaß dieser Hund, ein fremdes Tier, nicht die geringste Gemeinsamkeit mit unserem armen Hund, er wollte lediglich das tun, was auch Otto nach einem ausgiebigen Spaziergang über die Wiese oft getan hatte: trinken. Tatsächlich ging er zum Brunnen, schlug die Tauben in die Flucht und kläffte die Wespen an, die um den Ausfluss herumschwirrten, und unterbrach vor lauter Gier den glänzenden Strahl aus dem Wasserhahn mit seiner lilafarbenen Zunge. Ich klappte mein Heft zu und betrachtete ihn bewegt. Der Schäferhund war etwas dicker und kräftiger als Otto. Auch vom Wesen her schien er mir nicht ganz so gutmütig, dennoch rührte er mich. Als sein Herrchen nach ihm pfiff, rannte er auf der Stelle davon. Die Tauben kamen zurück, um wieder unter dem Wasserstrahl zu spielen.

Am Nachmittag suchte ich die Telefonnummer des Tierarztes heraus, eines gewissen Morelli, zu dem Mario Otto gebracht hatte, wenn etwas nicht in Ordnung war. Ich hatte nie die Gelegenheit gehabt, ihn kennenzulernen, aber mein Mann hatte mir immer ganz begeistert von ihm erzählt, er war der Bruder von einem seiner alten Professoren, mit dem er beruflich und privat Kontakt pflegte. Ich rief ihn an, und er war sehr freundlich. Er hatte eine tiefe Stimme, es klang, als rezitiere er, wie ein Filmschauspieler. Er lud mich ein, am nächsten Tag in seiner Praxis vorbeizuschauen. Ich brachte die Kinder zu Bekannten und fuhr hin.

Der Arzt leitete eine Tierklinik mit einem himmelblauen Neonschild, das Tag und Nacht leuchtete. Über eine lange Freitreppe gelangte ich in einen kleinen, hell erleuchteten Empfangssaal, in dem es durchdringend roch. Ich wurde von einer brünetten jungen Frau begrüßt, die mich bat, in einem kleinen Nebenzimmer zu warten, der Doktor sei noch im OP.

In dem Raum warteten verschiedene Menschen, manche mit Hunden, andere mit Katzen, und auch eine Frau um die dreißig mit einem schwarzen Kaninchen auf dem Schoß, das sie ohne Unterbrechung mit einer mechanischen Handbewegung streichelte. Ich vertrieb mir die Zeit damit, ein schwarzes Brett zu studieren, auf dem Paarungsgesuche für Tiere mit adligem Stammbaum neben detaillierten Beschreibungen vermisster Hunde und Katzen standen. Hin und wieder kamen Leute, um Neuigkeiten über ihr geliebtes Tier einzuholen: Einer fragte nach seiner Katze, die zur genaueren Untersuchung eingewiesen worden war, einer nach seinem Hund, der eine Chemotherapie bekam, eine andere Dame sorgte sich um ihren sterbenden Zwergpudel. An diesem Ort überschritt der Schmerz die zarte Schwelle des Menschlichen und breitete sich über die weite Welt der Haustiere aus. Mich überkamen ein leichtes Schwindelgefühl und kalte Schweißausbrüche, als ich in dem abgestandenen Geruch des Raumes den Geruch von Ottos Leiden wiedererkannte, die vielen Qualen, die dieser Geruch inzwischen in mir wachrief. Innerhalb von kurzer Zeit wuchs die Schuld, die ich am Tod des Hundes zu tragen glaubte, ins Unermessliche, ich hatte das Gefühl, furchtbar leichtsinnig gewesen zu sein, und fühlte mich noch schlechter. Nicht einmal der Fernseher, der in einer Ecke lief und die neuesten verheerenden Nachrichten aus der Welt der Menschen sendete, konnte meine Schuldgefühle mindern.

Es dauerte über eine Stunde, bis ich an der Reihe war. Ich weiß nicht, warum, doch ich hatte mit einem besessenen, fetten Zyniker mit blutverschmiertem Kittel, behaarten Händen und breitem Gesicht gerechnet. Stattdessen bat mich ein hochgewachsener schlanker Mann um die vierzig herein, mit sympathischem Ausdruck, blauen Augen und blondem Haar über der hohen Stirn, sauber bis in jeden Winkel von Körper und Geist, wie es scheinbar nur Ärzte sein können, und noch dazu mit den Manieren eines Gentleman, der eine melancholische Ader kultiviert, während die alte Welt um ihn herum zusammenbricht.

Der Doktor hörte sich meine Schilderung von Ottos Erkrankung und Tod aufmerksam an. Wenn er mich von Zeit zu Zeit unterbrach, dann nur, um mir den Fachbegriff zu liefern, der seinem Ohr vertrauter war als meine überschäumende impressionistische Wortwahl. Sialorrhö. Dyspnoe. Leichte Muskelkontraktionen. Fäkale und urinale Inkontinenz. Epileptische Anfälle und Krämpfe. Am Ende schloss er, dass Otto mit großer Wahrscheinlichkeit an Strychnin gestorben war. Das Insektenmittel, das ich mehrmals ins Spiel brachte, schloss er nicht völlig aus, doch er war skeptisch. Er sagte mysteriöse Dinge wie Diazin und Carbaryl, dann schüttelte er den Kopf und schloss:

»Nein, ich würde sagen Strychnin.«

Wie beim Kinderarzt hatte ich auch bei ihm das Bedürfnis, von der Grenzerfahrung zu erzählen, die ich durchlebt hatte, mir lag sehr viel daran, für die Ereignisse dieses Tages die richtigen Worte zu finden, es beruhigte mich. Er hörte ruhig zu und sah mir mit einem aufmerksamen Blick in die Augen. Dann meinte er:

»Ihre einzige Verantwortung besteht darin, eine sehr sensible Frau zu sein.«

»Übertriebene Sensibilität kann auch ein Fehler sein«, erwiderte ich.

»Der wahre Fehler ist Marios fehlende Sensibilität«, antwortete er, und sein Blick gab mir zu erkennen, dass er meine Motive verstand und die seines Freundes banal fand. Er ergänzte noch das ein oder andere Gerücht über gewisse opportunistische Manöver, die mein Mann anstellte, um irgendeinen Job zu bekommen, er wusste diese Dinge von seinem Bruder. Ich war erstaunt, aus diesem Blickwinkel hatte ich Mario noch nie gesehen. Der Doktor lächelte mit seinem ungewöhnlich regelmäßigen Gebiss und fügte hinzu:

»Oh, aber ansonsten ist er ein Mensch mit vielen Qualitäten.«

Dieser letzte Satz, der elegante Sprung von der üblen Nachrede zum Kompliment, war so meisterhaft, dass es mir für einen erwachsenen Menschen plötzlich normal schien, über diese Art von Geschicklichkeit zu verfügen. Ich hatte noch viel zu lernen.

38

Als ich am Abend mit den Kindern in die Wohnung kam, empfand ich zum ersten Mal, seit Mario mich verlassen hatte, ein Gefühl der Geborgenheit, und ich blödelte mit meinen Kindern, bis sie endlich bereit waren, sich zu waschen und schlafen zu gehen, als jemand an der Tür klopfte. Ich schaute durch den Spion, es war Carrano.

Nachdem er sich um Ottos Begräbnis gekümmert hatte, war ich ihm nur selten über den Weg gelaufen, immer mit den Kindern, und immer hatten wir uns nur flüchtig gegrüßt. Seine Gestalt war unscheinbar wie üblich, mit gebeugten Schultern, als schämte er sich für seine Größe. Mein erster Impuls war, ihm gar nicht aufzumachen, ich hatte Angst, er könnte mir neuen Anlass zur Verzweiflung geben. Doch dann bemerkte ich, dass er sein graues Haar frisch gewaschen und anders frisiert hatte, ohne Scheitel, ich überlegte, wie lange er sich wohl mit seinem Aussehen beschäftigt hatte, bevor er den Entschluss fasste, die Treppe hochzugehen und vor meiner Tür zu erscheinen. Außerdem rechnete ich ihm hoch an, dass er geklopft hatte, damit die Kinder nicht durch das Klingeln geweckt wurden. Ich drehte den Schlüssel um.

Er zeigte mir sofort mit unsicherer Geste eine Flasche eiskalten Weißwein und betonte unsicher, es sei derselbe Pinot aus Buttrio, Jahrgang 1998, den ich ihm neulich mitgebracht habe. Ich antwortete, ich hätte einfach nur eine beliebige Flasche genommen, ohne irgendeine Vorliebe markieren zu wollen. Ich hasste Weißwein, davon bekam ich Kopfschmerzen.

Er zuckte mit den Schultern und blieb schweigend im Flur stehen, in der Hand die Flasche, an der sich schon Tröpfchen aus Kondenswasser sammelten. Ich nahm sie ihm mit einem matten Dankeschön ab, schickte ihn ins Wohnzimmer und ging in die Küche, um den Korkenzieher zu holen. Als ich zurückkam, saß er auf dem Sofa und spielte mit der verbeulten Insektenspraydose.

»Die hat der Hund ja ganz schön zugerichtet«, kommentierte er. »Warum wirfst du sie nicht weg?«

Es waren völlig unschuldige Worte, die nur das Schweigen überbrücken sollten, dennoch ging es mir gegen den Strich, ihn auf Otto anspielen zu hören. Ich schenkte ihm ein Glas Wein ein und sagte:

»Trink aus und dann geh wieder, es ist spät, ich bin müde.«

Er nickte nur unbeholfen, sicher nahm er das nicht ganz ernst und rechnete damit, dass ich schon noch gastfreundlicher und zugänglicher würde. Ich stieß einen langen, empörten Seufzer aus und sagte:

»Heute war ich bei einem Tierarzt, er sagt, Otto ist an einer Strychninvergiftung gestorben.«

Er schüttelte mit aufrichtig bedauernder Miene den Kopf.

»Die Menschen können sehr gemein sein«, murmelte er, einen Moment lang dachte ich, er habe absurderweise den Tierarzt im Sinn, dann begriff ich, dass er die Besucher des Parks meinte. Ich sah ihn prüfend an.

»Und du? Du hast meinem Mann damit gedroht, den Hund zu vergiften, das weiß ich von den Kindern.«

Man spürte seine Verwunderung, dann echte Betroffenheit. Er fuhr mit der Hand durch die Luft, als wollte er meine Worte von sich weisen. Er stotterte deprimiert:

»Ich wollte etwas anderes sagen, er hat mich falsch verstanden. Die Drohung, den Hund zu vergiften, hatte ich von anderen gehört, dich habe ich ja auch gewarnt …«

An diesem Punkt stockte er und schlug einen schrofferen Ton an:

»Außerdem weißt du selbst am besten, dass dein Mann sich aufspielt wie der Gebieter über die ganze Welt.«

Ich fand es sinnlos, ihm zu sagen, dass ich das überhaupt nicht wusste. Ich hatte eine ganz andere Vorstellung von meinem Mann, von der ich mich im Übrigen verabschiedet hatte, und mit ihm war der Sinn verschwunden, den er meinem Leben lange Zeit gegeben hatte. Es geschah ganz plötzlich, wie in einem Film, wenn sich an einem Flugzeug in großer Höhe ein Riss auftut. Mir war keine Zeit geblieben, irgendwelche Gefühle der Sympathie zu bewahren.

»Er hat Fehler wie jeder andere auch«, murmelte ich. »Manchmal ist man nett und manchmal abscheulich. Als ich bei dir war, habe ich auch Dinge gemacht, die ich niemals für möglich gehalten hätte. Und noch dazu ohne die geringste Liebe, es war nicht einmal Lust, aus purer Grausamkeit. Trotzdem bin ich keine besonders böse Frau.«

Diese Worte schienen Carrano ernsthaft zu verletzen, er fragte ängstlich:

»Um mich ging es dir gar nicht?«

»Nein.«

»Und auch jetzt bedeute ich dir nichts?«

Ich schüttelte den Kopf, wollte ihm mit einem Lächeln

zu verstehen geben, dass er die Angelegenheit am besten als eine Art Fehltritt betrachtete, wie ein verlorenes Kartenspiel.

Er stellte das Glas ab und stand auf.

»Für mich war diese Nacht sehr wichtig«, sagte er, »und heute ist sie es erst recht.«

»Tut mir leid.«

Er lächelte traurig, schüttelte den Kopf: Nein, mir täte es überhaupt nicht leid, ich würde das nur sagen, um es kurz zu machen. Er murmelte:

»Du bist nicht viel anders als dein Mann, ihr wart schließlich auch lange zusammen.«

Er ging zur Wohnungstür, ich folgte ihm müde. Im Türrahmen reichte er mir die Dose, er hätte sie fast mitgenommen. Ich war darauf gefasst, dass er die Tür knallen würde, doch er zog sie vorsichtig hinter sich zu.

39

Ich war unzufrieden mit dem Ausgang dieser Begegnung. Ich schlief schlecht und nahm mir vor, den Kontakt zu meinem Nachbarn auf das Nötigste zu beschränken, die wenigen Worte, die er gesagt hatte, waren schmerzhaft genug gewesen. Wenn ich ihn im Treppenhaus traf, reagierte ich nur flüchtig auf sein Grüßen und ging weiter. Ich spürte seinen gekränkten, deprimierten Blick in meinem Rücken und fragte mich, wie lange er mir noch mit seiner Leidensmiene und seinen stummen Fragen auf die Nerven gehen wollte. Im Übrigen hatte ich ja auch nichts anderes verdient, mein Verhalten ihm gegenüber war einfach leichtsinnig gewesen.

Doch die Dinge entwickelten sich bald in eine andere Richtung. Carrano achtete zunehmend darauf, möglichst jede Begegnung zu vermeiden. Dafür zeigte er mir seine Verehrung aus der Ferne. Einmal fand ich vor meiner Wohnungstür eine Einkaufstüte, die ich in der Hektik unten im Hausflur hatte stehen lassen, mal war es die Zeitung oder der Federhalter, den ich auf einer Parkbank vergessen hatte. Ich bedankte mich nicht einmal bei ihm. Stattdessen zerbrach ich mir den Kopf über einzelne Sätze, die bei unserer letzten Begegnung gefallen waren, und je länger ich darüber nachdachte, desto klarer wurde mir, dass der Vorwurf, Mario zu ähneln, mich am meisten verletzt hatte. Ich wurde den Gedanken nicht los, dass Carrano eine unangenehme Wahrheit formuliert hatte, sehr viel unangenehmer, als er ahnte. Darüber dachte ich lange nach, zumal die Kinder wieder in der Schule waren und ich viel Zeit zum Grübeln hatte.

In den ersten warmen Herbsttagen saß ich vormittags im Felsengarten auf einer Bank und schrieb. Dem Anschein nach waren es Notizen für ein mögliches Buch, jedenfalls nannte ich es für mich so. Ich wollte mich in Stücke schneiden, sagte ich mir, mich schonungslos, bis ins Detail erforschen, diese schrecklichen Monate vollumfänglich schildern. In Wirklichkeit beschäftigte mich die Frage, die Carrano mir eingeflüstert hatte. War ich wie Mario? Und was bedeutete das? Hatten wir uns füreinander entschieden, weil wir uns ähnelten, und hatten diese Ähnlichkeiten sich im Laufe der Zeit weiter verzweigt? Worin glaubte ich ihm zu ähneln, als ich mich in ihn verliebte? Was an ihm war es, das mich zu Beginn unserer Beziehung an etwas in mir erinnert hatte? Welche Gedanken, Gesten, Töne, Vorlieben, sexuellen Eigenarten hatte ich mit den Jahren von ihm übernommen?

In der Zeit füllte ich unzählige Seiten mit Fragen dieser Art. Wenn Mario mich verlassen hatte und mich nicht mehr liebte, und wenn auch ich ihn nicht mehr liebte, warum sollte ich dann weiter so viel von ihm mit mir herumschleppen? Bestimmt hatte Carla alles, was ich an ihn weitergegeben hatte, in den Jahren ihrer heimlichen Beziehung längst ausgelöscht. Doch wie sollte ich mich nun von den Eigenschaften trennen, die ich früher an ihm liebenswert gefunden und übernommen hatte und die mir nun nicht mehr liebenswert erschienen? Wie konnte ich sie mir ein für alle Mal austreiben, ohne mir dadurch selbst fremd zu werden?

An diesem Punkt kam ich, etwas beschämt, wieder auf Carranos abfällige Bemerkung zurück, während die Vormittagssonne lichte Flecken zwischen die Schatten der Bäume warf und sie langsam über die Wiese ziehen ließ wie leuchtende grüne Wolken an einem dunklen Himmel. War Mario tatsächlich ein streitsüchtiger Mensch, der über alles und jeden gebieten wollte und, wie der Tierarzt angedeutet hatte, durchaus opportunistisch handeln konnte? Hatte ich ihn nie so gesehen, weil sein Verhalten meinem Verhalten so ähnelte und ich es deshalb völlig natürlich fand?

Einige Abende sah ich mir unsere Familienfotos an. Ich suchte in diesem Körper, den ich hatte, bevor ich meinen zukünftigen Mann kennenlernte, nach Zeichen meiner Autonomie. Ich verglich die Bilder, auf denen ich noch ein Mädchen war, mit denen späterer Jahre. Ich wollte herausfinden, wie mein Blick sich verändert hatte, seit ich mit Mario zusammen war, und ob er sich im Lauf der Zeit dem seinen angeglichen hatte. Der Samen seines Fleisches war in mein Fleisch gedrungen, hatte mich verformt, mich breit und schwer gemacht, zweimal war ich schwanger geworden. Die gängige Formel lautete: Ich hatte seine Kinder in mir getragen; ich hatte ihm Kinder geschenkt. Ich sagte mir, dass ich ihm gar nichts geschenkt hatte, dass die Kinder vor allem mir gehörten, dass sie immer im Umkreis meines Körpers, unter meiner Fürsorge gelebt hatten, dennoch machte ich mir Gedanken darüber, dass einige seiner Wesensarten unweigerlich in den Kindern lauerten. Mario würde plötzlich aus ihren Knochen platzen, jetzt, mit den Tagen, mit den Jahren, immer offensichtlicher. Was von ihm musste ich noch bis in alle Ewigkeit weiterlieben, ohne es überhaupt zu merken, nur weil ich die Kinder liebte? Was für ein kompliziertes, schaumiges Gemisch ein Paar doch ist. Eine Beziehung mag sich abnutzen und enden, um dennoch auf unsichtbare Weise weiterzuwirken, sie stirbt nicht, sie will einfach nicht sterben.

Ich verbrachte einen langen, ruhigen Abend damit, Augen, Ohren, Beine, Nasen und Hände von Mario, den Kindern und mir mit der Schere auszuschneiden. Dann klebte ich sie auf einen Bogen Zeichenpapier. So entstand ein futuristischer, seltsam monströser Körper, den ich schnell in den Müll warf.

40

Als Lea Farraco sich einige Tage später erneut blicken ließ, war mir sofort klar, dass Mario keine Absicht hatte, sich mit mir direkt auseinanderzusetzen, nicht einmal telefonisch. Die Botin geht straffrei aus, verlangte meine Freundin: Nach meinem Angriff auf der Straße hielt mein Mann es für besser, wenn wir uns so selten wie möglich begegneten. Die Kinder wollte er aber dennoch sehen, sie fehlten ihm und er ließ fragen, ob ich sie übers Wochenende zu ihm schicken würde. Ich sagte Lea, dass ich mit den Kindern darüber sprechen und die Entscheidung ihnen überlassen wolle. Sie schüttelte den Kopf und machte mir Vorwürfe:

»Tu das nicht, Olga, wie sollen denn die Kinder so etwas entscheiden?«

Ich hörte nicht auf sie, ich dachte, wir könnten die Frage als Trio angehen, das in der Lage war, miteinander zu diskutieren und zu streiten, um dann einstimmig oder mehrheitlich zu entscheiden. Als Gianni und Ilaria aus der Schule kamen, sprach ich mit ihnen, ich erzählte, dass ihr Vater sie übers Wochenende gern bei sich hätte, dass sie selbst entscheiden müssten, ob sie zu ihm wollten oder nicht, und dass sie dann vermutlich die neue Frau ihres Vaters (ich sagte tatsächlich seine »neue Frau«) kennenlernten.

Ilaria fragte freiheraus:

»Und was willst du?«

Gianni mischte sich ein:

»Du bist blöd, sie hat gesagt, wir sollen es selbst entscheiden!«

Sie waren sichtlich nervös und fragten, ob sie sich beratschlagen dürften. Sie schlossen sich in ihr Zimmer ein, und ich hörte sie lange diskutieren. Als sie herauskamen, fragte Ilaria:

»Macht es dir was aus, wenn wir zu Papa gehen?«

Gianni versetzte ihr einen heftigen Stoß und sagte:

»Wir wollen bei dir bleiben.«

Ich schämte mich, dass ich ihnen diesen Liebesbeweis abverlangt hatte. Freitagnachmittag forderte ich sie auf, sich ordentlich zu waschen, zog ihnen ihre besten Sachen an, packte ihre Sachen in zwei kleine Rucksäcke und fuhr sie zu Lea.

Unterwegs behaupteten sie weiter, sie hätten wirklich keine Lust, sich von mir zu trennen, und fragten etliche Male, wie ich den Samstag und den Sonntag verbringen würde, dann stiegen sie schließlich in Leas Auto und verschwanden in gespannter Erwartung.

Ich machte einen Spaziergang, ging ins Kino, fuhr wieder nach Hause, aß im Stehen zu Abend, ohne auch nur den Tisch zu decken, und setzte mich vor den Fernseher. Lea rief spätabends an, sie erzählte, die Begegnung der Kinder mit ihrem Vater sei rührend und wunderschön gewesen, sie teilte mir mit einem gewissen Unbehagen Marios wirkliche Adresse mit, er wohnte mit Carla im Crocetta-Viertel, in einem schönen Haus, das der Familie des Mädchens gehörte. Zum Schluss lud sie mich für den nächsten Tag zum Abendessen ein, und obwohl ich keine Lust hatte, sagte ich zu: ein grausamer Reigen, so ein unausgefüllter Tag, der Abend schnürt einem den Hals zu wie eine Schlinge.

Ich fuhr zu den Farracos, ich war früh dran. Sie versuchten mich zu unterhalten, und ich gab mir Mühe, freundlich zu sein. Irgendwann warf ich einen Blick auf den gedeckten Tisch und zählte die Teller und Stühle. Es waren sechs. Ich erstarrte: zwei Paare, ich und eine sechste Person. Mir wurde klar, dass Lea sich meiner annehmen wollte, sie wollte mich zu einem Abenteuer ermutigen, zu einer kurzen Affäre, einer festen Beziehung, was auch immer. Meine Vermutung bestätigte sich, als die Torreris erschienen, die ich bei einem Essen im Jahr zuvor noch in der Rolle von Marios Frau kennengelernt hatte, und der Tierarzt, Dr. Morelli, an den ich mich gewandt hatte, um mehr über Ottos Tod zu erfahren. Morelli, ein guter Freund von Leas Mann, ein angenehmer Mensch und auf dem Laufenden über die Gerüchte im Umkreis der Hochschule, war offensichtlich zu meinem Vergnügen ausgewählt worden.

Ich war deprimiert. Das erwartete mich also in Zukunft, dachte ich. Solche Abende. Eine Frau, die bei fremden Leuten aufkreuzt und der man sofort anmerkt, dass sie nur auf eine Gelegenheit wartet, ein neues Leben zu beginnen. Unglücklich verheirateten Frauen ausgeliefert, die mir unbedingt Männer präsentieren wollen, die sie selbst faszinierend finden. Das Spiel akzeptieren müssen, nicht zugeben dürfen, dass diese Männer in mir nur Unbehagen erzeugen mit ihrer für alle Anwesenden klar erkennbaren Absicht, Kontakt herzustellen zu der unterkühlten Person, die ich war, sich zu erwärmen, um mich zu entflammen und mir mit der Rolle des routinierten Charmeurs auf die Nerven zu gehen, Männer, die genauso allein waren wie ich, genauso erschrocken über die Einsamkeit, zermürbt von den Niederlagen und den leeren Jahren, Getrennte, Geschiedene, Verlassene, Betrogene, Verwitwete.

Ich schwieg den ganzen Abend, verschanzte mich hinter einem unsichtbaren, scharfen Ring, bei jeder Bemerkung des Tierarztes, die ein Lachen oder Lächeln provozieren sollte, reagierte ich weder lachend noch lächelnd, ich rückte ein- oder zweimal mein Knie von seinem Knie ab und erstarrte, als er meinen Arm berührte und mir mit plumper Vertraulichkeit ins Ohr flüstern wollte.

Nie wieder, dachte ich. Sich nie wieder bei Bekannten mit kupplerischen Ambitionen herumtreiben, die wohlwollend Begegnungen arrangieren und dich anschließend ausspionieren, um herauszufinden, wie die Sache sich entwickelt, ob er erwartungsgemäß handelt und ob du erwartungsgemäß reagierst. Ein Spektakel für die, die schon einen Partner haben, unterhaltsamer Gesprächsstoff, wenn die ersten Gäste sich verabschieden und auf dem Tisch die Reste stehen. Als sie es sich mit ihren Gästen im Wohnzimmer gemütlich machen wollten, um noch ein Gläschen zu trinken und zu plaudern, bedankte ich mich bei Lea und ihrem Mann und brach früh und unvermittelt auf.

41

Als Lea die Kinder am Sonntagabend nach Hause brachte, war ich sehr erleichtert. Sie waren müde, doch man sah, dass es ihnen gut ging.

»Was habt ihr gemacht?«, fragte ich.

Gianni antwortete:

»Nichts.«

Wie sich herausstellte, waren sie auf der Kirmes gewesen, in Varigotti am Meer und hatten mittags und abends im Restaurant gegessen. Ilaria breitete die Arme aus und sagte:

»Ich hab so ein großes Eis gegessen.«

»War es nett?«, fragte ich.

»Nein«, sagte Gianni.

»Ja«, sagte Ilaria.

»War Carla auch mit?«, fragte ich.

»Ja«, sagte Ilaria.

»Nein«, sagte Gianni.

Vor dem Einschlafen fragte die Kleine ängstlich:

»Lässt du uns nächstes Wochenende wieder hin?«

Gianni sah mich von seinem Bett aus besorgt an. Ich sagte ja.

Als es nachts in der Wohnung still wurde und ich zu schreiben versuchte, begriff ich, dass die Präsenz ihres Vaters von Woche zu Woche stärker würde. Sie würden seine Gesten und Laute übernehmen und mit meinen vermengen. Das Paar, das sich getrennt hatte, würde sich in den Kindern weiter formen, begegnen, verwickeln, es würde existieren, obwohl es unterdessen Basis und Grund verloren hatte. Nach und nach würden sie Carla Platz einräumen, dachte und schrieb ich. Ilaria würde sie unauffällig beobachten, um sich abzugucken, wie sie sich schminkte, wie sie lachte und sich bewegte, welche Farben sie mochte, sie würde sie irgendwann mit meinen Zügen, meinem Geschmack, meinen kontrollierten oder zerstreuten Gebärden vermischen. Gianni würde sie heimlich begehren und aus den Tiefen des Fruchtwassers, in dem er einst geschwommen war, von ihr träumen. Carlas Eltern würden sich in meine Kinder einschleichen, ihre Sippe würde sich bei meinen und Marios Vorfahren einquartieren. Ein kräftiges Stimmengewirr würde in ihnen anschwellen. Je mehr ich darüber nachdachte, desto absurder schien mir das Adjektiv »mein«, »meine Kinder«. Ich hörte erst auf zu schreiben, als ich ein Schlecken hörte, eine lebendige Schaufel, Ottos Zunge in seinem Plastiknapf. Ich stand auf, um mich zu vergewissern, dass er trocken und leer war. Unser Schäferhund hatte eine treue, wachsame Seele. Ich ging zu Bett und schlief ein.

Am nächsten Tag begann ich mich nach Arbeit umzusehen. Ich konnte nicht viel, doch durch Marios berufliche Abstecher hatte ich lange Zeit im Ausland gelebt und sprach drei Sprachen fließend. Freunde von Leas Mann vermittelten mir bald eine Anstellung in einer Autovermietung, wo ich mich um die internationale Korrespondenz kümmern sollte.

Mein Alltag war nun beschwerlicher als zuvor, Arbeiten, Einkaufen, Kochen, Aufräumen, die Kinder, die Schreibwut, die Liste dringender Sachen, die ich abends erstellte:

neue Töpfe kaufen; den Klempner anrufen, weil die Spüle undicht war; den Fensterladen im Wohnzimmer reparieren lassen; einen Jogginganzug für Gianni kaufen; für Ilaria neue Schuhe, ihre Füße waren gewachsen.

Von Montag bis Freitag herrschte ständig Hektik, doch die Besessenheiten der vergangenen Monate waren verschwunden. Ich spannte ein festes, die Tage durchbohrendes Drahtseil und hetzte darüber hinweg, ohne groß nachzudenken, in einer immer kunstvoller vorgetäuschten Balance, bis ich die Kinder bei Lea ablieferte, die sie wiederum an Mario weitergab. Dann tat sich das leere Wochenende vor mir auf, und ich fühlte mich, als stünde ich auf dem brüchigen Rand eines Brunnens.

Die Rückkehr der Kinder am Sonntagabend empfand ich regelmäßig als bitter. Die beiden gewöhnten sich daran, zwischen Marios und meiner Wohnung zu pendeln, und nahmen kaum noch Rücksicht auf meine Gefühle. Gianni begann von Carlas Kochkünsten zu schwärmen und meine zu verschmähen. Ilaria erzählte, dass sie mit der neuen Frau ihres Vaters gemeinsam unter die Dusche ging, sie offenbarte mir, dass ihre Brüste viel schöner seien als meine Brüste, wunderte sich über ihr blondes Schamhaar, informierte mich minuziös über ihre Dessous und Farang mir das Versprechen ab, ihr Wäsche in derselben Farbe, demselben Material zu kaufen, sobald sie einen Busen bekäme. Beide hatten sich ein Füllwort angewöhnt, das sie ganz bestimmt nicht von mir hatten: Sie sagten ununterbrochen »praktisch«.

Ilaria machte mir Vorwürfe, weil ich einen sehr teuren Schminkkoffer nicht kaufen wollte, den Carla vorweisen konnte. Eines Tages, wir stritten gerade über einen Mantel, den ich ihr gekauft hatte und der ihr nicht gefiel, schrie sie mich an: »Du bist gemein, Carla ist viel netter als du.«

Irgendwann kam der Moment, da wusste ich nicht mehr, ob es mir besser ging, wenn sie da waren oder nicht. Zwar kümmerten sie sich mittlerweile nicht mehr darum, ob ihre Geschichten über Carla mir wehtaten, doch wachten sie penibel darüber, dass ich mich niemand anderem widmete als ihnen. Als sie einmal keine Schule hatten, nahm ich sie mit zur Arbeit. Sie waren erstaunlich brav.

Als einer meiner Kollegen uns alle drei zum Mittagessen einlud, saßen sie artig, still und aufmerksam am Tisch, ohne zu zanken, ohne sich vielsagend anzugrinsen, ohne verschlüsselte Botschaften auszutauschen oder die Tischdecke vollzukleckern. Wie mir später klar wurde, waren sie damit beschäftigt aufzupassen, wie der Mann mich behandelte, wie zugewandt er war und in welchem Ton ich ihm antwortete, sie registrierten, wie Kinder es eben können, die erotischen Spannungen zwischen uns, die im Übrigen minimal waren, banales Mittagspausengeplänkel.

»Hast du gesehen, wie er nach jedem Satz geschmatzt hat?«, fragte Gianni mit gehässiger Freude.

Ich schüttelte den Kopf, ich hatte es nicht bemerkt. Er zeigte es mir, indem er seine roten Lippen merkwürdig schürzte und alle zwei Wörter ein schmatzendes Plopp von sich gab. Ilaria lachte Tränen, nach jeder Vorstellung japste sie:

»Noch mal!«

Nach einer Weile musste auch ich lachen, obwohl ihr ausgelassener Spott mich etwas verwirrte.

Am Abend kam Gianni in mein Schlafzimmer, um sich seinen Gutenachtkuss abzuholen, plötzlich umarmte er mich und drückte mir mit einem Plopp einen feuchten Schmatz auf die Wange; dann verschwanden seine Schwester und er in ihrem Zimmer, um sich auszuschütten vor Lachen. Von diesem Moment an kritisierten sie alles, was ich tat. Gleichzeitig begannen sie Carla offen zu rühmen. Sie stellten mir Denkaufgaben, die Carla ihnen beigebracht hatte und die ich nicht lösen konnte, sie betonten, wie schön es in Marios neuer Wohnung sei und wie hässlich und unordentlich bei uns. Besonders Gianni wurde unerträglich. Er brüllte grundlos herum, zerstörte Sachen, prügelte sich mit Mitschülern, schlug Ilaria, und manchmal war er so wütend auf sich selbst, dass er sich in den Arm oder die Hand beißen wollte.

Eines Tages im November hatten seine Schwester und er sich auf dem Nachhauseweg ein riesiges Eis gekauft. Ich weiß nicht genau, wie es passierte. Vielleicht wollte Gianni, als er seines aufgegessen hatte, auch noch das von Ilaria haben, er war gefräßig, er hatte immer Hunger. Jedenfalls versetzte er ihr einen derart harschen Stoß, dass die Kleine gegen einen Sechzehnjährigen fiel und sein Hemd mit Schokoladeneis beschmierte.

Erst schien der Junge völlig auf sein schmutziges Hemd fixiert, doch dann packte ihn plötzlich die Wut auf Ilaria. Gianni zog ihm eins mit dem Rucksack über, verbiss sich in seine Hand und ließ erst wieder los, als der andere ihn mit der freien Hand boxte und schlug.

Als ich nach der Arbeit die Wohnungstür aufschloss, hörte ich drinnen Carranos Stimme. Er plauderte im Wohnzimmer mit den Kindern. Anfangs war ich sehr abweisend, ich kapierte nicht, was er in meiner Wohnung zu suchen hatte, wie er es wagen konnte, sich da einfach einzuschleichen. Doch als ich sah, wie Gianni zugerichtet war, ein blaues Auge, die Unterlippe aufgeplatzt, vergaß ich Carrano und wandte mich bestürzt dem Kind zu.

Ich verstand erst nach und nach, dass Carrano auf dem Weg nach Hause zufällig mitbekommen hatte, dass meine Kinder in Schwierigkeiten steckten, er hatte Gianni aus dem Wutanfall des zornigen Jungen befreit, die verzweifelte Ilaria beruhigt und sie beide nach Hause begleitet. Nicht nur das: Er hatte sie auch mit kleinen Geschichten über Raufereien aus seiner eigenen Kindheit aufgeheitert. Von mir wollten die Kinder nichts wissen, ihn aber bettelten sie an, weiterzuerzählen.

Ich bedankte mich bei ihm für seine Hilfe und all die anderen Liebenswürdigkeiten. Er schien sich zu freuen, doch beim Abschied sagte er wieder etwas Falsches:

»Vielleicht sind sie noch zu klein, um allein nach Hause zu gehen.«

Ich entgegnete:

»Mag sein, aber ich kann es nicht ändern.«

»Hin und wieder könnte ich mich ja um sie kümmern«, erkühnte er sich.

Ich dankte ihm erneut, noch kühler. Ich versicherte ihm, dass ich ganz gut allein zurechtkäme, dann schloss ich die Tür.

42

Nach diesem Zwischenfall wurde es mit Gianni und Ilaria nicht einfacher, im Gegenteil, sie gaben mir für alle möglichen Dinge die Schuld, die ich nicht getan hatte, nichts als düstere Kindheitsträume. Zur gleichen Zeit vollzogen sie eine plötzliche und schwer nachvollziehbare Kehrtwende und betrachteten Carrano – den sie immer als Ottos Mörder beschimpft hatten – nicht mehr als ihren Feind, im Treppenhaus grüßten sie ihn fast kumpelhaft, als sei er ein Spielkamerad. Er antwortete meist mit leicht gekünsteltem Augenzwinkern oder verhaltenem Winken. Anscheinend hatte er Angst, zu weit zu gehen, wahrscheinlich wollte er mich nicht reizen, doch die Kinder gaben sich damit nicht zufrieden und drehten auf.

»Ciao, Aldo«, rief Gianni ihm zu und gab keine Ruhe, bis der endlich mit gesenktem Kopf »Ciao, Gianni!« murmelte.

Danach versetzte ich meinem Sohn einen Stoß und sagte:

»Was nimmst du dir eigentlich heraus? Sei gefälligst höflich.«

Doch er hörte nicht auf mich, stattdessen äußerte er plötzlich Wünsche wie: Ich will mir Ohrlöcher stechen lassen, ich möchte einen Ohrring tragen, morgen färbe ich mir die Haare grün.

Sonntags, wenn Mario die Kinder nicht nehmen konnte, was häufig der Fall war, verbrachten wir die Stunden zu Hause damit, einander Vorwürfe und Szenen zu machen. Dann ließ ich sie im Park endlos viele Runden mit dem Karussell drehen, während der Herbststurm gelbe und rote Blätter durch die Luft wehte, sie auf das Straßenpflaster schleuderte oder über dem Fluss verlor. Manchmal aber, vor allem an nebligen, feuchten Sonntagen, fuhren wir in die Stadt, sie spielten Fangen an den Brunnen, weißen Fontänen, die aus dem Boden emporspritzten, und ich bummelte lustlos umher, versuchte das Dröhnen der schnellen Bilder und wirren Stimmen zu unterdrücken, die mir in Momenten der Erschöpfung immer noch im Kopf herumschwirrten. Wenn es besonders beunruhigend war, versuchte ich unter den Turiner Akzenten einen südlichen Tonfall zu finden, das flößte mir eine zärtliche Illusion von Kindheit ein, ein Gefühl für die Vergangenheit, von angehäuften Jahren, von angemessener Distanz zu dem Erinnerten. Meistens setzte ich mich etwas abseits auf die Stufen hinter das Denkmal von Emanuele Filiberto, während Gianni, stets bewaffnet mit einem lärmenden Maschinengewehr, das sein Vater ihm geschenkt hatte, seiner Schwester Nachhilfestunden zum Ersten Weltkrieg erteilte, voller Begeisterung über die Zahl der umgekommenen Soldaten, die schwarzen Gesichter der bronzenen Krieger mit Gewehren zu ihren Füßen. Ich betrachtete das Blumenbeet, fixierte drei geheimnisvolle Schornsteine, die kerzengerade aus dem Gras aufragten und das graue Schloss wie Periskope zu überwachen schienen, und spürte, dass mich nichts, überhaupt gar nichts trösten konnte. Ich war hier, meine Kinder waren hier, der Schmerz war verflogen, er hatte mich gedemütigt, aber nicht gebrochen, und dennoch war ich untröstlich. Von

Zeit zu Zeit fuhr ich mit dem Finger über die vernarbte Wunde unter meinem Strumpf, die Ilaria mir mit dem Brieföffner zugefügt hatte.

Dann geschah etwas, das mich überraschte und verwirrte. Mitten in der Woche fand ich eines Feierabends eine Nachricht von Lea auf der Mailbox meines Handys. Sie lud mich zu einem Konzert ein, sie sagte, sie lege sehr großen Wert darauf hinzugehen. Sie klang etwas exaltiert und weitschweifig wie immer, wenn sie über alte Musik redete, ihre große Leidenschaft. Mir war nicht danach auszugehen, doch ich zwang mich dazu, wie zu vielen anderen Dingen in meinem damaligen Leben. Dann fürchtete ich, sie habe wieder hinter meinem Rücken ein Rendezvous mit dem Tierarzt arrangiert, und war lange unschlüssig, ich hatte keine Lust, den ganzen Abend angespannt zu sein. Schließlich beschloss ich, dass das Konzert mich entspannen würde, Tierarzt hin oder her, Musik tut immer gut, sie beruhigt strapazierte Nerven und Gefühle. Also telefonierte ich herum, um Gianni und Ilaria irgendwo unterzubringen. Als ich das organisiert hatte, musste ich sie erst davon überzeugen, dass die Freunde, denen ich sie anvertrauen wollte, gar nicht so unausstehlich waren, wie sie meinten. Am Ende gaben sie klein bei, doch Ilaria erklärte unvermittelt:

»Wenn du sowieso nie da bist, kannst du uns ja gleich ganz bei Papa leben lassen!«

Ich antwortete nicht. Die geringste Versuchung loszuschreien wurde erstickt von der Angst, erneut auf irgendwelche dunklen Irrwege zu geraten, die Fassung zu verlieren, daher beherrschte ich mich. Als ich mich mit Lea traf, stellte ich erleichtert fest, dass sie allein war. Wir fuhren mit dem Taxi zu einem kleinen Theater außerhalb der Stadt, eine glatt geschliffene Nussschale ohne Ecken. Lea kannte jeden in diesem Milieu und alle waren mit ihr befreundet, ich fühlte mich wohl, erfreute mich indirekt an ihrer Bekanntheit.

Ein Moment lang erhob sich in dem kleinen Saal ein Stimmengewirr, diskretes Rufen, Winken, eine Wolke von Düften und Atem. Dann gingen wir zu unseren Plätzen, Ruhe breitete sich aus, das Licht wurde abgedimmt, die Musiker traten auf, dann die Sängerin.

»Sie sind hervorragend«, flüsterte Lea mir ins Ohr.

Ich sagte nichts. Ich hatte soeben Carrano unter den Musikern erkannt und war perplex. Im Scheinwerferlicht sah er ganz anders aus, er wirkte noch größer. Er war schlank, elegant, jede seiner Gesten zog einen bunten Schweif nach sich, sein Haar glänzte, als sei es aus einem kostbaren Metall.

Als er auf dem Cello zu spielen begann, hatte er nicht mehr die geringste Ähnlichkeit mit dem Mann, der in meinem Haus wohnte. Er verwandelte sich in eine berauschende Vision der Sinne, einen Körper von anmutiger Feinheit, der sich unfassbare Klänge zu entlocken schien, so sehr war das Instrument ein lebendiges Teil seiner selbst.

Inspiriert von der Musik und ohne jede Furcht sah ich im Geiste noch einmal Carranos Wohnung, die Weinflasche auf dem Tisch, die mal vollen, mal leeren Gläser, den schwarzen Himmel jener Freitagnacht, den nackten Männerkörper, die Zunge, das Geschlecht. In diesen Erinnerungsbildern – der Mann im Bademantel, der Mann jenes Freitagabends – suchte ich den anderen Mann, der hier gerade Cello spielte, und ich fand ihn nicht. Wie unglaublich absurd, dachte ich. Mit diesem begnadeten, attraktiven Mann bin ich intim geworden wie nur irgend möglich, und doch habe ich ihn nicht gesehen. Jetzt, da ich ihn sehe, scheint diese Intimität nicht zu ihm zu gehören, sondern zu einem anderen, der ihn vertreten hat, vielleicht war es die Erinnerung an einen Albtraum meiner Jugend, vielleicht der Tagtraum einer erschöpften Frau. Wo bin ich? In welche Welt bin ich versunken, in welcher wieder aufgetaucht? Welches Leben habe ich mir zurückgeholt? Und zu welchem Zweck?

»Was ist mit dir?«, fragte Lea besorgt, sie spürte wohl meine Unruhe. Ich murmelte:

»Der Cellist ist mein Nachbar.«

»Er ist gut, kennst du ihn näher?«

»Nein, ich kenne ihn überhaupt nicht.«

Als das Konzert beendet war, hörte das Publikum gar nicht auf zu applaudieren. Die Musiker verließen die Bühne, kamen zurück, Carranos Verbeugung war tief und grazil wie die Neigung einer kleinen Flamme in einem Lufthauch, sein metallenes Haar stürzte auf den Boden zu, um dann, als er den Rücken durchstreckte und seinen Kopf energisch nach oben warf, blitzschnell wieder in Ordnung zu kommen. In der Zugabe war die verliebte Stimme der Sängerin schlicht überwältigend, wir klatschten erneut begeistert. Das Publikum wollte die Musiker nicht gehen lassen, die auf der Woge des Applauses zunächst in den Schatten hinter der Bühne gesogen und dann von einem strengen Kommando zurückgetrieben wurden. Ich war wie betäubt, ich hatte den Eindruck, meine Haut spanne sich zu eng um meine Muskeln, meine Knochen. Das war also das wahre Leben von Carrano. Oder das falsche, das mir nun jedoch mehr zu ihm zu gehören schien als das wahre.

Ich versuchte vergeblich, gegen meine euphorische Erregung anzukämpfen, mir war, als habe der kleine Saal sich hochkant aufgestellt, die Bühne unten und ich oben, am Rand eines Spaltes. Selbst als das ironische Gekläff eines Zuschauers ertönte, der offensichtlich ins Bett wollte, und viele Leute darüber lachten und der Applaus allmählich abklang und die Bühne sich leerte und welk grün schimmerte und ich glaubte, Ottos Schatten überquere freudig die Bühne wie eine dunkle Vene das pochende, glänzende Fleisch, selbst da erschrak ich nicht. So wird auch die Zukunft sein, dachte ich, das lebendige Leben und die modrige Erde der Toten, Aufmerksamkeit und Unaufmerksamkeit, enthusiastische Sprünge des Herzens und das plötzliche Wegbrechen von Sinn. Doch sie wird nicht schlechter sein als die Vergangenheit.

Im Taxi fragte Lea mich ausführlich über Carrano aus. Ich antwortete ihr mit aller Vorsicht. Als sei sie eifersüchtig, dass ich das Genie für mich behalten wollte, begann sie unvermittelt, über die Qualität seines Spiels zu schimpfen.

»Er war wie abgestumpft«, sagte sie.

Gleich darauf fügte sie Bemerkungen hinzu wie: Er kommt nicht weiter; sein Können macht keine Fortschritte; er hat großes Talent, lässt sich aber von seiner eigenen Unsicherheit aufreiben; er ist zu vorsichtig und daher nur ein mittelmäßiger Künstler. Bevor sie sich vor meinem Haus verabschiedete, begann sie plötzlich von Dr. Morelli zu sprechen. Sie hatte ihre Katze zu ihm gebracht, und er hatte sich hartnäckig nach mir erkundigt, wie es mir gehe, ob ich das Trauma der Trennung gut überstanden habe.

»Ich soll dir ausrichten, dass er noch einmal nachgedacht hat«, rief sie mir zu, als ich in den Hauseingang trat,

»er ist nicht mehr sicher, ob Otto an Strychnin gestorben ist, die Informationen, die du ihm gegeben hast, reichen nicht aus, du müsstest noch mal ausführlicher mit ihm reden.«

Sie grinste hämisch aus dem Fenster des anfahrenden Taxis:

»Das ist doch nur ein Vorwand, Olga. Er will dich wiedersehen.«

Natürlich ging ich nie wieder zu dem Tierarzt, obwohl er ein liebenswürdiger Mensch war und einen vertrauenswürdigen Eindruck machte. Ich hatte Angst vor übereilten erotischen Begegnungen, mir graute regelrecht davor. Aber vor allem wollte ich gar nicht mehr wissen, ob Otto an Strychnin oder woran auch immer sonst gestorben war. Der Hund war durch einen Riss im Netz der Ereignisse verschwunden. Wir hinterlassen viele solche Risse, aus Unachtsamkeit, wenn wir Ursache und Wirkung verknüpfen. Wichtig war nur, dass das Seil, das Geflecht, das mich trug, stark genug war.

43

Nach diesem Abend musste ich tagelang gegen Giannis und Ilarias wachsende Unzufriedenheit ankämpfen. Sie warfen mir vor, dass ich sie Fremden überlassen hatte, sie warfen mir vor, dass ich meine Zeit mit Fremden verbrachte. Sie brachten harte Anschuldigungen gegen mich vor, ohne Gefühl, ohne Zärtlichkeit.

»Du hast meine Zahnbürste nicht in den Rucksack gepackt«, sagte Ilaria.

»Ich bin erkältet, weil sie die Heizung nicht anhatten«, erwiderte Gianni.

»Sie haben mich gezwungen, Thunfisch zu essen, ich musste mich übergeben«, beschwerte sich die Kleine bei mir.

Bis zum Wochenende war ich der Grund für jedes ihrer Missgeschicke. Während Gianni mich ironisch musterte – hatte er diesen Blick von mir, konnte ich ihn deshalb nicht leiden, war es Marios Blick oder hatte er ihn sogar von Carla kopiert? – und sich in mürrischem Schweigen erging, kreischte Ilaria wegen jeder Kleinigkeit endlos herum, warf sich auf den Boden, biss mich, schlug aus nichtigen Gründen um sich, ein Stift, den sie nicht fand, ein Comic, der auf einer Seite leicht eingerissen war, die gewellten Haare, die sie lieber glatt wollte, meine Schuld, denn meine waren auch gewellt, ihr Vater hatte schönes Haar.

Ich ließ sie in Ruhe, ich hatte schon Schlimmeres erlebt. Außerdem wurde mir plötzlich klar, dass die Ironie, das Schweigen und das Geschrei ihre Art war, mit dem Schock umzugehen und ihn zu verarbeiten. Meine einzige Sorge war, dass die Nachbarn die Polizei rufen könnten.

Eines Morgens wollten wir aufbrechen, sie waren spät dran für die Schule, ich für die Arbeit. Ilaria war gereizt, sie ärgerte sich über ihre Schuhe, die sie seit über einem Monat trug und die ihr nun mit einem Mal wehtaten. Sie warf sich im Hausflur heulend auf den Boden und trat gegen die Wohnungstür, die ich gerade abgeschlossen hatte. Sie weinte und brüllte, ihre Füße täten weh, so könne sie nicht in die Schule gehen. Ich fragte, wo sie denn wehtäten, nicht aufgeregt, sondern ruhig. Gianni kicherte die ganze Zeit:

»Schneid deinen Fuß doch ab, mach ihn kleiner, dann passt der Schuh«, und ich zischte: »Genug jetzt, still, wir brechen jetzt auf, sonst kommen wir zu spät.«

Irgendwann ging ein Stockwerk tiefer eine Tür auf und Carranos verschlafene Stimme fragte:

»Kann ich irgendwie helfen?«

Ich errötete vor Scham, als wäre ich bei etwas Schlimmem ertappt worden. Ich legte eine Hand auf Ilarias Mund und hielt ihn mit aller Kraft zu. Mit der anderen zerrte ich sie gnadenlos auf die Beine. Die Kleine gab sofort Ruhe, erschrocken über meine plötzliche Unnachgiebigkeit. Gianni sah mich fragend an, ich suchte in meiner Kehle nach meiner Stimme, nach einem normal klingenden Tonfall.

»Nein«, sagte ich, »danke, entschuldige.«

»Wenn ich irgendwas tun kann …«

»Alles in Ordnung, keine Sorge, nochmals vielen Dank.«

Gianni versuchte, »Ciao, Aldo« zu rufen, doch ich presste seine Nase und seinen Mund ganz fest an den Stoff meines Mantels.

Die Tür schloss sich dezent, und ich nahm verbittert zur Kenntnis, dass Carrano mich einschüchterte. Ich wusste nur zu gut, was er mir alles geben konnte, doch ich traute dem, was ich wusste, nicht mehr. In meinen Augen verfügte der Mann von unten über eine mysteriöse Macht, die er aus Bescheidenheit, Höflichkeit und guter Kinderstube versteckte.

44

Im Büro arbeitete ich den ganzen Vormittag über unkonzentriert. Die Putzfrau musste mit irgendeinem parfümierten Reinigungsmittel gewischt haben, überall hing ein intensiver Geruch von Seife und Kirschen, den die Heizkörperwärme in einen säuerlichen Gestank verwandelte. Ich war stundenlang mit der deutschen Korrespondenz beschäftigt, doch ich war nicht richtig bei der Sache und musste ständig im Wörterbuch nachschlagen. Auf einmal hörte ich im Empfangsraum eine männliche Stimme. Sie erreichte mich sehr deutlich, sie bebte vor unterkühltem Zorn, es ging um Dienstleistungen, für die ein deftiger Preis gezahlt worden war und die sich dann im Ausland als unzureichend erwiesen hatten. Doch ich hörte sie wie aus der Ferne, als käme sie nicht aus einer Distanz von einigen Metern, sondern von einem Ort in meinem eigenen Gehirn. Es war die Stimme von Mario.

Ich öffnete die Bürotür einen Spaltbreit und sah hinaus. Er saß an einem Schreibtisch, vor einem sehr bunten Poster, darauf eine Ansicht Barcelonas. Er war in Begleitung von Carla, die neben ihm saß und reizend aussah, erwachsener, ein wenig fülliger, aber nicht schön. Beide wirkten auf mich wie auf einem Fernsehbildschirm, bekannte Schauspieler, die in einer Seifenoper einen Teil meines Lebens zum Besten gaben. Besonders Mario erschien mir wie ein Fremder, der zufällig die flüchtigen Züge einer Person angenommen hatte, mit der ich einmal sehr vertraut gewesen war. Die neue Frisur betonte seine hohe Stirn, klar gerahmt von dem dichten Haar und den Augenbrauen. Sein Gesicht war etwas hagerer, und das Bild, das die markanten Linien von Nase, Mund, Wangenknochen zeichneten, war ansprechender, als ich es in Erinnerung hatte. Er sah zehn Jahre jünger aus, die kräftige Wölbung von Hüften, Brust, Bauch war verschwunden, er wirkte größer.

Ich verspürte einen sanften, aber bestimmten Druck in der Mitte der Stirn und bekam schwitzige Hände. Doch es war eine erstaunlich angenehme Empfindung, wie ein Schmerz über ein Buch oder einen Film, nicht über das Leben selbst. Ich fragte meine Kollegin, mit der ich befreundet war, in ruhigem Ton:

»Gibt es irgendwelche Schwierigkeiten mit den Herrschaften?«

Carla und Mario drehten sich mit einem Ruck um. Carla sprang sichtlich erschrocken auf. Mario blieb sitzen, fasste sich jedoch an die Nase und rieb sie ein paar Sekunden lang zwischen Zeigefinger und Daumen, wie immer, wenn er nervös war. Dann sagte ich übertrieben fröhlich:

»Wie schön, euch zu sehen!«

Ich machte einen Schritt auf ihn zu, Carla streckte instinktiv den Arm aus, um ihn an sich zu ziehen, ihn zu beschützen. Mein Mann erhob sich vorsichtig, anscheinend war er nicht sicher, was ihn nun erwartete. Ich streckte ihm die Hand entgegen, wir küssten uns auf die Wange.

»Gut seht ihr aus«, fuhr ich fort und schüttelte auch Carla die Hand, die den Druck nicht erwiderte, im Gegenteil, die paar Finger und die Handfläche, die sie mir reichte, fühlten sich an wie feuchtes, nicht ganz aufgetautes Fleisch.

»Du auch«, sagte Mario verwirrt.

»Ja«, antwortete ich stolz, »der Schmerz ist vorbei.«

»Ich wollte dich schon anrufen, um mit dir über die Kinder zu reden.«

»Die Nummer ist noch dieselbe.«

»Wir müssen uns auch über die Trennung unterhalten.«

»Wann immer du willst.«

Er wusste nicht, was er noch sagen sollte, steckte die Hände nervös in die Manteltaschen und fragte fahrig, ob es irgendwas Neues gäbe. Ich antwortete:

»Nicht viel. Die Kinder werden dir ja schon alles erzählt haben: Mir ging es ziemlich schlecht und Otto ist gestorben.«

»Gestorben?«, zuckte er zusammen.

Kinder sind doch rätselhafte Wesen. Sie hatten es ihm verschwiegen, vielleicht wollten sie ihm keinen Kummer bereiten, vielleicht dachten sie auch, nichts aus seinem alten Leben würde ihn noch interessieren.

»Vergiftet«, sagte ich, und er fragte wütend:

»Wer war es?«

»Du«, antwortete ich ruhig.

»Ich?«

»Ja. Ich habe herausgefunden, was für ein unhöflicher Mensch du bist. Und auf unhöfliche Menschen reagieren die Leute mit Bosheit.«

Er sah mich an, um herauszufinden, ob die Stimmung schon umschlug, ob ich ihm wieder eine Szene machen würde. Ich versuchte ihn zu beruhigen, indem ich versuchte, nüchtern zu klingen:

»Vielleicht haben sie auch nur einen Sündenbock gesucht. Und da ich nicht zur Verfügung stand, hat es Otto erwischt.«

An dieser Stelle machte ich instinktiv eine Geste, ich wischte ihm ein paar Schuppen von der Jacke, eine Gewohnheit aus vergangenen Zeiten. Er wich mit einem Satz zurück, ich entschuldigte mich, Carla ging dazwischen und vollendete das Werk, das ich unterbrochen hatte, mit größerer Sorgfalt.

Nachdem er mir versichert hatte, dass er anrufen würde, um einen Termin auszumachen, verabschiedeten wir uns.

»Vielleicht möchtest du ja mitkommen«, schlug ich Carla vor.

Mario antwortete trocken, ohne sie auch nur mit einem Blick zu befragen:

»Nein.«

45

Zwei Tage später kam er mit Paketen beladen zu uns. Entgegen meinen Befürchtungen grüßten Gianni und Ilaria ihn wie üblich, ohne besonderen Enthusiasmus, offensichtlich hatte die Gewohnheit der Wochenenden wieder einen ganz normalen Vater aus ihm gemacht. Sie begannen gleich, die Geschenke auszupacken, sie gefielen ihnen, Mario versuchte sich einzumischen, mit ihnen zu spielen, erfuhr jedoch nur mäßige Zustimmung. Schließlich schlenderte er durch das Zimmer, tippte ein paar Sachen an, schaute aus dem Fenster. Ich fragte:

»Möchtest du einen Kaffee?«

Er nahm sofort an und folgte mir in die Küche. Wir plauderten über die Kinder, ich erzählte ihm, dass sie eine schwere Zeit durchmachten, er zeigte sich bestürzt, versicherte mir, dass sie bei ihm brav und diszipliniert seien. Irgendwann zückte er Stift und Papier und stellte einen ausgeklügelten Plan auf, an welchen Tagen er sich um sie kümmern werde und an welchen ich, er fand es falsch, sie automatisch jedes Wochenende zu sehen.

»Ich hoffe, dir reicht der Betrag, den ich dir jeden Monat überweise«, betonte er.

»Das geht in Ordnung«, sagte ich, »du bist sehr großzügig.«

»Ich werde mich um die Formalitäten der Trennung kümmern.«

Ich stellte klar:

»Sollte ich herausfinden, dass du dich nicht um die Kinder kümmerst und sie Carla überlässt, während du deiner Arbeit nachgehst, siehst du sie nie wieder.«

Er sah mich verlegen an, starrte dann unsicher auf das Blatt Papier.

»Du musst dir keine Sorgen machen, Carla hat viele Qualitäten.«

»Daran zweifle ich nicht, aber ich lege keinen Wert drauf, dass Ilaria ihr Gehabe übernimmt. Und ich will nicht, dass Gianni Lust kriegt, ihr an den Busen zu gehen, so wie du.«

Er legte den Füller auf den Tisch, dann sagte er traurig:

»Ich wusste, dass du noch nicht darüber hinweg bist.«

Ich verzog das Gesicht, kniff die Lippen zusammen und antwortete:

»Ich bin über alles hinweg.«

Er sah an die Decke, zu Boden, ich spürte, dass er unzufrieden war. Ich lehnte mich zurück. Es sah aus, als habe der Stuhl, auf dem er saß, keinen Raum ringsum, als klebe er an der gelben Küchenwand. Auf seinen Lippen hielt sich ein stilles Lächeln, das ich nie zuvor an ihm gesehen hatte. Es stand ihm gut, es war das Lächeln eines sympathischen Menschen, der zeigen wollte, dass er es faustdick hinter den Ohren hatte.

»Was denkst du über mich?«, fragte er.

»Nichts. Mich wundert nur, was ich so über dich höre.«

»Und was hörst du?«

»Dass du ein Opportunist bist und deine Fahne in den Wind hängst.«

Er hörte auf zu lächeln, sagte eisig:

»Diejenigen, die das behaupten, sind selbst kein Stück besser.«

»Wie die sind, interessiert mich nicht. Ich will nur wissen, wie du bist und ob du immer so warst.«

Ich erklärte ihm nicht, dass ich ihn völlig aus mir auslöschen wollte, auch die Wesenszüge, die ich, aus einer Art positivem Vorurteil oder stillem Einvernehmen, nie an ihm gesehen hatte. Ich verschwieg ihm, dass ich mich dem Sog seiner Stimme, seiner Ausdrucksweise, seines Weltempfindens, seiner ganzen Art entziehen wollte. Ich wollte ich sein, sofern dieser Begriff noch eine Bedeutung hatte. Oder ich wollte wenigstens herausfinden, was von mir übrig blieb, wenn er fort war.

Er antwortete mit gespielter Wehmut:

»Was weiß ich, wie ich bin oder nicht.«

Dann zeigte er müde auf Ottos Napf, der immer noch in einer Ecke neben dem Kühlschrank stand.

»Ich möchte den Kindern einen neuen Hund schenken.«

Ich schüttelte den Kopf, Otto ging durch die Wohnung, ich hörte das leise Scharren seiner Krallen auf dem Boden. Ich faltete die Hände und rieb sie aneinander, langsam, um das komische Gefühl in meinen Handflächen loszuwerden.

»Es ist nicht meine Art, mir einfach Ersatz zu besorgen.«

Als Mario gegangen war, überflog ich noch einmal die Passagen über Anna Kareninas Tod und blätterte die Seiten durch, wo von gebrochenen Frauen die Rede war. Ich las und fühlte mich in Sicherheit, ich war nicht mehr wie die Frauen in diesen Seiten, ich empfand sie nicht mehr als reißenden Strudel. Sogar die verlassene Ehefrau meiner neapolitanischen Kindheit hatte ich irgendwo begraben, mein Herz schlug nicht mehr in ihrer Brust, die Venen waren geplatzt. Die *poverella* war wieder ein altes Foto, blutleere, versteinerte Vergangenheit.

46

Auch die Kinder veränderten sich schlagartig. Sie waren sich zwar immer noch feind und allzeit bereit, sich in die Haare zu kriegen, aber mit mir legten sie sich immer seltener an.

»Papa wollte uns einen neuen Hund kaufen, aber Carla war dagegen«, sagte Gianni eines Abends.

»Wenn du mal allein wohnst, kannst du dir ja einen anschaffen«, tröstete ich ihn.

»Hast du Otto gemocht?«, fragte er mich.

»Nein«, antwortete ich, »als er noch lebte, nicht.«

Ich war selbst erstaunt über die gelassene Offenheit, mit der ich nun all ihre Fragen beantworten konnte. Werden Papa und Carla noch ein Kind kriegen? Wird Carla Papa verlassen und sich einen Jüngeren suchen? Wenn sie auf dem Bidet sitzt, kommt er rein und macht Pipi, weißt du? Ich argumentierte, erklärte, manchmal lachte ich sogar.

Bald gewöhnte ich mich auch daran, Mario zu treffen, ihn wegen alltäglicher Kleinigkeiten anzurufen, mich zu beschweren, wenn er das Geld zu spät überwies. Irgendwann fiel mir auf, dass sein Körper sich wieder veränderte. Er wurde grau, die Wangenknochen schwollen an, Hüften, Bauch und Brust wurden wieder kräftiger. Mal versuchte er sich einen Schnäuzer wachsen zu lassen, mal ließ er sich einen Bart stehen, dann rasierte er sich wieder sorgfältig.

Eines Abends kam er unangemeldet bei uns vorbei, er sah traurig aus, er wollte reden.

»Ich muss dir was Schlimmes sagen«, begann er.

»Nur zu.«

»Gianni ist mir unsympathisch und Ilaria geht mir auf die Nerven.«

»Das habe ich auch schon gehabt.«

»Mir geht es nur gut, wenn sie nicht da sind.«

»Tja, so ist das manchmal.«

»Meine Beziehung zu Carla geht in die Brüche, wenn wir die beiden weiterhin so oft sehen.«

»Kann schon sein.«

»Geht es dir gut?«

»Ja.«

»Stimmt es wirklich, dass du mich nicht mehr liebst?«

»Ja.«

»Warum? Weil ich dich betrogen habe? Weil ich abgehauen bin? Weil ich dich gedemütigt habe?«

»Nein. Als ich mich hintergangen, verlassen und erniedrigt fühlte, habe ich dich sehr geliebt und mehr begehrt als je zuvor in unserer Beziehung.«

»Warum dann?«

»Ich liebe dich nicht mehr, weil du dich damit herausreden wolltest, du seiest in einen Abgrund gestürzt, und das war nicht wahr.«

»Das war wohl wahr.«

»Nein. Heute weiß ich, was ein Abgrund bedeutet und was passiert, wenn du es schaffst, da wieder rauszukommen. Du nicht, du weißt es nicht. Du hast höchstens mal einen Blick hinunter riskiert, dich erschrocken und das Loch schnell mit Carlas Körper zugestopft.«

Er machte eine verärgerte Grimasse und sagte:

»Du musst die Kinder öfter nehmen. Carla ist völlig überfordert, sie hat Prüfungen und kann sich nicht um sie kümmern, du bist schließlich die Mutter.«

Ich sah ihn aufmerksam an. Es war tatsächlich so, nichts an ihm konnte mich noch interessieren. Er war nicht einmal ein Stück Vergangenheit, nur ein Fleck, der Abdruck, den eine Hand vor Jahren auf einer Wand hinterlassen hatte.

47

Als ich drei Tage später von der Arbeit nach Hause kam, fand ich auf der Fußmatte vor der Tür auf einem Stück Tesafilm ein kleines Plastikteil, das ich erst nicht identifizieren konnte. Wieder so ein Geschenk von Carrano, inzwischen war ich an seine stillen Aufmerksamkeiten gewöhnt: Kürzlich hatte er mir einen Knopf gebracht, den ich verloren hatte, und eine Haarspange, an der ich sehr hing. Ich verstand, dass es diesmal ein Abschiedsgeschenk war. Es war der Zerstäuber einer Spraydose.

Ich setzte mich ins Wohnzimmer, die Wohnung schien mir leer, als sei sie immer nur von Pappmachépuppen bewohnt worden oder von Kleidern, die sich nicht um lebendige Körper hüllten. Ich stand auf, kramte in der Abstellkammer nach der Dose, mit der Otto in der Nacht vor jenem schrecklichen Tag im August gespielt hatte. Ich suchte die Abdrücke seiner Zähne, fuhr mit den Fingern darüber. Ich versuchte den Druckknopf oben auf der Dose zu ertasten. Als ich ihn zu haben glaubte, drückte ich mit dem Zeigefinger zu, doch ohne Wirkung, nur ein leichter Geruch von Insektenspray breitete sich aus.

Die Kinder waren bei Mario und Carla, sie würden in zwei Tagen wiederkommen. Ich ging unter die Dusche, schminkte mich sorgfältig, zog ein Kleid an, das mir gut stand, und ging zu Carrano.

Ich hatte das Gefühl, lange durch den Spion beobachtet zu werden. Ich stellte mir vor, dass er sein Herzklopfen unter Kontrolle zu bringen versuchte, dass er die Aufregung über diesen unerwarteten Besuch aus seinem Gesicht vertreiben wollte. Leben ist genau das, dachte ich, ein glücklicher Schreck; ein stechender Schmerz, ein intensives Lustgefühl, pulsierende Adern unter der Haut, eine andere Wahrheit gibt es nicht zu erzählen. Um seine Emotion noch zu steigern, tat ich ungeduldig und drückte noch einmal auf die Klingel.

Carrano öffnete die Tür, er war ungekämmt, seine Sachen waren zerknittert, der Gürtel hing offen herunter. Er strich sich mit beiden Händen über den dunklen Pulli, zog ihn über den Gürtel. Bei seinem Anblick fiel es mir schwer, mir vorzustellen, dass er sanfte und leidenschaftliche Noten hervorbringen und die Schönheit der Harmonie vermitteln konnte.

Ich erwähnte sein letztes Geschenk, bedankte mich für die vorigen. Er winkte lakonisch ab, er habe den Zerstäuber im Kofferraum seines Wagens gefunden und gedacht, er könne mir vielleicht nützlich sein, um meine Gefühle zu ordnen.

»Er steckte bestimmt zwischen Ottos Pfoten oder im Fell, vielleicht sogar in seinem Maul«, sagte er.

Ich musste voller Dankbarkeit daran denken, dass er in den vergangenen Monaten versucht hatte, mir eine zuverlässige Welt zurechtzuflicken. Dies war die liebenswürdigste Geste von allen. Er wollte mir zu verstehen geben, dass ich mir keine Sorgen mehr zu machen brauchte, dass man jede Regung erzählen konnte, und möge sie noch so gute oder schlechte Gründe haben, dass es alles in allem Zeit war, wieder feste Bindungen einzugehen, die Raum und Zeit miteinander verknüpften. Dieses Geschenk war ein Versuch, sich und mich zu entlasten, er machte Ottos Spiele in jener Nacht für seinen Tod verantwortlich.

Ich beschloss, ihm entgegenzukommen. Dass er zugleich ein wehmütiger blasser Mann war und ein Virtuose strahlender Klänge, der mit seiner Musik Herzen rührt, machte ihn zu dem Menschen, den ich genau jetzt brauchte. Natürlich zweifelte ich daran, dass es der Zerstäuber meiner Spraydose war und dass er ihn wirklich im Kofferraum seines Wagens gefunden hatte. Jedenfalls hatte die Absicht, mit der er ihn überbracht hatte, mir das Gefühl gegeben, ganz leicht zu sein, ein verführerischer Schatten hinter geschmirgeltem Glas. Ich lächelte ihn an, näherte meinen Mund seinem Mund und küsste ihn.

»War es sehr schlimm?«

»Ja.«

»Was ist in dieser Nacht passiert?«

»Ich habe überreagiert und die Oberfläche der Dinge ging zu Bruch.«

»Und dann?«

»Kam der Fall.«

»Und wo bist du gelandet?«

»Nirgends. Da war nicht mal ein tiefer Abgrund. Da war nichts.«

Er umarmte mich, zog mich einen Moment an sich, ohne ein Wort zu sagen. Er versuchte mir schweigend mitzuteilen, dass er die mysteriöse Gabe besaß, Sinn zu geben, ein Gefühl der Fülle und der Freude. Schließlich schenkte ich ihm mein Vertrauen und in den folgenden Tagen und Monaten liebten wir uns lange und ohne Eile.